冤罪犯

翔田 寛

角川文庫
21708

目次

第一部　事件発生

一

平成二十九年七月二十九日、午後八時四十七分。

銀色の街灯が点々と灯っている道を、メタリックシルバーの覆面パトカー、スバル・レガシーが制限速度を超えて走っていた。

ハンドルを握っている船橋署刑事課の巡査部長、香山亮介は運転席の右側のガラス窓を二センチほど下げている。その細い隙間から蒸し暑い夜気が吹き込み、白い開襟シャツの痩せぎすの胸元に当たり、揉み上げにわずかに白髪の交じった長めの髪を揺らしていた。車の冷房が、性に合わないのだ。その風の中に、彼は梅雨明け直後の湿っぽい埃の匂いも感じていた。

暗い道の先に、点々と赤い安全灯の灯った高架が見えてきた。東葉勝田台から西船橋まで東西に走る東葉高速鉄道の高架だ。そこを潜り、すぐに細い十字路を右へ折れて、しばらく走行してから、今度は左へハンドルを切った。覆面パトカーがカーブを描くたび、ヘッドライトの切り裂くような光芒の中に、路地のブロック塀や生垣の植え込みがめまぐるしく浮かび上がる。

　百メートルほど先に停まっている三台のパトカーが、香山の目に留まった。一台はすべてのライトが消えているものの、他の二台はルーフ上の箱形の赤色警光灯を回転させたままで、その刺激的な光で、道の反対側に建っている巨大なビニールハウスが赤く斑に染められている。

　現場は、そのビニールハウスと幅のある道路を挟んで広がる休耕地の中だった。農道横に、現場保存のためのイエローテープが張り巡らされており、五メートル間隔で夏服半袖の制服警官が立っている。香山の運転するレガシーのナビ画面に、《千葉県船橋市米ケ崎町――》という所番地が表示されていた。

　二十メートルほど手前で、香山は覆面パトカーを路肩に寄せて停車させた。事件現場では、遠くからその中心に向かって調べてゆくのが鉄則である。

　複数の投光器の強烈な照明が現場付近を照らしており、道の端に集まった野次馬たちのシルエットを浮かび上がらせていた。タンクトップに短パン。Tシャツにジーンズ。スウェットの上下。シャツに作業ズボン。様々な人々が集まっている。互いに話をしたり、背伸びをしたりして、落ち着きなく現場を眺めているのが、さながら影絵芝居のように見て取れる。

サイドのガラス窓を閉めようとして、香山の目に、黒々とした車窓に映る自分の顔が映った。四十代後半の面長の顔。細く高い鼻梁と一重の目。薄い唇。喜怒哀楽をめったに表に出さない香山は、高校時代の級友たちから、《埴輪の兵士》という綽名を奉られていた。

レガシーのエンジンを切り、グローブボックスの中から、フェルト地の《捜査》の腕章を取り出して、開襟シャツの袖に安全ピンで留める。

ドアを開けて、車外へ出た。途端に、藁と肥しを含んだような土の匂いが鼻を打つ。蒸し暑い大気。虫の鳴き声。遠くを走る車の音。列車の通過音。怖いのか、怒っているのか、どこかで犬が激しく吠え続けている。

香山は周囲を見回しながら、現場に向かってゆっくりと歩き出した。黒々とした風景の中に、黄色い灯が無数に点在している。たぶん、どれも農家だろう。

規制線であるイエローテープの中に、数名の捜査員と鑑識課員が立ち働いているのが見えた。その中の一つの頭が身を起こし、伸び上がるようにしてこちらに向き直る。それから、傍らに屈みこんでいた小柄な人物の肩を手の甲で叩き、二人して立ち上がった。

その大小二つの人影が、足跡を残さないために敷かれたボードの上を通り、イエローテープを潜って、こちらに近づいてきた。

「遺体は、幼い女の子ですよ」

一瞬、口をへの字にして、三宅義邦巡査長が痰の絡んだような野太い声で言った。相撲取りなみの巨漢。顔も大きい四十代前半。ボサボサの髪。四角い黒縁眼鏡。あばただらけの熊顔。無精髭。それに、皺だらけの濃紺のスーツがトレードマークだ。

その横に、小柄でほっそりとした増岡美佐巡査が、無言のまま立っている。二十九歳。独身。刑事にしておくのは惜しいほど整った顔立ち。二重の目。細い鼻梁。形のいい唇。天使の輪が光る短髪。白のポロシャツにラフな浅黄色のサマージャケットという姿で、下はジーンズだ。

昨年、増岡は捜査専科講習の選抜試験に合格し、この四月から見習いとして捜査実務に加わることが許可されたのだった。叩き上げのベテランである三宅が、彼女の教育係である。二十分ほど前、その増岡からの連絡を受けて、香山は船橋署を飛び出してきたのだ。

「第一発見者は誰だ」

現場に目を向けて言いながら、香山は額に手を当てた。かすかに頭痛がする。十年ほど前、乳癌を患った妻の入院から来る過労とストレスのせいで、顔面右側に帯状疱疹ができた。以来、頭痛持ちになってしまったのだ。

「ジョギング中の男子大学生です。農道を通りかかり、畑の中に敷かれたブルーシートから、人の足みたいなものが出ているのを目にして、不審に思ったんですな。最初は、人形だろうとやり過ごそうとしたものの、気になって近づいて、人間だと分かって仰天し、携帯電話で警察に連絡したんです」

香山は、三宅と増岡に目を戻した。

「最初にこの現場を確認したのは、誰だ。――管轄の交番勤務の巡査か」

「いいえ、私と増岡です。別件の補充捜査を終えて署へ戻る途中、一般人からの通報があったという通信指令係からの無線連絡を耳にして、ここへ急行しました。私が遺体を確認している間に、増岡にパトカーの無線で応援要請させました」

三宅が肩を竦(すく)めるようにして言い、ビニールハウスの横に停めてある車両を、太い親指で指し示した。香山が目を向ける。すべてのライトが消えているパトカーだった。

うなずくと、香山は足元に気を配りながら、イエローテープに近づいた。それを潜り、ボードの上を慎重に休耕地の中のブルーシートまで歩み寄る。

第一発見者の証言にあったように、二メートル四方ほどのブルーシートの一辺の端から、二つの小さな足先が見えていた。靴も靴下もはいていない。

その場にしゃがみ込むと、香山は目を瞑(つむ)り、丁寧に合掌した。

それから、彼は白手袋を嵌(は)めた右手で、慎重にブルーシートを持ち上げた。三宅の報告通り、地面に幼い少女が横たわっていた。上半身に無地の赤いTシャツを身に着けているものの、Tシャツは首を通しただけで、脇腹が隠れるほど下げられている。だが、両腕は通しておらず、体に沿うようにその両腕を横たえていた。

下半身は、完全に裸だった。その右下腹部が、わずかに緑色を呈している。腸内細菌と外来菌による腐敗現象だ。だが、顔面の色素には、まったく変化が現れていない。この夏場だから、遺体の変化はかなり速いと考えたとしても、死亡してから、おそらく数時間以内だろう。

仰向けで横たわり、まるで眠っているかのように目を閉じている。周囲が黒っぽい地面のせいか、遺体がことさら痛々しく見えた。遺体の傍らに、白い下着とピンク色のスカートが投げ出してある。

周辺の地面には、金属枠がいくつも置かれていた。枠の中に流し込まれた白い石膏が、すでに凝固している。足跡を採取するためだ。傍らで、鑑識課員が盛んにカメラのフラッシュを焚いて、現場を撮影している。毛髪や煙草の吸い殻、服の繊維、唾液や体液など、被害者の殺害に至る経緯に繋がるような微物の捜索採取は、とうに終了しているらしい。

ハンカチを口元に当てて、香山は慎重に遺体に顔を近づけた。自分の唾液や汗が遺体に付着して、DNA鑑定の妨げとならないための用心である。首筋の周囲に、どす黒い痕跡が残されていた。十中八九、扼殺だろう。そのほかに、打撲や傷の類は見当たらない。

じっとしていても、全身にじっとりと汗が滲んでくる。香山が立ち上がったとき、ビニールハウス前に一台の捜査車両が停車するのが見えた。

後部座席の左側のドアが勢いよく開き、大柄な男が降りてきた。同時に、前部の両側のドアも開き、二人の男たちも降り立つ。

入江正義。髪を七三に分けた鬼瓦の顔、筋肉の盛り上がった体軀。階級は警部補、職位は刑事課の係長、五十九歳。

あとの二人は、刑事課の蒲谷宇一巡査部長と新座俊成巡査。蒲谷はポマードで固めた頭髪で、狐のようにつり上がった目つきをしている。スポーツ刈りのような短い髪型の新座は、一メートル八十ほどの長身だ。ともに地味なスーツ姿だった。

香山は顔をしかめた。

地方警察の刑事課は、署の他の部署よりもはるかに多忙である。そのために、俗に競争率百倍と言われる警官の昇任試験の勉強時間がほとんど取れない。そうした事情から、飾り物の係長もいる。船橋署の前任者がまさにそれで、実質的に刑事課の捜査を仕切っていたのは、主任の香山だった。

ところが、一年前、入江が千葉中央署から異動してきた。蒲谷や新座も、同署から所属が移った。以来、捜査方針を巡り、香山はときおり入江と衝突する。入江は現場の捜査の主導権をすべて握ろうとして、それぞれの現場に派遣された捜査員たちの臨機応変の判断を嫌う。上司と部下の関係だが、独断専行と融通無礙とは別物と考える香山には、そんな考え方が受け入れられない。

香山が振り返ると、イエローテープの外側に佇んでいた三宅と増岡が、その気配に気付いて近づいてきた。

「第一発見者の大学生から、遺体発見の経緯を可能な限り詳しく聴取するんだ。不審な人物の有無、誰かとすれ違わなかったか、車両、物音、匂い、遺留品、何もかもだ。さあ、あいつらに先を越されるな」

香山は言い、顎(あご)をしゃくって、入江たちを指し示した。

「了解」

無精髭の生えた口元に皮肉っぽい笑みを浮かべて、三宅がうなずいた。

二

その大学生は、二十歳の茶髪の男性だった。色が白く、痩(や)せており、身長は一メートル七十センチくらいか。

「どうして、あの農道を通りかかったんだ」

三宅が、忙(せわ)しなく襟足のあたりを右手で掻(か)きながら訊(き)いた。

「あの道は、いつものジョギングコースだからです。夏休みなので、雨の日以外は毎日走っています」

ひどく困惑した顔つきで、大学生が言った。増岡と目が合うと、戸惑ったように目を逸(そ)らす。

三人は、ビニールハウス前に停められたパトカーの中にいた。大学生は後部座席右側。

三宅はその左側。増岡は、運転席から背後に顔を向けている。第一発見者を、文字通り車内に閉じ込めているのだ。もっとも、エンジンは掛かったままで、エアコンが強めに効いており、車内灯も灯っている。

「毎日、何キロくらい走る」

「だいたい、五キロくらいです」

三宅が、増岡に顔を向けて、信じられないというように、目を大きく見開いた。だが、すぐに顔を戻すと、続けた。

「ということは、昨日も、一昨日も、同じ道を走ったんだな」

「ええ、もちろんです」

「時間帯は」

間髪容れず、三宅が続けた。

「今日と同じです。昼間は日差しが厳しいから、日が落ちてから走ることにしているんです」

「そのとき、現場にブルーシートはあったか」

今度は、櫛目の通っていない髪の地肌をボリボリと掻きながら、三宅が畳みかける。

「いいえ、そんなことには気が付きませんでした」

増岡は、横九センチ、縦十五センチの執務手帳に二人のやり取りを記しながら、大学生をじっと見つめたまま、考えを巡らしていた。ブルーシートは、いったいどこから持ち込まれたのだろう。持ち込んだのは、犯人だろうか。それとも、無関係の第三者か。前者だとしたら、遺体を運ぶため？　後者なら、仕事用？　それとも、廃棄品？

　疑問に答えを当て嵌めながら、第一発見者の男子大学生の観察を続ける。ワックスをつけているのか、頭頂部で茶髪が逆立っている。細く剃り整えられた弓形の眉、端整な顔立ち。真面目そうな眼差し。服装は、側面と腕の部分が黒で、胸部が鮮やかなブルーのメンズ・ジャージに、下はブラックのスポーツタイツ。それに、真っ赤なジョギングシューズ。右の二の腕に留められたアームバンドには、スマートフォンが装着されている。走行距離、消費カロリー、平均速度、歩数、走行ルートが確認できるアプリ内蔵だろう。トレーニングのためより、細マッチョになって、女の子にもてることが主たる目的かもしれない。

　だが、その視線が、ひどく落ち着きなく揺れている。たぶん、パトカーの中にいるという状況に動揺しているのだろう。それとも、もしかして、この大学生が被疑者？　犯人が第一発見者を装うのは、ごく初歩的な手口だ。しかし、そうした事例は、自分が犯行現場にいて、すぐにも第三者から目撃される恐れがある場合が大半を占める。あの遺体の状況と、見通しのいい現場から考えて、まずあり得ない。

　三宅が大きな鼻を掻きながら、質問を続けた。

「だったら、今夜、ジョギングしていて、誰かとすれ違ったり、追い越されたりしなかったか」

警察官は、一般人に丁寧な物言いをするように教育されている。だが、三宅の言葉遣いは、いたってぞんざいだ。捜査の際、執務手帳もまず使わない。メモが必要なときは、煙草の紙袋を破いて、走り書きするのだ。

「いいえ、そんな人はいなかったと思います」

大学生は考え込んだものの、やがてかぶりを振った。

「おい、五キロも走って、誰ともすれ違わないわけはねえだろう」

三宅が、声を荒らげた。

「いいえ、そういう意味じゃなくて、あそこの農道のあたりでは、という意味ですよ」

大学生が、慌てて言いわけがましく言った。

三宅が渋い顔つきになり、不機嫌そうにため息を吐き、ズボンのポケットからくしゃくしゃのハンカチを取り出して、苛立ったように額の汗を拭った。

お役交代の合図だ。

増岡は、座席越しに身を乗り出した。

「走っている途中で、ブルーシートから足がはみ出しているのを目にして、足を止めたわけですね」

大学生が蒼白な顔色となり、ええ、とうなずいた。それでいて、こっちが初めて話しかけたせいか、女の刑事もいるのか、と改めて顔に書いてある。

「それから、何をしましたか。立ち止まって、周囲を見回したとか、時計を見たとか、一つ一つの動きを、なるべく正確に思い出してください」

「最初は人形の足だろうと思ったんです。でも、行きかけて、やっぱり気になったんで、足を止めて振り返りました。それから、少し迷ったんですけど、ブルーシートの所まで戻ったんです。そして、携帯電話のライトで照らして、人の足と見分けがついたんです」

増岡は黙り込んだ。最初は人形の足だと思い、それでも気に掛かり、近づいて人の足だと気が付く。でも、日の暮れた休耕地のただ中に放置されていた大きなブルーシートはともかく、そこからはみ出していたごく小さな足にまで、なぜ目が留まったのだろう。

パトカーの車窓から、増岡は現場に目を向けた。イエローテープが張り巡らされた辺りに、街灯はなかった。

「今夜は半月だけど、農道はかなり暗かったはずですよ。農道脇のブルーシートから出ている足に、どうして気が付いたんですか?」

大学生は一瞬言いよどんだものの、すぐに口を開いた。

「車のライトに浮かび上がったからですよ」

「車のライト?」

増岡と三宅の言葉が重なった。

途端に、大学生がハッとした表情を浮かべた。

「そうだ、農道の向かい側から軽トラックが走って来て、すれ違う直前に、そのライトに照らし出されたんでした」

　三宅が鼻の穴をほじりかけた指をそのままにして、増岡と目を見交わした。その呆れたと言わんばかりの目つきが、《なっ、人間の記憶ってやつは、あやふやなものだろう》とぼやいている。

　増岡は、感情を表に出さずに言った。

「農道を軽トラックがあなたの方に走って来て、すれ違ったんですね」

「ええ、そうです。そのライトのせいで、ブルーシートからはみ出している足に気が付いたんです」

「軽トラの特徴は？　色とか車体のロゴとか、何か目立つものを覚えていませんか。あるいは、運転していた人のことは、どうですか。男の人でしたか、それとも、女の人？　年齢はどれくらい？」

　またしても大学生は考え込み、しばらくして言った。

「運転していた人については、まったく記憶にありません。なにしろ、あっという間にすれ違ったから。でも、車の色は、たぶん白だったと思います。けど、ロゴとか、特に目立つようなものは、何も覚えていません」

　その視線が、またしても落ち着きなく揺れている。

　増岡は、内心で舌打ちしたものの、素早く考えを巡らせた。軽トラの特徴に繋がるものは、いったい何だ。バンパーの凹み、泥の汚れ、それから――

「そうだ、その軽トラ、荷台に何か積んでいませんでしたか」

大学生の視線の揺れが、ふいに止まった。

「あっ、そういえば、荷台に古い自転車とか家具みたいなものを載せていたような気がします。――ええ、間違いありません。それに、運転席のルーフに拡声器が取り付けられていたんだっけ」

増岡は、再び三宅と顔を見合わせた。

「で、それからどうしましたか」

「だから、すぐに携帯電話で警察に通報したんです」

「遺体を、はっきりと見ましたか。――つまり、ブルーシートや遺体に触れたかどうか、それをお訊きしたいんですけど」

「とんでもない。何も触っていませんよ」

身を震わせるようにして、大学生が強くかぶりを振った。

「通報してから、どうしていたんですか」

「電話に出た警察の人から、その場に留まるようにと言われたので、仕方なく、あの場所で待っていたんです。そうしたら、あなたたちがパトカーで駆けつけて来たんです。それから、いままで、ずっと顔を背けていました。こちらの刑事さんから、現場を荒らすといけないから、離れていろと言われましたから」

言いながら、大学生は三宅を指差した。

なるほど、と増岡はうなずいた。

すると、インターバルからリングへ戻ってきたボクサーのように、三宅が再び身を乗り出した。

「よし、だったら、もっと細かく質問するからな、心して答えろよ。まず、自宅を出たのは、正確には、何時何分だった」

その口調に、大学生がたじろぐ顔つきになった。

「さあ、どうなんだ」

時間のロスを避けたいというように、三宅が手招きするみたいに右掌（みぎてのひら）を忙（せわ）しなく回した。

三

七月三十日。

増岡は三宅とともに、朝から《地取り》を行っていた。

昨晩の午後九時半過ぎに、船橋署に千葉県警本部との合同になる特別捜査本部が設置されて、船橋署の刑事課十名はもとより、県警本部からの応援の四十名も動員されている。

通常、特別捜査本部の場合、県警本部と所轄署の捜査員がそれぞれ二人一組で動くことになる。だが、県警本部のベテラン捜査員たちは、経験不足の相方と組むことを露骨に嫌う。所轄署の捜査員に求められるのは、地の利にほかならず、その点で使い物にならない新米など、足手まとい以外の何ものでもないからだ。そのために、例外的に、所轄署の三宅と増岡が組んでいた。

遺体発見現場や、被害者が誘拐されたと思しき地点、それに、それぞれの周辺地域を区割りして、被害者はもとより、不審人物、不審車両、不審物、見慣れない遺失物などについての詳細な聞き取りを行うのである。さらに、叫び声や争うような物音、逃走する足音など、犯行そのものや死体遺棄に関連すると思われる事態について、見たり、聞いたりした人物を探すのが、《地取り》と呼ばれる基本捜査だ。

そのために、農家、一般住宅、店舗、事業所や工場など、担当区画内のすべての建物を二人一組の捜査員たちが一軒一軒訪ね歩いて、そこの住人や関係者から文字通り一人残らず聞き取りをすることになる。事件内容にもよるが、そうした《地取り》は、同一の対象者に対して、昼夜など時間帯を変えて、複数回行われる場合もある。そうすることによって、記憶の奥深くに入り込んでしまっていた事柄が、ふいに浮かび上がってくることがあるのだ。

加えて、今回は、第一発見者の大学生とすれ違ったという軽トラックについても、聞き込みと、実物の発見が命ぜられていた。その軽トラックを運転していた人物が、犯人もしくは犯行を目撃している可能性があるからだ。むろん、その人物自身が被疑者の可能性も、無視し得ない。

　被害者の身元は、昨晩遅くに判明した。五歳児で、名前は深沢美穂。昨日の夕刻に、母親によって捜索願が警察に出されており、遺体を収容した船橋署に、知らせを受けた両親が駆けつけてきて、線香の煙のたなびく霊安室で、横たわった遺体を我が子だと確認したのだった。母親はその場に泣き崩れ、父親も、嗚咽を漏らしながらがっくりと肩を落としていた。その場に立ち会った増岡の脳裏から、当分の間、二人の憔悴しきった姿が消えることはないだろう。

《歳が行って授かった、念願の娘だったんですよ——》

　とめどなく零れる涙を拭おうともせずに、父親がくどいほど繰り返していた言葉に、持っていき場のない悲嘆が滲んでいた。

　当初、捜索願を受理した船橋署では、迷子になった可能性があるものの、万が一の場合を考慮して、誘拐事案を専門に取り扱う県警本部の捜査一課特殊班の捜査員三名を被害者宅に待機させて、電話の音声の録音と逆探知など、犯人からの連絡に備えたのだった。さらに、自動車警邏隊が動員されて、半径二キロ圏内の捜索も行われた。しかし、それらはすべて無駄になってしまったのである。

　被害者が消えた経緯についても、ある程度まで明らかとなった。深沢美穂は、昨日の午後三時頃から、船橋市夏見の自宅近くにある児童公園で、ほかの年長の子供たちに交じって遊んでいたのだった。ところが、夕刻近くになり、ほかの子供たちが帰宅したり、母親が呼びに来たりした後も、美穂だけがブランコで遊んでいたというのである。

そのことは、子供を連れて帰ろうとした顔見知りの女性が目撃しており、《美穂ちゃんも、そろそろ帰りなさい》と声もかけたという。だが、その言葉に対して、《お母さんがもうすぐ迎えに来るから》と、彼女は小さな歯を見せて屈託なく答えたのだった。

事実、近所のスーパーでレジ打ちのパートをしている母親とは、そういう約束になっていたことを、後になって母親自身が証言した。ところが、仕事の都合で、迎えに来る時刻がほんの少しだけ遅れたことが、結果として仇となってしまったのだ。

児童公園にたった一人残っていた深沢美穂の姿は、仕事先から帰宅途中だった近所のＯＬにも目撃されていた。時間帯は、午後六時過ぎのことで、ブランコに座っている女児に近づいてゆく男性の姿も、彼女はちらりと目にしていた。もっとも、背の低い若い感じの人物というだけで、人相や身なりの記憶までは残っていなかった。てっきり家族が連れに来たのだろうと思った、と彼女は後悔の念を滲ませながら証言したのである。

さらに、午後六時半頃、その児童公園の脇に宅配便の車両が一時駐車して、荷物を近くのアパートに届けたことも判明した。だが、その宅配便の運転手は、ブランコには誰もいなかったと断言している。

また、遺体発見現場となった休耕地の現場検証の結果、遺体の周囲から、四種類の靴跡が検出された。その一つは、第一発見者である男子大学生のジョギングシューズと判明した。残る三つのうち、一つは二十六センチのスニーカーと推定され、この靴跡からは、底がかなりすり減っている事実が明らかになっていた。二つ目と三つ目は、ともに二十八センチのＬＬサイズの革靴と考えられた。

そしていま、増岡は三宅とともに、高根町の住宅街の陽に焼かれたアスファルトの道を歩いていた。

上着を脱いでワイシャツ姿になり、それも腕まくりして、上着を肩に担ぐように掛けた三宅が、つかの間、空に立ち上る純白の入道雲を見上げて、目を眇めて言った。

「刑事は、足で稼ぐもんだと。けっ、まったく何て嫌な言葉なんだ。こんな炎天下に、どうして馬鹿みたいに歩かなきゃならないんだ。俺は、絶対に認めねえよ」

真上からの日差しに、目を瞬かせながら増岡は応じる。

「ついでに、夏もなくなりゃいい。そう言いたいんじゃありませんか」

敢えてそんな軽口を叩くのは、胸の裡に抱え込んだ憂鬱を悟られまいとする、三宅らしい演技と分かっていた。彼もまた、昨晩、変わり果てた深沢美穂と両親が対面した霊安室に居合わせたのである。

周囲には、大きな農家が少なくなく、細い路地がうねうねと続いている。昔からの農道を、一般道に仕立て直したものだろう。陽炎の立つ乾いたアスファルトに、二人の濃い影が落ちていた。

たったいま訪問した家は、家族全員が留守だった。次の家までは、塀沿いにかなり歩かねばならない。

「いいや、夏そのものは、そんなに悪かねえよ。何しろ、ビールがやたらと美味いからな。塩味の効いた枝豆をつまんで、キンキンに冷やしたやつを、缶から直接やってみな。生きていてよかったと感じるのは、まさにその瞬間だぜ。俺の我慢がならねえのは、世間のクソガキどもが、夏休みとかいって、浮かれ騒いでいることの方さ」

「ああ、なるほど。それで、昨日の大学生にも、あんなに辛く当たったんですね」

増岡は、ハンカチを額に当てた。

すると、三宅が、無精髭の生えた汗ばんだ頬を左手で掻きながら、すかさず言い返した。

「はあっ、俺のどこが辛く当たったっていうんだよ。学生さんを、あんなに丁寧に扱ったことはないぜ」

いつもとまったく同じじゃない。増岡がそう思ったとき、昔風の棟門が見えた。

「行きましょうか」

二人は棟門を潜った。

二人の《地取り》は、空振りの連続だった。

担当の組は、割り当てられた区域のすべての住人や従業員に一人残らず当たることが義務となっている。不在にしていたり、家族が一人でも留守にしていたりしたら、その人物と顔を合わせることができるまで、何度でも、同じ事業所や住宅を訪ねなければならない。

軽トラックの捜索についても、何一つ収穫はなかった。軽トラックを使っている農家や工場が数知れなかったからだ。そのうえ、少し南側に《船橋市地方卸売市場》があり、出荷業者や場内業者の軽トラックが昼夜の別なく無数に走行している。

増岡が三宅とともに、その卸売市場のすぐそばの《吉野家》に立ち寄ったのは、午後三時過ぎだった。いつもながら、遅い昼食だった。増岡は、牛丼そのものは嫌いではないものの、外食店の中でも、この手の男臭い店を苦手としていた。にもかかわらず、牛丼が三宅の大好物であり、しばしば付き合わされる。

案の定、コの字形のカウンターやテーブル席にいたのは、トラックの運転手風、市場勤務タイプ、それに営業職らしき背広姿の男たちだった。たまたまかもしれないが、女性客は一人もいない。

「お待ちどおさま、牛丼特盛にBセットです。どうぞごゆっくり」

二人がカウンターに着き、注文してほどなく、緑色の半袖ポロシャツの制服に緑色のハンチング帽を被った女性店員が、三宅の前に、お盆に載せた注文の品を置いた。Bセットは、生野菜サラダと味噌汁である。特盛にBセットが、三宅の不動の定番で、それ以外のメニューを注文するのを、増岡は見たことがない。

すかさず、三宅が牛丼に紅ショウガを大量に盛り始めた。彼のモットーは、《ただほど安い物はない》だ。

「そちらさんは、並盛でしたね。どうぞごゆっくり」

増岡の前のカウンターにも、注文の品が置かれた。

ため息を吐くと、箸を手にしたまま、彼女は牛丼を黙々と掻き込む男たちを見回した。

牛丼に、軽トラ――

まったくの思い付きだった。

「あのぅ、ちょっと――」

厨房に戻りかけた女性店員の背中に、増岡は声を掛けた。

「はい、何でしょうか」

女性店員が足を止めて振り返り、怪訝な表情を浮かべた。

増岡は、他の客に悟られぬように警察手帳の身分証明書を素早く見せると、小声で身分を名乗り、続けた。

「軽トラックに廃品を載せている人が、こちらのお店を利用されることはありませんか。廃品回収かなんかで、運転席のルーフに拡声器が取り付けられている白い軽トラックなんですけど」

一瞬、女性店員は驚きの表情を浮かべたものの、すぐに言った。

「ああ、そういう人ならいますよ。御用があれば、いつでも飛んで来ますって、チラシも置いていきましたから。――ちょっと待っていてください」

そう言うと、彼女は厨房へ引っ込み、チラシを手にしてすぐに戻って来た。それはA

4の紙にポップ用の赤色と青色のマーカーで手書きしたものだった。《不用品、粗大ゴミ、スピード回収。格安・安心・安全がモットー・業界最安値》という惹句とともに、《何でもクリーン》という業者名と、住所や電話番号も達筆で大きく記されている。

増岡は手提げ鞄から執務手帳を取り出すと、チラシの内容を素早くメモした。そして財布から硬貨を取り出し、

「すみません、代金をここに置きますから」

と言いながらカウンターに三百八十円を置くと、吉野家を飛び出した。

「おい、まだ食っている最中だぞ」

ガラスの嵌まったドアが閉まりかけたとき、背後で三宅の叫び声が上がった。


「ええ、確かに、昨日の晩、あそこの農道で、ジョギングしていた若い兄ちゃんとすれ違いましたよ」

《何でもクリーン》の代表者だという中年男性は、目を瞬かせながら言った。

廃品回収業者の事務所は、船橋市内の宮本の海老川沿いにあった。一般の住宅が続く道沿いで、その一角だけが更地となっており、四角い窓付きのプレハブ小屋が設置されている。その脇の空き地には、白い軽トラックが停められているほかは、回収した様々な廃品が山積みされていた。

冷蔵庫、薄型テレビ、テレビ台、バスタブ、簞笥、スチール・デスク、形も色もばら

ばらの椅子、博多人形や熊の彫り物、時計、自転車。ミニコンポステレオ。リサイクルショップを兼ねて販売も行っていることは、一つ一つの品物に手書きの値札が付けられていることからも明らかだった。

「その前に、ほかに人間や車を見かけなかったか」

腰を屈めて、それらの値札を見回しながら、三宅が言った。

考え込む中年男を、増岡はじっと観察する。日焼けした顔。短く刈り込んだ頭髪。その頭に、鉢巻代わりに白手拭いを巻いている。ポケットが沢山付いたカーキ色の作業着の上下、それに安全靴という恰好だ。

二人が事務所を訪れて警察の身分を告げたとき、その表情や応対の様子に、慌てたり、動揺したりしている様子は少しも感じられなかった。むろん、肝の据わった人間は、ザラにいる。前科があったり、警察慣れしたりしている人物なら、咄嗟に動揺を隠して、さりげなく振る舞うこともできるかもしれない。一応、運転免許証を見せてもらい、その氏名、生年月日、現住所を控えさせてもらったから、後で前歴を確認すれば、そのあたりははっきりするはずだ。

そのとき、中年男が、ああ、という顔になった。

「そういえば、あの兄ちゃんとすれ違う直前のことなんですけど、別の二人組ともすれ違いましたよ」

「その二人組っていうのは男か、カップルか、それとも、女二人か」

売り物を眺めまわしていた三宅が顔を戻して、勢い込んで言った。

「男の二人連れでしたね。二人とも、やたらと背が高くて、こっちに向かって走って来たんで、あやうく車とぶつかりそうになって、冷や汗が出たんですから」

「走ってきた？」

「ええ、そうなんです。何だか、ひどく焦っていたような感じでした。しかも、こちらのライトに驚いたみたいに、慌てて顔を背けたんですよ」

三宅が黙り込み、増岡を見た。

おまえが訊け、という目顔だ。

増岡は、執務手帳と鉛筆を手にしたまま言った。

「だったら、顔をはっきりと見たわけじゃないんですね」

「ええ、まったく覚えていません」

「その二人組の服装は、どんな感じでしたか。それに年齢は？」

今度は、中年男の方が無言になった。目を宙に浮かせた顔つきになり、しきりと考え込んでいる。やがて、ゆっくりと目を上げた。

「一瞬、目にしただけだから、年齢なんて言われても、まったく分かりませんよ。服装にしても覚えがないけど、何だか変だなって思ったことだけは覚えています」

「何だか変とは、どういう意味ですか。もう少し、具体的に分かるように説明してください」

中年男が肩を竦めて、かぶりを振った。

「まいったな。うまく説明できないんだけど、ともかく、妙な感じだなって瞬間的に思ったんですよ。そうとしか、言いようがありません」

その後、いくつか質問を重ねたものの、実のある証言は引き出せなかった。

二人は中年男に礼を述べると、《何でもクリーン》の事務所から離れた。海老川沿いの道を五十メートルほど歩いたところで、増岡は口を開いた。

「犯人だと思いますか」

「二人組のことか」

頭一つ半も長身の三宅が、こちらを見下ろすようにして、かぶりを振った。

「コンビの変態なんて、これまで聞いたことがねえな」

「だったら、どうして焦っていたんですか。それに、軽トラのライトに、慌てて顔を背けているし」

「ただ眩しかったんじゃねえの」

茶化すような口調で、三宅が言った。同じような疑いを抱いていても、先を越されて指摘されると、たいがい、こんなふうに子供じみた態度を取るのだ。

彼女は口を閉じると、歩きながら考えを巡らせた。幼い女の子が連れ去られた。その手段はいまのところ判明していないものの、犯人は若い男性の可能性が高い。しかし、被害者が姿を消した後、家には、とうとう犯人から連絡が入らなかった。そして、同日中に被害者は遺体となって発見され、その遺体は半裸だった。つまり、これは断じて営利誘拐ではない。ゆきずりの変質者の犯行だ。この点は動かしがたい。

だとしたら、三宅の言うように、二人組はおかしい。変質者は、単独行動を取りたがるものだ。というより、他者との円滑な人間関係を構築できないケースが多い。人に言えない、悍ましい妄想の持ち主。しかも、その手の性癖は、常習性がある。幼女誘拐殺人も、快楽殺人も。

ふいに頭の隅に一つの答えを見つけた増岡は、三宅に顔を向けた。

「三宅さん、一つ思いついたことがあるんですけど」

三宅がくしゃくしゃのハンカチで額の汗を拭いながら、足を止めた。

「何だよ。おまえさんがその手の深刻な顔つきをするときは、たいがい、とんでもないことを言い出すに決まっているけど、特別に聞いてやるよ」

四

船橋署の最上階にある講堂横の廊下は、足早に出入りする捜査員たちでごった返していた。

出入り口横の壁に、《船橋市幼女誘拐殺人事件》という《戒名》が貼り出されている。

所轄署管内で重大事件が発生し、捜査本部が設置されると、署内の達筆の警察官が毛筆で記すのが、《戒名》である。

捜査本部が立ち上げられたからには、捜査員たちが自宅に戻るのは、三日に一度ほどの割合となる。それとて風呂に入り、着替えるだけの帰宅だ。あとは講堂の下の階にある道場に運び込まれた貸布団で、寝泊まりする。講堂の机で寝る猛者もいる。食事はたいてい、コンビニの握り飯とペットボトルの緑茶。外回りともなれば、トイレに困るので、それすらも控えざるを得ない。

講堂の入り口際で、香山は、県警本部から出向している新居武敏警部補と肩を並べて話し込んでいた。捜査会議が始まるまで、まだ少しだけ時間がある。今日、二人は組んで《地取り》を行ったのだった。結果は、完全に空振りだったものの、初っ端から当りを引けると期待するほど、二人とも新米ではない。

「夏場の夜分は、ほかの季節よりも人出が多いはずだが、現場が休耕地の中じゃ、人目がほとんどないってことだな」

新居が渋い口調で言うと、ズボンのポケットから、《フリスク》の小さな缶を取り出して、ミント味の錠剤菓子を器用に口に放り込んだ。昼間、その様子に目を向けた香山に、新居が歯を見せて、《禁煙した反動だよ》と言い訳をしていた。

「しかし、妙ですね」

香山は相手を見やり、言った。《地取り》のために歩き回っている間中、頭を悩ませていた問題があったのだ。

「犯人が遺体を遺棄した場所のことを言いたいんだろう、香山さんは」

察しよく、新居が合の手を入れた。

彼は、香山と同じくらいの背丈で、歳もほとんど変わらないくらいだろう。だが、遥かに太っており、色黒の狭い額に二本の横皺が走り、達磨に似た大きな目をしている。白い開襟シャツに薄手のジーンズ、足元が白のデッキシューズという香山とは対照的に、新居はワイシャツにグレーのネクタイ姿で、黒に近いズボンを穿いていた。

「ええ、犯人はどうして、あんな人目に付きやすい場所を選んだのでしょう」

一緒に《地取り》をしていても、新居は足取りが早く、聞き取りの相手の表情や、その一挙手一投足に常に鋭い視線を向けていた。事件について交わした意見の端々や、そんな様子から、新居の刑事としての確かな手腕や粘り強い性格を、香山は感じていた。

「俺も、それが真っ先に気になった。山奥に埋めるなり、重石を結び付けて海に放り込むなり、手はいくらでもある。——ことによると、わざと目に付きやすい場所に遺棄して、世間を騒がせるのが目的だったのかもしれん」

「ええ、以前にも、その手のひどい事件がありましたね」

新居が忌々しげにうなずき、続けた。

「それに、疑問なら、もう一つあるぞ」

「遺体の着衣のことですね」

今度は香山が言った。奇妙なTシャツの着方をした幼い少女。香山の脳裏に、その姿が生々しく甦って来る。見通しのいい現場の光景も。周囲の黒々とした闇に覆われた半農地帯も。始まったばかりの捜査は、いつものことながら雲を摑むように捉えどころがない。

「主任」

背後から掛かった声で、香山の考えが途切れた。

二人が同時に振り返ると、三宅と増岡が立っていた。

「手応えがありました」

三宅が額の汗をハンカチで拭いながら、一瞬だけ新居に視線を向け、かすかに低頭すると、息を弾ませて言った。

「何だ」

「例の大学生とすれ違った軽トラが判明しました――」

三宅が説明を続けてゆく。廃品回収業の中年男性。彼の目撃した奇妙な二人連れの男。軽トラのライトに、慌てて顔を背けた、その二人の不審な挙動。

香山は素早く掌を向けて、三宅の発言を制すると、口を開いた。

「ちょっと待て。その二人組の年齢や容姿は？」

三宅がかぶりを振った。

「残念ながら、まだ何も判明していません。廃品回収業者は、まったく覚えていませんでした。明日、もう一度会って、さらに確認してみます。それに、農道の周囲で、ほかにも、その二人組を目撃した人物が見つかるかもしれません」

「だったら、その男たちの服装はどうだ」

「何だか変だと感じたそうで、それ以外は、はっきりしません」

　夜道でいきなりライトの前に飛び出し、次の刹那(せつな)、すれ違う。とうてい、鮮明に見分けられるものではないし、記憶に定着しないのも無理はないかもしれない。香山はそう思いながらも、気になった。

「その何だか変というのは、どういう意味だ？」

　三宅が無言のまま口をへの字にすると、増岡に顔を向けた。

　すると、彼女が口を開いた。

「容姿、年齢、服装、いずれも不明ですが、二人組はかなりの長身だったとのことです。主任、現場から採取された四種類のゲソ、あのうちの二つは、いずれも二十八センチの革靴と推定されていますけど、その二人組のものではないでしょうか」

　香山は考え込んだ。一理ある。しかし、長身というだけで、何だか変という印象にただちに結びつくだろうか。

　誰も口を開かない。三宅はあらぬ方に目をやり、鼻の穴をほじくっている。増岡は真剣な表情で、じっとこちらを見つめている。三人のやり取りに耳を傾けていた新居が、またしても缶からフリスクを口に放り込んだ。

　何も思い浮かばなかったので、香山は言った。

「よし、明日、その二人組を見つけ出せ」

「了解」

「了解しました」

三宅と増岡がうなずいた。

すると、三宅が一つ咳払いして、またしても気兼ねするように一瞬だけ新居に目をやると、続けた。

「主任、《地取り》の途中で、増岡が一つ思いついたことがあります」

「何だ」

香山は、増岡に目を向けた。

「今回のヤマ、模倣犯じゃないでしょうか」

「模倣犯？」

増岡がこちらに目を向けたまま、うなずく。

「かなり以前に、連続幼女誘拐殺人事件を起こした田宮龍司と手口が似ています」

言われて、香山はその事件に思いを馳せた。時々刻々と新たな事件が発生し、連日のように捜査に忙殺されていても、重大事件や衝撃的な案件は、そう簡単には忘れられないものである。《田宮事件》と呼ばれるようになった一件も、まさにその一つと言えた。

若い男が、年端もいかない幼女を連れ去り、裸にして悪戯した挙句に、容赦なく殺害した事件だった。それも、続けざまに二人も。

その事件の捜査は難航したものの、やがて被疑者として田宮龍司という若者が浮上して、思わぬ展開から逮捕されたのだった。だが、所轄署で取り調べを受けた田宮は、頑として犯行を認めず、そのまま検察庁に送致となった。担当検事の取り調べにおいても、田宮は頑強に否定を続けて、《証拠》を出せとわめき続けたのである。

ところが、あとほんのわずかで勾留期限が切れるという間際になって、突如として決定的な《証拠》が発見された。そして、その証拠を突きつけられた田宮はにわかに恐慌を来し、ついに犯行を全面自供したのだった。

しかし、裁判が始まると、一転して、田宮は無実を訴え始めたのである。もっとも、一審、二審とも、死刑の判決が下った。二審判決後、田宮は即日控訴した。しかし、その二日後、拘置支所内で彼は自殺してしまったのだ。

「具体的に、どこが似ている」

香山は言った。

「被害者が、幼い女の子であること。遺体が、下半身だけ裸という点。遺体の周辺に、脱がしたと思しき衣服が散乱していた状況。それに何よりも、ブルーシートが布団のように、遺体に掛けられていたという状況です。――田宮龍司の手口や現場の特徴は、裁判で明らかになっていますし、新聞や週刊誌などで、詳細に報道されていますから、ほかの人間も、こうした点を十分に知り得ます」

つかの間、香山は考えを巡らせた。現場で遺体を見たときには、まったく思いつかなかった発想だった。彼は、三宅に目を向けた。

「どう思う」

三宅が、またしても肩を聳やかした。

「考え過ぎと違いますか。こいつガリ勉だから、いつも自分の考えに固執して、俺の言うことを少しも聞きません」

言いながら、からかうような目つきで増岡を見た。

だが、彼女は真剣な表情のままだ。

そのほっそりとした顔から、香山は隣の新居の顔に視線を移す。

「新居さんは、どう思いますか」

「面白い目の付け所かもしれんが、偶然が重なったという可能性も捨てきれんな」

ベテランらしい慎重な物言いだった。

香山は腕時計に目を落とした。

午後九時二十九分。

捜査会議が始まるまで、あと一分。

「捜査会議が始まる。俺からの指示は、会議の後だ」

言うと、香山は新居とともに講堂に向かって歩き出す。

後から、二人も続いた。

照明を落とした講堂内で、今回の事件で被害者となった、深沢美穂の死体検案書の報告が続いていた。

「――外因死の原因となった部位、性状は、頸部周囲に絞めた扼殺痕が認められ、扼殺痕の内部は縦六・六センチ、横三十・五センチほどで、頸部を正面から絞めたものと推定されます。その損傷は甚だしく、咽頭、喉頭、頸動脈、頸静脈ともに閉塞していました。顔面にチアノーゼ、眼球結膜に溢血点が認められました。また、右手の指先と腕に二か所の創傷があり、殺害時の防御創と思量されます。性的暴行や陰部損傷の痕跡が認められるものの、被疑者のものと推定される体液は採取されませんでした。毛髪、爪の間に残存した皮膚なども見つかっておりません。このほか、左脇腹に三センチほどのギザギザ状の圧痕が認められるものの、生活反応がないことから、死後に生じたものと断定できます――」

講堂内に響く声を耳にしながら、正面の大スクリーンの画像に、香山は目を向けていた。現場で撮影された画像や検死の写真が、次々と映し出されてゆく。

遺体発見現場の休耕地。

地面に広げられたブルーシート。

そのブルーシートがわずかに盛り上がり、端から覗いている白い足先。

闇の中に続く農道。

小さな遺体。

ほっそりとした頸の扼殺痕の大写し。

　画面が切り替わるごとに、心臓が小さく弾けるように飛び跳ねる。ガイシャや現場の写真など、いつ見ても、少しも楽しい見ものではない。

《圧痕》が大写しになった。蒼白の肌に、かすかな窪みが残っている。該当箇所の横にスケールが並置されており、大きさの把握は容易だ。長さが三センチ弱、幅四、五ミリほどの帯状で、両側に不規則な波状が残されていた。幼児の過敏な柔肌を、毒性のある昆虫が這って生じた蚯蚓腫れのようにも見えるものの、科捜研は、あくまで《圧痕》と断定している。

「――以上、死亡原因は、頸動脈及び頸静脈の閉塞による脳の低酸素症で、死亡推定時刻は、七月二十九日午後五時より午後七時までの間となっています。成傷物体は、創傷部皮膚組織及び内部組織の観察から、大人の両手と判定されます。その他の所見、特になし。中毒物質は検査中です。また、遺体の衣服、現場周辺で採取された微物についても、現在、分析中です」

　画面が消え、講堂内の照明が灯る。

　一瞬、香山は眩しさを感じた。

　講堂内に、ざわめきがさざ波のように広がる。

　それを抑え込むように、捜査員席の最前列の入江が言った。

「次、被害者家族からの聞き取りについて、報告」

講堂の右側にいた二名の捜査員が、素早く立ち上がった。

「被害者の両親、年長の兄、小学校一年生、それに近所の住人から話を聞きました。昨七月二十九日はむろんのこと、それ以前の一か月ほどまで遡ってみても、不審者や不審車両を見かけた者はおりませんでした。子供の連れ去り未遂や、少女が声を掛けられた事例も拾えませんでした――」

捜査員の報告は、さらに《鑑取り》にも触れた。被害者および被害者家族の生活ぶり、人となりや性癖、金銭の貸借、そして悶着や周囲との軋轢の有無など、犯行が個人的な関係から生じた可能性を確認していく。

だが、今回の事件で被害者となったのは、わずか五歳の幼女であり、恨みや人間関係の縺れが原因という可能性はまず考えられなかった。被害者の両親についての聞き込みでも、二人はともに温厚で篤実な人物と判明した。恨みを受けるような気配は、近所や両親の勤め先でも、捜査員たちは耳にすることはなかった。

続いて、ブルーシートの状態と、その出所についての捜査報告が行われた。ブルーシートそのものは、真っ新の状態ではなく、使い古しで両面に土埃が付着していた。科捜研による分析の結果、それらの土埃は、現場周辺の土壌と同質だった。量販店やホームセンターで市販されたり、工務店などで使用されたりしている一般的な品で、ロゴや印刷はなく、明瞭な指紋も検出されなかった。

ただし、遺体が発見された休耕地近くの場所で、遺棄されているブルーシートが二枚見つかったのだった。たぶん、どこかで使用していたものが、風で吹き飛ばされて、そのままになったものと考えられた。もしかすると、遺体を覆っていたブルーシートも、遺棄現場近くに放置されていたものかもしれない。

さらに、第一発見者の大学生についての調べが報告された。千葉県内の私立大学三年に在学中だという。文学部歴史学科に在籍しており、専攻は日本古代史。東日本の古墳が研究テーマ。自宅は、現場から約二キロ地点にあり、両親、祖父母、高校二年生の妹と同居していた。大学や近所での聞き込みでも、素行にまったく問題はなく、補導歴もなかった。本人の言葉通り、夏休みの梅雨明けから連日、夜分にジョギングする姿が、近所の住人によって目撃されている。

また、その大学生がアームバンドの中に装着していたスマホのアプリの解析によって、事件当日の彼の動きが、自身の証言通りと確認されたのだった。

その報告が終了すると、被害者が消えた公園周辺での聞き込みの報告が始まった。事件発覚直後の聞き込みに加えて、今日一日の《地取り》で、新たに二人の目撃者が判明したのだった。

一人は、個人タクシーの運転手の男性で、事件当日の夕刻、児童公園内の公衆便所に立ち寄ったとき、ブランコで、ほかの子供たちに交じって遊んでいる幼い女の子を目にしていた。顔立ちまでは覚えていなかったものの、赤いTシャツにピンクのスカートについて、記憶が残っていた。運転手自身も幼い娘を持っていたからだという。しかも、そのとき、公園脇の少し離れた路上に、一台の車が停車していたことも、運転手は覚えていた。車の色は、黒だったという。

もう一人は、コンビニの配送トラックの運転手である。その男性は、深沢美穂と思しき幼女を目にしていたわけではなかったが、公園近くの交差点で、一時停止を無視した軽自動車とあやうく衝突しそうになったと証言したのである。そちらも、黒い車体だったという。交通量のさして多くない住宅街で、かなりのスピードを出していたという車両の存在は、確かに、不審を抱かせるに足る事態と思われた。

「よし、次に軽トラの調べは、どうなっている」

入江の言葉に、三宅がのっそりと立ち上がる。横に着席していた増岡の起立の方が、はるかに素早かった。

「報告します――」

煙草の袋を破ったメモ書きに目を落としながら、いつもと人が変わったように緊張した面持ちで、三宅が大きな背を丸めて報告を始めた。第一発見者となった大学生の証言から浮かび上がった白い軽トラック。たまたま立ち寄った牛丼屋で、軽トラックを使った廃品回収業者のチラシを目にした経緯。そして、《何でもクリーン》の代表者の男性の証言から浮かび上がった、長身の二人組の男たちの存在。

三宅の説明に耳を傾けながら、香山は執務手帳の余白に、ボールペンで《模倣犯》と書き、それを丸で何重にも囲んだ。そして、その下に、思い付いた言葉を、次々と書いてゆく。

《模倣犯になる人間のとる行動》

《模倣犯の拘り》

《模倣犯は何を考えるか》

　だが、何も思い浮かばない。

　仕方なく、手元の死体検案書の内容のメモに、もう一度目を走らせる。いつものことながら、死体検案書は血の通わない文字の羅列にしか感じられない。それでも、頭の片隅に、何かが引っかかっていた。頭の中の空白に、かすかな黒い点が見える。その点がしだいに大きくなる。ふいに、いまさっき大スクリーンに映し出された深沢美穂の遺体の映像がそこに重なった。

「新居さん、ちょっと」

　香山は咄嗟に、隣の席に座っている新居に囁いた。

「何だ」

　顔を向けた新居が、囁き返した。

「会議の後、ちょっと付き合ってもらえますか」

「何か引っかかったのか」

「ええ」

　新居が小さくうなずいた。

三宅と増岡の班に続いて、ほかの班の報告が終わると、でっぷりと太った捜査一課長が初めて声を張り上げた。県警本部から、特別捜査班の実質的最高責任者として出向してきているのだ。

「意見のある者」

「意見」

ひときわ高い声が響いた。

講堂中の捜査員たちの視線が、立ち上がった増岡に向けられた。

「増岡、何だ」

「今回の事件は、田宮事件の模倣犯の可能性があるのではないでしょうか」

講堂内に、どよめきが広がった。

「その根拠は」

「被害者が幼い女の子であること。下半身裸の遺体の状況。脱がされた衣服とともに遺棄されていた点。そして、布団のようにブルーシートが遺体に掛けられていたという類似点です」

すると、前列から声が上がった。

「それは、あり得ない」

一斉に、人々の視線がそちらに移動する。

立ち上がったのは、大柄な入江だった。

「変態野郎なんて、どいつもこいつも、同じようなことをするに決まっている。幼い女の子を言葉巧みに連れ去る。人目のない場所で裸にして悪戯する。当然、女の子は泣いたり、騒いだりするから、カッとなって首を絞めて殺害する。あとは、人けのない場所に運んで遺棄する。糞っ垂れどものすることは、たいていそんなもんだ。――一課長、初動の段階で、下らない筋読みで道草を食っている場合ではないと思います」

びっしりと講堂を埋め尽くした捜査員たちの中に、何人もうなずく者がいた。

「どうだ、増岡」

刈り上げ頭の捜査一課長が、冷徹な目を向けた。

「確かに、変質者の行動は、結果的には類型的なものになりがちです。しかし、ブルーシートという共通点だけは、一般的な行動パターンには当てはまりません」

その言葉で、香山の頭の中に閃くものがあった。彼は、無言のまま手を上げた。

「何だ、香山」

入江が、不機嫌そうな声を張り上げた。

表情を変えずに、香山は立ち上がった。

「係長の指摘はもっともですが、これが万が一、模倣犯だったとしたら、一つだけ目の付け所があります」

「目の付け所だと――」

「田宮事件については、新聞や雑誌、テレビなどで、散々に報道がなされました。犯行現場、悪戯や殺害の手口、遺体遺棄現場など、それらは詳細に及んでいます。これが模倣犯の仕業なら、田宮事件に関連した場所——たとえば、被害者宅や遺体遺棄現場などに、その犯人が姿を現していた可能性があるのではないでしょうか」

「憧(あこが)れの地を、田宮の礼賛者が訪れていた、とそう読むわけか」

目の大きな一課長が、揶揄(やゆ)するような口調で言葉を挟んだ。

香山はうなずく。実際、世間を震撼(しんかん)させたほどの大事件ともなれば、野次馬が後を絶たないものである。田宮事件もその一つで、そうした野次馬の中に、今回の犯人が紛れ込んでいた可能性がないとは言い切れない。そして、単なる物見高い野次馬たちと、模倣犯とでは、どこかが違うのではないだろうか。挙動。目つき。現場のどこに関心を向けるか。そんな観点から篩(ふるい)にかければ、ひょっとすると、模倣犯が浮かび上がるかもしれない。

「馬鹿げている」

入江が、吐き捨てるように言った。

その後、ほかの捜査員たちも賛否両論の意見を述べたが、捜査一課長が手を上げて、人々を制した。

「どうせ落ち穂拾いだろうが、念のためだ、増岡、当たってみろ」

「了解しました」

香山は、増岡とともに着席しようとしたとき、刺すような入江の視線を感じたが、無視した。

捜査会議が解散となったのは、開始から約一時間後のことだった。

捜査員たちで込み合う講堂の中を、増岡は前列の方へ近づいてゆく。背後から、三宅がついて来る。

入江を囲むようにして話し込んでいた男たちが、彼女の気配に気が付き、一斉に顔を向けた。

「何か用か」

入江が、わざとらしい猫撫で声を発した。

増岡は、努めて表情を一切変えずに言った。

「係長、田宮事件のこと、詳しく教えていただけませんか」

途端に、視線を逸らした入江が、大きく鼻を鳴らした。

「模倣犯だと。――どこのケツの穴から、そんな屁みたいな筋読みをひり出したんだ。下らないことを言っている暇があったら、児童公園で目撃されたちんちくりん野郎を割り出すのが最優先じゃねえか。限られた捜査員で、県内だけでも、何千人いるか分からねえ短小野郎に当たらなきゃならねえんだぞ。捜査のイロハが分かってんのか」

一転して、白濁した唾を飛ばしながら、入江が捲し立てた。

「捜査一課長が許可されました」

表情を動かさず、増岡はそれだけ言った。

セクハラ。パワハラ。ほかの職場だったら、入江の発言は、文字通り即失職ものの暴言だが、いちいち気にしてはいられない。

入江が睨み返した。

「何様のつもりだ、ひよっこが」

「係長、もうそれくらいで、どうか勘弁してやってください」

横から、三宅が口を挟んだ。

「それより、香山はどこに消えやがった。好き勝手に動き回りやがって」

二人を無視して、入江は憤然と立ち上がると、蒲谷や新座とともに講堂の出口に向かった。

後に残された増岡は、音を立てずに息を吐いた。ある程度は予想された反応だったが、仁義を切っておかなければと思い、声を掛けたのだ。

彼女は、三宅を振り返った。

「三宅さん、係長とは古い知り合いでしたよね」

三宅が、肩を聳やかした。

「まあな。向こうが、こっちをどう思っているかは、分からねえけど。俺が卒配で市原署に世話になったとき、刑事課にあの人がいた」

「三宅さんが最初に刑事課に配属された千葉中央署でも、入江さん、主任だったんでしょう。三宅さんも当然、田宮事件の捜査にも携わったんですよね」

無精髭が一層濃くなった顎を掻きながら、三宅がうなずいた。

「まあ、そうだけど、あの頃、俺はまだほんの駆け出しだったから、事件捜査の右も左も分からなかった。確実を期すのなら、千葉中央署に保管されている捜査資料で、お勉強するしかないぞ」

「ええ、もちろん、そのつもりです」

増岡はうなずいた。事件に関する捜査書類一式は、捜査本部が置かれた所轄署の庶務課に保管される。田宮事件の発端となった幼女誘拐事件が発生した蘇我町は、千葉中央署の管轄なのだ。

そして、千葉中央署の捜査一課に所属していた入江と安川伸治巡査長のコンビが、田宮龍司を完落ちに追い込んだことを、県警の警察官で知らない者はいない。しかも、その一件が抜群の功労と認められて、入江は《警察功労章》を受け、警部補に昇任したということも。《警察功労章》は、警察庁長官から授与される記章であり、きわめて価値が高く、《警察勲功章》に次ぐ第二位の警察表彰である。田宮事件は、それほどまでに注目された事件だったのだ。

「それに、現場にも足を運ばなくちゃ」

増岡が付け加えると、三宅がニヤリと笑った。

「主任の筋読みを確認するんだな」

香山は新居とともに、船橋署の建物から出た。

肩を並べて、広々とした駐車場に置かれた覆面パトカーへ足を向ける。曇っているせいか、月も星も見えない。街灯の青白い光に執拗に纏わりつくようにして、二匹の小さな蛾が飛んでいる。

香山は、覆面パトカーのドアを開けて車内に乗り込む。助手席側から、新居も車内に滑り込み、音を立ててドアを閉めた。香山はすぐにエンジンをかけると、車を発進させた。

向かった先は、深沢美穂の遺体発見現場だった。ひどく頭痛がする。それでも、捜査会議の間中、ずっと拭えなかった違和感の原因が何なのかを、現場で確認する必要があった。それで、わざわざ新居にも付き合ってもらったのである。

午後十一時が近いせいか、道はすいていた。《空車》の赤ランプを掲げたタクシーとばかりすれ違う。

やがて、休耕地が見えてきた。香山は、覆面パトカーを昨日と同じ場所に停車させた。エンジンをかけたまま、車から降りる。反対側から、新居も車外に出た。

遺体遺棄現場には、イエローテープがまだ張り渡してあった。だが、現場検証は完全に終了していたためか、張り番のパトカーはいない。

昨日と同じように、かすかに虫の音が聞こえる。遠くの道路を走行する車のライトが、目に留まった。今夜も、熱帯夜だ。風もなく、じっとしていても汗が滲んでくる。

香山は、農道を歩き回ってみた。そして、何度もブルーシートがあった辺りに目を凝らす。様々な角度から。

立ち止まり、周囲をぐるりと見回した。

「どうだ、違和感を覚える点が、具体的に見えて来たか」

同じように周囲に目を向けながら、五メートルほど離れた場所に佇んでいる新居が、声を掛けてきた。

香山は無言のまま首を振り、観察を続けた。

船橋郊外の半農村部。

見通しが良すぎる。

だとしたら、犯人が被害者に悪戯をした場所は、ここではあり得ない。

たぶん、人目のない狭い場所で悪戯して、殺害したのもそこだろう。

自宅の一室。空家の中。使われなくなった廃屋や工場。ガレージや倉庫。

それから、犯人は、どうやって遺体を運んだのだろう。

暗い農道を見やった。

リュックや鞄に入れたのか。

それとも、車の座席に押し込み、運んだのか。

そのとき、被害者の下半身は裸だったのか。

そこまで考えたとき、突如として思い当たり、香山は新居に顔を向けた。

「新居さん、圧痕ですよ」

「圧痕？」

眉間に皺を寄せて、新居が近寄ってきた。

「ええ、遺体の左脇腹にあったでしょう」

「ああ、確かにあった。だが、それがどうした」

「死体検案書では、生活反応すなわち、皮下出血、炎症、化膿などから生じたものではない痕跡で、絶命後に付いたものと結論付けられています。――だとしたら、一つの可能性として、遺体は裸で運ばれてきて、ここでTシャツを着せられたとは考えられないでしょうか」

かすかに唸ったものの、新居が言った。

「慌てていて、腕を袖に通す余裕がなかった。そう見るわけだな」

「ええ、その通りです」

二人は覆面パトカーに駆け戻った。

左右のドアを開けて、同時に乗り込むと、香山はすぐに車を発進させた。

五

翌日。

入江は運転してきた覆面パトカーを、コンビニエンスストアの駐車場に乗り入れた。

いつものように腕時計に目をやり、自分の行動について時刻を確認する。

午後一時過ぎ。

場所は、船橋市夏見。深沢美穂が連れ去られたと推定されている児童公園から、半キロほどの地点にある。エンジンを切り、入江は車外に降り立った。グレーの夏服の上着は身に着けているものの、ネクタイなしのワイシャツ姿である。

入り口に向かうと、ガラス張りの自動ドアが開いた。途端に、エアコンのひんやりとした冷気が出迎えた。

レジ横に立っていた狐顔の蒲谷が、素早く手を上げた。

「係長」

言うと、傍らのレジカウンター内にいた制服姿の中年女性に、何事か囁(ささや)き、それから入江に左奥の事務室のドアを指差した。

「あっちです」

「おう」

短く応ずると、入江はレジにいる女性に軽く一礼して、その前を通り過ぎ、事務室に足を向けた。

店舗の奥の事務室は、想像以上に狭かった。壁際を覆ったスチール棚に、備品や商品在庫が山積みになっている。一方の壁際に、経理事務を行うためらしきスチール・デスクが据え付けられ、その横に小さ目のスチール棚が置かれていた。その棚に、ブルーレイレコーダーに似た防犯カメラの録画装置とモニター画面が嵌め込まれていた。

後から、蒲谷も入って来た。

モニター画面の前に屈み込んでいた新座が、二人の気配に振り返った。まだ新人の新座は、蒲谷と組んでいるのだ。

「係長、これですよ」

言われて、入江も身を屈めて画面に顔を近づけた。

新座が、録画装置の《巻き戻し》のボタンを押した。画面が目まぐるしく後戻りしてゆく。すぐに、《停止》のボタンを押して、素早く《再生》のボタンを押す。

十四インチのモニター画面に、いきなり黒い車両が映り込んだ。車種は、スズキ・アルト。店舗前の道路を、かなりゆっくりと走行している。たぶん、二十キロ台だろう。だが、街灯の眩しい光が当たってサイドガラスがハレーションを起こし、運転している人物の容姿は識別できない。

「この防犯カメラは、どの位置にある」

画面に目を向けたまま、入江は言った。

「店舗入り口の左横の庇下に取り付けられています。半球形の高性能なタイプです」

「時間帯は？」

「ここに」

モニター画面の上端に表示されている数字を、新座が指差した。

一八時〇二分三七秒、三八秒、三九秒——

「私たちが当たったほかの二軒のコンビニの防犯カメラにも、この時間と前後して、こいつとよく似た軽自動車が映り込んでいました。それで気になったんです」

新座が付け加えた。

「その二軒の位置は？」

入江の言葉に、背後にいた蒲谷が、スチール・デスクの上に素早く地図を広げた。地図上に、ボールペンで三つの赤い丸が記されていた。殺害された幼女が遊んでいた児童公園の西側と北側。そして、現在位置は、その公園の南側に位置している。

その三つの位置を凝視しながら、入江は、《地取り》から浮かび上がった証言を思い浮かべていた。

個人タクシーの運転手が目撃したという、公園脇に停車していた黒い車——

コンビニの配送業者のトラックと衝突しかけた軽自動車——

「よし、もう一度、再生しろ」

新座が無言でうなずき、録画装置を手際よく操作した。

入江が、モニター画面にさらに顔を近づける。

「止めろ」

静止状態になった画像が、ときおりブレる。

「ここを見ろ」

映っている車の前輪タイヤを、入江が指差した。

新座が身を乗り出す。入江の背後に控えている蒲谷も、脇から画面に顔を近づけた。

画面の中のスズキ・アルトの前輪のタイヤは、銀色の特殊なホイールを装着していた。かなり凝ったデザインである。

「スタンダードなタイヤ・ホイールじゃないぞ」

「確かに」

新座がうなずいた。

入江は上体を起こすと、二人を交互に見た。

「児童公園を中心に、半径一キロ圏内の防犯カメラをチェックだ。コンビニ、店舗、マンション、すべてだ。《鑑取り》から四つの組を引き抜いて、すぐにそっちに当たらせろ。特に、こいつと同じ車種は要注意だ。防犯カメラにナンバー・プレートが映り込んでいたら、勿怪(もっけ)の幸いだが、車両の年式、車検のステッカー、バックミラーに吊(つ)るされたアクセサリー、ともかく車両を特定できる手掛かりを探すんだ」

「了解」

新座と蒲谷が、同時に口にした。

画面に目を戻し、入江は素早く考えを巡らせた。

ただちに、県内に登録されている当該車種の持ち主と、車庫証明を検索する。

あとはローラーを掛けて、一台ずつ潰(つぶ)して行けば、必ずこの車に行きつく。

それが外れなら、近県にまで範囲を広げるまでだ。

六

香山は新居とともに、アパートの狭い外階段を上がってゆく。

金属製だから、二人の男の足音がかなり響く。

場所は、船橋市夏見。香山たちの目的は、殺害された深沢美穂の両親と面談することだった。すでに何組もの捜査員たちが、二人から根掘り葉掘り聞き取りを行ったはずだが、どうしても、直接、彼らから話を聞きたかった。それに、もう一つ、確認しなければならないことがある。

事件発生から、まだ二日目。被害者の通夜や葬儀が控えているはずだし、父親は忌引きで仕事に出ていないだろう。いいや、外出する気持ちになど、なるはずがない。

外廊下を二階の一番奥まで進み、二〇五号室のドアの前に立った。

目を合わせた新居がうなずいたので、香山はドア横の呼び鈴のボタンを押した。

ほどなく、ドア越しにくぐもった女の声が返ってきた。

「どちら様でしょうか」

「警察の者です。お取り込みの所、まことに申しわけありませんが、確認したいことがありまして」

香山は、語気を抑えて言った。

錠を外す音がして、ドアがゆっくりと開いた。

青白い女性の顔が現れた。化粧っけがなく、長い髪が乱れたままだ。充血した眼の下に、薄く青黒い隈（くま）が出来ている。

「船橋署の香山巡査部長です。この度のこと、心よりお見舞い申し上げます」

警官式の低頭は、相手がたとえ警察庁長官であっても、十五度までと決まっている。

唯一の例外は、殉職警官に対する三十度の一礼である。だが、香山はそれ以上に深々と頭を下げた。

「県警本部の新居です。衷心よりお悔やみ申し上げます」

新居も丁寧に頭を下げた。

「どうぞ、お上がりください」

女性が静かに言った。

二人はもう一度おじぎをすると、まったく音のしない玄関に足を踏み入れた。

「圧痕？」

怪訝な表情を浮かべて、母親が言った。隣に座っている父親も、まったく同じような顔つきになっている。夫婦ともにまともに寝ていないのか、顔色が悪く、肌の皺が深い。

香山と新居は、ダイニング・テーブル越しに、被害者の両親と対座していた。線香の匂いが、隣室から漂っている。

隣の六畳間に設えられた祭壇の遺影に二人で手を合わせて、場所を移して聞き取りを行っていた。事件前の被害者の様子。日常の暮らしぶり。性格。不審者の気配。見かけない車の通過。そういったことを改めて確認してから、香山が遺体に残されていた痕跡について切り出したのだった。

「左脇腹に残されていたものなんですが、お嬢様のそのあたりに、生前からこんな圧痕があったのではありませんか」

香山は言いながら、ダイニング・テーブルに、その部分だけを拡大した写真を置いた。死体検案書では、《圧痕》は被害者が死亡した後で付いたものという結論だったが、念のために、両親に確かめておく必要があった。

「いいえ、あの子の脇腹には、こんなものはありませんでした。いつも、一緒にお風呂に入っていましたから、絶対に間違いありません」

母親が、真剣な表情で言った。

香山はうなずく。

「やはり、そうでしたか」

「この圧痕が、事件と何か関係があるんですか」

父親が口を開いた。目の細い、いかにも真面目そうな感じの男性だった。三十半ばくらいだろう。縋り付くような表情になっている。

香山は、かぶりを振った。

「それは、まだ不明です。しかし、事件に巻き込まれた後、付いたものだとしたら、何らかの手掛かりになるかもしれません」

「刑事さん、どうか美穂の仇をとってやってください。お願いします、この通りです」

震える両手を合わせた途端に、父親の目が赤く潤み、溢れた涙が頰を伝った。

「深沢さん、奥さん、何の罪もない幼い子供を手に掛けた犯人を、私たちは絶対に野放しにする気はありません」

そう言うと、香山は深々と頭を垂れた。

隣で、新居も黙したまま低頭する。

深沢家を辞して、アパートの外階段を降りながら、別れたばかりの夫婦のことを香山は思った。これから先、あの二人は殺された娘のことばかりを思い続けて生きてゆくのだ。そんな犯罪被害者の心情に寄り添うことも、刑事の役目に含まれている。

階段を降り切って、新居とともにアパート前に停めておいた覆面パトカーに足を向けながら、香山は、またしても《圧痕》のことを考えた。いったい何時、どのようにして付いたのだ。遺体遺棄現場で、Tシャツをあんなふうに着せた意図は、いったい何だろう。農道を走り去った、長身の二人組の男たちの仕業なのか。

そのとき、ズボンのポケットの中の携帯電話が鳴動した。

着信画面に、《入江》の文字。

「はい、香山」

答える香山を、足を止めた新居が見つめている。

《被疑者のものと思われるスズキ・アルトを、ローラーに掛ける。大至急、署に戻れ》

入江のぶっきらぼうな声が響いた。


同じ頃――

大多喜街道を、覆面パトカーが疾走していた。

別名、国道二九七号線は、市原市から上総牛久、大多喜、勝浦を経由して館山市に至る道路である。

助手席の三宅が、セブンスターを美味そうに喫っている。

運転席でハンドルを握りながら、増岡は盛大にため息を吐いた。両サイドの窓ガラスは完全に下げられているものの、煙いことに変わりはない。そのうえ、埃っぽい風が嫌というほど吹き込んできて、彼女のショートヘアーを乱す。それでなくても、捜査本部が立ち上げられたいまとなっては、毎日自宅へ戻って髪を洗うことができないのだ。

　とうとう我慢しきれなくなって、増岡は口を開いた。

「信じられない。いまどき、煙草を喫わない同乗者がいる車内で、平気で煙草に火をつける人がいるなんて」

「他人の嗜好にまで、口出ししてもらいたくねえな」

　三宅が、平然と言い返した。

「間接喫煙させられる身にもなってください。うちは、父親はもちろん、親戚にだって、煙草を喫う人なんていないから、耐性がないんです。だいいち、体に悪いじゃないですか。三宅さん、早死にしてもいいんですか」

　自分の方に漂ってくる煙を追い払うために、顔の前で左手の掌を忙しなく振りながら、増岡は言った。

「だから、ちゃんと窓を開けているじゃないか」

「それでも、十分過ぎるほど煙いですよ」

　睨んだ増岡に、三宅が顔を向けて、歯を見せた。

「だがな、煙草ってやつも、これでけっこう捜査の役に立つんだぜ」

「はあっ、どんなふうに役に立つっていうんですか」

　増岡は、本気で腹を立てて言い返した。

「そりゃ、こんな感じさ。事件の被疑者にローラーを掛けるとき、まっ、一服どうぞ、と相手に煙草を差し出して、当たり障りのない四方山話をする。で、その話が一段落して、相手が煙草を喫い終わったところを見計らって、失礼と言って、その吸殻を頂戴する。そいつを科捜研に持ち込み、吸い口に付いた唾液をＤＮＡ鑑定に掛ける。鑑定結果が、遺留品に付着していたＤＮＡと一致すりゃ、一発で決まりさ」

煙を盛大に吐き出しながら、三宅が勝ち誇ったように馬鹿笑いした。

増岡は、呆れてものが言えなかった。車内で煙草を喫う口実に、まったくなっていない。

「さてと、ニコチン補給も完了したから、ここらで運転を代わってやるよ。おまえさんは、捜査記録に目を通したいんだろう」

短くなった煙草を車の灰皿でもみ消しながら、三宅が言った。

ホッとした気分で、増岡はため息を吐いた。路肩に覆面パトカーを停車させて、車外に出ると、三宅と座席を入れ替わった。そして、車が走り出すと、すぐに手提げ鞄の中から、黒い表紙で綴じた分厚い書類を取り出した。田宮事件の捜査記録である。

午前中、二人は《何でもクリーン》の代表者から再度の聞き取りをした。だが、目撃した二人組の男についての新たな証言は得られなかった。その後、千葉中央署へ赴いて、この捜査記録を正式に借り出してきたのだ。その後、田宮事件の二軒の被害者宅も訪れた。いずれも、幼い女の子が連れ去られて、その挙句に殺害されたのである。最初の事件が発生したのは、いまから七年前の四月二十五日のことだった。

二つの家には、いまだに祭壇が置かれていて、あどけなく笑う幼女の遺影とともに、無数の花や、子供のお気に入りだったと思われる玩具(おもちゃ)やぬいぐるみ、人形などが、その周りにびっしりと飾られていた。

最初の家で、二人を出迎えたのは、やつれきった顔をした母親だけだった。二軒目では、夫婦が揃って、二人と面談した。夫婦ともども、まったく笑顔というものがなかった。どちらの家も、これ以上ない重苦しい雰囲気に包まれ、事件のことはもとより、野次馬についての質問にも、言葉少なに否定するだけだったのである。

彼らの心を占めているのは、奪われた子供へのやり場のない哀惜の念だけで、それ以外に関心を向けるゆとりなど、まったく残されていないことは明らかだった。事件が被害者家族の心に残した深い傷は、七年もの月日が経過したいまでも、ほんの少しも癒(い)えていないのだろう。

それから、増岡は三宅とともに、田宮事件の遺体遺棄現場の一つに赴いた。そこは上総牛久からほど近い、養老(ようろう)川沿いの雑木林の中で、犯人の田宮龍司が、唯一の目撃者となった人物と遭遇した場所にほかならなかった。

だが、その場所周辺での聞き込みにおいても、とりたてて耳を欹(そばだ)てるような収穫は得られなかった。確かに、事件直後、遺体遺棄現場には、野次馬やマスコミが殺到して、近隣住人がはた迷惑を被ったという。

田宮が犯行を全面自供した直後も、まったく同じような騒ぎが再燃して、ひどく閉口したという住民たちの愚痴を聞かされた程度で、それらの中に、増岡が想定していたような《模倣犯》らしき人物の姿を見出すことはできなかった。残る頼みの綱は、もう一か所の遺体遺棄現場だけである。

増岡は、車の揺れに身を任せながら、捜査記録の表紙を捲った。

田宮事件。

刑事を志すにあたり、勉強した記憶がある。

しかし、改めて、その詳細を確認しなければならない。

第二部　田宮事件

一

平成二十二年四月二十五日。

橘朋子は、キッチンの水道のレバーを押し下げた。

シンクに置かれたアルミ製のボールに、冷たい水が勢いよく流れ落ちてゆく。ボールの中には、いまさっき終えたばかりの昼食で使った大小の皿や茶碗、マグカップ、それに、箸やスプーンなどが入れられていた。

朋子はゴム手袋を嵌め、スポンジに《フロッシュ》をたっぷりかけて泡立てると、茶碗を洗い始めた。この洗剤はとても汚れ落ちがいい。だが、彼女は人一倍肌が弱いので、水仕事をするときには、必ずゴム手袋を使用するようにしている。

今日は日曜日で、夫の雅彦は早朝から接待ゴルフで、姉ケ崎カントリー倶楽部へ出掛けているし、幼稚園がないから、朋子は娘の知恵とふたりだけで昼食を取ったのだった。

メニューは、昨晩の残りの炊き込みご飯と肉団子、ポテト・サラダ、それにベーコン入りのコーンポタージュ。

水の溢れているボールの中から、プラスチックの赤い柄のついたスプーンを取り出して、スポンジでよく擦る。赤い柄には、アンパンマンの絵が印刷されている。まだ五歳の娘は、これが大のお気に入りだ。

そう思いながら、キッチンの横に細長い窓から、三坪ほどの広さの庭で遊んでいる知恵を見やった。この三月に飼い始めたばかりの黒柴犬のコロと、芝生の上で遊んでいる。ぐるぐると走り回る娘の脚に、仔犬のコロがじゃれついている。半分開いたガラス窓から、彼女の弾むような笑い声が聞こえている。

つかの間、手を止めると、朋子はその様子に見とれた。満ち足りた気持ちが、胸の裡に音もなく広がる。

この建売住宅を二十五年ローンで購入したのは、去年のことだった。雅彦が本店の営業課長に昇進し、彼の両親からの援助の申し出があったので、思い切って決断したのだ。敷地は四十坪ほど。建物の床面積は約百十平米。たいして大きくはないものの、住み心地は思ったよりもずっといい。狭いながら庭もあるし、雅彦の趣味の車、フォルクスワーゲンのカルマンギアのための駐車スペースも完備している。

蘇我駅までは、大人の足で二十分ほどの距離で、夫の勤めている住宅販売会社の本店がある銀座までは、一時間半ほどで通える。まず申し分ない家と言えるだろう。五月の連休には、三組、来客の予定も入っていた。

一組は、夫の両親だ。東京都の青梅市から、わざわざ都心を横断して遊びに来る。二組目は、夫の同僚と部下たち。その晩は、大宴会になることは必定だろう。そして、残る一組は、朋子の女子大時代の友人たち五名。

結婚式の披露宴のときに、初めて新郎を目にした彼女たちは、雅彦の二枚目ぶりに吃驚して、《朋子ばっかり、ずるい》と悔しがったものだった。彼女たちがこの家に足を踏み入れたら、たぶん、もう一度、羨んで、大はしゃぎすることだろう。

そう思いながら、朋子は振り返ると、ダイニングと奥のリビングルームへ目を向けた。壁も家具も、白で統一されており、広々とした南側の窓には、オランダのハンターダグラス社製のブラインドが取り付けられている。これはレース布でできた特殊なブラインドだ。すべて、朋子の意向を通したのだった。北側の壁際に置かれたサイドボードの上には、大ぶりな《リヤドロ》の貴婦人像が飾られている。雅彦からの誕生日プレゼントである。あれにも、友人たちは歓声を上げるに違いない。

二階には三部屋もあるから、そろそろ、もう一人、子供が出来てもいいかもしれない。口元が自然と綻ぶのを感じながら、朋子は洗い物を再開した。赤いマグカップを洗う。これも、知恵のお気に入りの一つだ。

そのとき、玄関の呼び鈴が鳴った。キッチンの壁に取り付けられているインターフォンのモニター画面に目を向ける。ベージュ地に白の縦ストライプの制服、それに緑色の帽子を被った男性が映っていた。朋子は、《通話》のボタンを押して、インターフォンに顔を近づけて言った。

「どちら様でしょうか」

《宅配便です。お届け物をお持ちしました》

声が返ってきた。

「少々お待ちください」

水道のレバーを押し上げて、ゴム手袋を外すと、ゆっくりと玄関に向かった。

玄関のドアを開けると、目の前に小包を抱えた若い男性が立っていた。

朋子は伝票にシャチハタの判子を押し、荷物を受け取った。

「ありがとうございました」

帽子の庇に軽く手を添えて一礼すると、男性が踵を返した。

朋子はドアを閉めて、錠を掛けると、小包に添付されている送り状に目を落とした。

仙台にある実家の所番地と、母親の名前が記されていた。《品目》の欄には、《食品》と書き込まれている。

つかの間、何だろうと思う。次の刹那、閃いた。きっと、《ずんだ餅》だ。知恵の大好物。

朋子は、リビングへ小走りに戻った。

「知ちゃん、おばあちゃんが、ずんだ餅を送ってきてくれたわよ」

キッチンに入ると、庭に面した小窓から声を掛けた。

だが、返事はなかった。
芝生の端に、コロが寝そべって、骨の形をした玩具を噛んでいる。
「知ちゃん――」
窓の方に身を乗り出すようにして、さらに大きな声で呼んだ。
コロが驚いたようにこちらに目を向けただけで、知恵の声は返ってこない。
ふいに、不安が込み上げてくる。
キッチン横の勝手口から、朋子は外へ飛び出した。
庭には、娘の姿はなく、木戸が開いていた。
朋子は小包を取り落としてしまったが、かまわずに外の道路へ走り出た。
周囲を見回す。
歩いている人影はない。
車も通りかからない。
心臓を締め付けられるような気持ちになり、やみくもに駆け出した。
道が交差する場所へ向かった。
交差点で立ち止まり、四方に忙しなく目を向ける。
それでも、娘の姿はなかった。
とうとう耐えきれなくなり、朋子は叫び声を上げた。
「知恵っ――」

二

五月五日の大多喜街道は、ずっと渋滞気味で、ノロノロ運転が続いていた。

それでも、ハンドルを握る水島豊は、いささかも苛立ちを感じていない。

カー・ステレオから、大好きなジョニー・マティスの《恋のチャンス》が流れている。いつ聴いても、エコーがかかったような、素晴らしい美声だ。サイドガラスを半分下げた窓から、爽やかな風が吹き込んでくる。青く晴れ渡った空を見上げ、すっかり葉を茂らせた家々の生け垣の緑にも目を向ける。久々の休暇なのだから、慌てる必要など、少しもないのだ。

バックミラーに目を向けて、後部座席を確認した。妻の百合子が、五歳になったばかりの健一を、膝に乗せてあやしていた。

「だめよ、ちゃんと前を見て、運転してちょうだい」

バックミラーに映る夫の視線に気が付き、百合子が上目遣いに怒ったような顔を作って見せた。むろん、少しも怒っていないことは、ちゃんと分かっている。

「了解しました。軍曹殿」

敬礼をした水島の返事に、百合子が、ぷっと噴きだした。

水島も思わず笑う。

健一のはしゃぐ声が、そこに重なった。

もう一度、バックミラーに目をやる。彼はいまでも、妻の顔に見惚(みほ)れることが少ない。瓜実顔(うりざねがお)で、細い眉(まゆ)、二重のくっきりとした目、高い鼻筋、少し厚みのある唇が、彼の好みである。結婚前よりも髪を短くしているものの、それでも肩にかかるストレートヘアーだ。

それにひきかえ、バックミラーに映る自分の容貌(ようぼう)は、正直に言って、平均点ぎりぎりだと思う。すると、いつものように、自分の人生の不思議なめぐりあわせを、反芻(はんすう)せずにはいられなくなる。

通信簿の通信欄に、小学校の女性教諭が記すとはおよそ考えられない、《すべてにわたって、しまりがない》という辛辣(しんらつ)な書き込みをされたのは、小学校二年生の二学期のことだった。いまでも、はっきりと覚えている。どうして、忘れられようか。科目の評価欄には、水面(みなも)を悠々と泳ぐアヒルの群れさながらに、《2》がずらりと並んでいて、唯一の《3》が、図画工作だけだったのだから、女性教諭の指摘も、あながち間違っていなかったのかもしれないが。

そのうえ、一歳十か月年上の兄が、同じ親から生まれたとは思えないほどの秀才だったことも、彼の人生の前半に、暗い影を落とすことになった。

人には誰にでも、得意分野がある。この言葉の持つ欺瞞(ぎまん)性を、水島はすでに小学校の六年生にして悟っていた。得意分野とは、それを評価する別の人がいてこそ、初めて得意分野たり得るのだ、と。

彼の父親は本郷にある国立大学の、それも理系出身だったので、算数や理科ができることこそが、父親の絶対的物差しであり、粘土細工やお絵描きなどは、何の足しにもならなかった。ろくに字も読めないうちから、《田宮模型》のタイガー戦車やメッサーシュミットのプラモデルを、いかに器用に作り上げて見せても、無駄遣いと嫌な顔をされるのが関の山だったのである。

したがって、家においても、学校にあっても、水島は、まったく箸にも棒にもかからない存在であり続け、常に、両親と教師のため息の種でしかなかった。

しかし、高校のときに所属した美術部で出会ったデザインの世界が、思いもかけず人生の活路を開いてくれることになった。

デザインの面白さにのめり込んだ水島は、私立の美術大学に進学した。父親は特段、嬉しそうな顔をせず、下手に浪人されて、世間体が悪いよりもましだ、という程度の渋面を見せただけだった。卒業と同時に、彼が一流の文房具メーカーに就職したときも、さして期待している素振りはなかった。

ところが、デザイン部に配属されると、水島のデザインが次々と採用されるようになったのである。二年後、機能性を大幅に増したシステム手帳のデザインが、予想外の大ヒットを飛ばして、《社長賞》を受賞するに至り、二十代でデザイン課の課長にも抜擢されたのだ。

広報課にいた社内随一の美女、小田百合子と恋愛の末に結婚したのは、その直後のことだった。

「お昼までに、キッズダムに着けるかしら」

後部座席の百合子が、声を少し大きくして言ったので、水島の考えが途切れた。

「大丈夫だよ、あとちょっとだから。着いたら、すぐにお弁当にしよう」

「でも、天気がよくて、本当によかったわね」

百合子がしみじみと言う。正面に顔を向けたまま、水島もうなずく。キッズダムは、市原市にある山倉ダムのダム湖に囲まれた中の島にある遊園地である。レストランやバーベキュー広場、トランポリン、つりぼり、キッズダムトレイン、それに鉄道ジオラマがあり、水島の趣味である鉄道模型を走らせることもできるのだ。

仕事が忙しくて、ほとんど休みの取れない水島にとって、今日は大事な家庭サービスだったが、彼自身も思いっきり羽目を外して、ストレス解消するつもりだった。お弁当のおかずは、百合子が得意とする鶏のから揚げと、うんと甘い卵焼きである。どちらも、彼と息子の大好物なのだ。

道の両側に建ち並んでいた住宅が、すこしまばらとなった。この先の交差点で左折することになる。キッズダムは、市原市やその近隣の住民にとっては気軽な遊び場であり、すでに一度、結婚前の百合子とデートで訪れたことがあった。ファースト・キスも、その帰りの車中のことだったから、文字通り、思い出の場所である。

今日は、そこを息子とともに訪れると思うと、嬉しさもひとしおだった。厳格で、息子に対して胸襟を一切開こうとしない父親を持った水島は、健一をうんと甘やかしてやろうと考えていた。

山倉ダム西側の交差点を、大きく左折すると、左手に芝生の広場、右手に畑が広がっている。すると、前を行く車が、ふいに停車した。その先の道にも、数珠(じゅず)つなぎになった車列が出来ている。

待てよ、もしかしたら、この連中もキッズダムを目指しているのかもしれないぞ。やばいな、駐車場が満車だったら、どうしよう。かすかに、不安が脳裏を過(よぎ)った。

「おしっこ——」

健一が、いきなり叫んだ。

「え、何だって。もうすぐ着くから、我慢できないのか」

ハンドルを握ったまま、水島は焦って言った。

「おしっこ、おしっこ、おしっこ——」

後部座席に立ち上がって、跳ねながら叫んでいる。苦しげに目を瞑(つむ)り、顔が真っ赤だ。

「ねえ、あなた、どこかに停められない」

百合子が、懇願の口調で言った。

そのとき、前方の車列が動き始めた。

「健一、もうちょっとの我慢だぞ、がんばれ」

祈るような気持ちで、特別支援学校前の交差点を右折した。

「漏れちゃう、おしっこ、おしっこ――」

「あなた、そこの路肩で車を停めて」

いままで聞いたこともない切羽詰まった声を、百合子が発した。

水島に、迷っている余裕はなかった。

車を路肩に寄せて、停めた。

その刹那(せつな)、百合子が裸足(はだし)の健一を抱き上げると、後部座席の左側のドアを開けて、脱兎(だっと)のごとく外に飛び出した。そして、道に面した雑木林の中に駆け込んで行く。

そのほっそりした背中を眺めて、彼は大きく息を吐いた。

どうやら、間一髪で間に合ったらしい。やれやれという思いで、道に視線を戻すと、皮肉なことに、車列の流れが速くなっていた。

まあ、駐車場が満車だったら、コインパーキングを利用すればいいのだ。いいや、キッズダムそのものをやめにして、このまま大多喜城へ行ってもいいかもしれない。あのお城の中は、博物館になっていたはずだ。あるいは、勝浦はどうだろう。町から二キロほど離れた海沿いに、《海の博物館》があると聞いたことがある。そうだ、久々の休暇なのだから。慌てる必要など、少しもないのだ。

カー・ステレオの曲が、今度はサミー・デイビス・Jrの《ミスター・ボー・ジャングル》に変わった。この曲も、水島の大好きな曲の一つだ。

「あなた」

振り向くと、いつの間にか、百合子が車の脇に戻っていた。右手で、健一の小さな左手を引いている。息子はさっきの騒ぎが嘘のように、ケロッとした顔だ。

「間に合ったのか」

言いかけて、妻の顔が蒼白になっていることに気が付いた。彼女は、左手を雑木林の方に向けており、その指先が、目に見えるほど震えている。

それでも、何が起きたのか、まったく事態が呑み込めず、水島の顔に貼り付いた笑みは、そのままだった。

「どうしたんだよ」

「藪の中で、子供が死んでいるの——」

自分の顔から笑みが引いてゆくのを、水島は感じた。

三

覆面パトカーが走行している道の前方に、パトカーと警察車両が道を塞ぐように停められているのが見えた。

「どうやら、あそこのようですね」

ハンドルを握っていた安川伸治巡査長は、右手で指差して言った。

「所轄のやつらが、遺体を動かしていないといいが」

入江正義巡査部長が、苛立つような口調で言い返した。

市原警察署から、入江たちの所属する千葉中央署に一報が入ったのは、今日の正午過ぎのことだった。十日前、蘇我町で姿を消した幼い女の子の遺体が、山倉ダム近くの雑木林の中で発見されたというのである。

被害者が同定されたのは、遺体の周囲に無造作に遺棄されていたスカートや靴、それにTシャツなどが、両親が千葉中央署に提出した捜索願に記されていた衣類の特徴と完全に一致したからだった。むろん、肉親による遺体の確認を経なければ、現段階では、まだ最終的な確定ではない。

しかし、スカートや靴、それにTシャツまで同じものを身に着けて攫われたというほかの女児の捜索願は届いておらず、もはや決定的と考えざるを得なかった。

それでも入江が現場の状況を心配しているのは、この男ならではの拘りだろう。安川は、ちらりと助手席の入江を見やった。市原警察署から掛かってきた電話に、入江自身が出ると、事態の報告を聞き終わるなり、

《私たちが行くまで、絶対に遺体に触れないでください》

と、受話器に向かって、怒鳴るように言ったのである。

どんな微細な点も、疎かにしない。あらゆる状況、微物、痕跡はもとより、往々にして見落とされがちな、《当たり前のもの》にすら執拗に疑いの目を向けるのが、入江と

いう男なのである。

　被害者は、橘知恵という五歳の女の子だった。十日前、すなわち四月二十五日の昼過ぎに、彼女は自宅の庭で、飼っている仔犬と遊んでいたという。ところが、母親がほんの少し――母親の証言によれば、ほんの三、四分ほど――目を離していた間に、姿が見えなくなったというのである。

　約三十分後、彼女は近くの交番に捜索願を出したのだった。連絡を受けた千葉中央署は、ただちに動いた。地元の交番の警官が動員されて、市内の捜索が行われる一方、自動車警邏隊が、被害者宅の半径三キロを重点的に巡回して、幼女の発見に全力を傾注したのである。

　さらに、営利誘拐である可能性も考慮して、蘇我町の自宅に県警本部の捜査一課特殊班の課員三名が入り込んだのだった。犯人からの連絡に対する録音の準備と、逆探知の態勢を整え終えたのは、午後三時頃。しかし、身代金を要求する電話は、ついに掛かってくることはなかった。そして、とうとう最悪の結果となってしまったのである。

　むろん、その態勢を維持したまま、事件発生後、懸命の非公開捜査が行われた。その先頭に立ったのが、千葉中央署刑事課の主任、入江だった。しかし、慎重を期して繰り返された被害者宅周辺の《地取り》からは、幼女の連れ去られる場面を目撃した人物がただの一人も発見されず、事件発生前後に、不審者や不審車両を見かけた者も見出すことはできなかった。

日頃は通行人が頻繁に行き交い、予想もつかないときに車が通りかかる町中で、ほんの些細な偶然の重なりによって、まったく人目の届かない時間帯と空間が現出してしまう不可思議さというものは、捜査に携わったことのある刑事の誰しもが経験することである。入江とともに足を棒にして担当地域を嫌というほど聞き込みをして回った安川は、やるせない徒労感とともに、今回もまた、そんな不運な偶然を呪いたい気持ちになったものだった。

だが、《地取り》は、最初の一週間が命とされる。それを経過してしまうと、人の記憶は薄れて曖昧になる。ほかの記憶が混在したり、想像や思い込みと交雑したりしてしまうのだ。

だから、橘知恵誘拐事件が、非公開捜査から公開捜査に切り替えられたのは、五月二日のことであった。以後は、被害者宅を中心とした地域での変質者情報をもとにして、容疑者の割り出しに捜査の重点が移されたものの、今日にいたるまで、有力な被疑者は浮かび上がっていなかった。

道路を封鎖しているパトカーの手前で、安川は運転していた覆面パトカーをゆっくりと停車させた。

エンジンを切ると、無言のまま、背広のポケットから《捜査》の腕章を取り出して、上着の二の腕に取り付け、両手に白手袋を嵌めた。

入江も、隣で同じことをしている。

安川は、腕時計で時刻を確認する。

午後二時三分。

ドアを開けて、車外に降り立ったのは、ほぼ同時だった。

「行くぞ」

入江が、鋭い眼差しを向けてきた。

ともに歩き出す。

パトカーの背後には、現場を封鎖するイエローテープが、かなり広く張り渡されていた。その前に胸を張るようにして、制服警官が等間隔で立っている。事件現場に付きものの野次馬の姿はなかった。警察車両によって、道路そのものが完全に封鎖されているせいだろう。

入江は規制線のイエローテープの五メートルほど手前で立ち止まると、周囲を見回した。事件現場と思しき雑木林の左手に、市原特別支援学校の建物が見えた。右側に目を向けると、広々としたパーキングになっており、その先に、いくつかの建物が見えている。どうやら、あれも学校のようだ。背後は、山倉ダムの湖面。

イエローテープに近づくと、制服警官が敬礼した。だが、二人はわずかにうなずくだけで、無言のままテープを潜ると、足跡を残さないように一列に敷かれたボードの上を慎重に歩いた。

雑木林は、文字通り、まったく人の手が入っておらず、様々な樹木が密集している。

前を行く入江は、器用に身をかわしたり、腰を屈めたりしながら、茂った小枝一つとて手折ろうとはしない。そこにも、細心の注意が表れていた。

ボードの十メートルほど先に、捜査員たちと鑑識課員の姿が見えた。捜査員は、中年が三名、若手が一人。青い制服姿の鑑識課員は、三名だった。

入江が舌打ちした。

「クソっ、あれほど言ったのに」

「まあ、市原署の管轄ですから、止むを得んでしょう」

安川は、背後から宥めるように言った。

二人は、それらの人々に近づいた。

「ご苦労さん、千葉中央署の入江巡査部長です。ご連絡をいただき、ありがとうございました」

ろくに相手の顔に目も向けず、鑑識課員たちがしゃがみ込んでいるあたりを忙しなく見やりながら、入江が素っ気なく言った。そこにブルーシートが拡げられており、そのシートの一辺の端から、どす黒く変色した小さな足が覗いていた。間違いなく、人間の子供の足だった。

「同じく、安川巡査長です」

市原警察署の捜査員たちを見回して、彼はわずかに頭を下げて言った。入江のあまりにも無愛想な態度に憤然とした顔つきになっていた男たちが、ようやく安堵したようにうなずいた。

「鑑定処分の許可状は？」

ブルーシートの傍らにしゃがみ込みながら、入江が誰にともなくぶっきらぼうに言った。鑑定処分許可状とは、鑑定の目的で死体解剖を行うことを、裁判官が許可したことを示す令状である。

市原警察署の捜査員たちが、再び不愉快そうに互いに顔を見合わせる。若手が渋々と口を開いた。

「いま取りに行かせています。さっさと現場検証と現場検死を済ませて、大学病院へ運びましょう」

「いや、まだだめだ」

市原警察署の捜査員たちの思いを、安川は何となく感じ取った。封鎖された道路の先に、有名な遊園地があったはずだ。しかも、ゴールデン・ウィークの真っただ中だから、すぐに遺体を移動させて、一刻も早く通行止めを解除したいのだろう。一般からの苦情が警察に殺到すれば、現場のことを少しも分かっていない上層部から、睨（にら）まれることになる。

もっとも、広報の定例記者会見で、遺体発見の一報が発表されれば、当分の間、このあたりには新聞記者やテレビ局の撮影クルー、それに、大勢の野次馬たちが押し寄せるはずで、遊園地どころではなくなるだろうが。

「ヤス」

　入江が呼んだ。

「何ですか」

「見ろ」

　手招きされて、安川もブルーシートのそばにしゃがみ込んだ。口元をハンカチで押さえ、空いた方の右手で、入江がブルーシートを持ち上げていた。

　遺体は、連絡にあった通り、幼い女の子だった。同じように口にハンカチを当てた安川は、たまらない気持ちになった。幼女は、上半身に白いTシャツを身に着けていたものの、下半身は裸だったからである。

　そのうえ、下腹部がどす黒い濃緑色を呈しており、肌の表面に大理石のような模様が浮き上がり、全身が黒ずんで膨れ上がっていた。血液の溶血と、体内の腐敗ガスによる膨張である。同時に、殺害された時期を、おおよそ物語っていた。少なくとも、一週間以上は経過しているだろう。

「ホシは、この子を攫（さら）った直後に殺害して、ここに遺棄したようだな」

　まったく同じように読んだのだろう。入江がつぶやいた。そして、猛烈な腐臭をものともせず、遺体に顔を近づけた。

　すると、背後から覗き込んでいた市原署の若手の捜査員が、えずきかけたように、思わず生唾（なまつば）を飲み込む音を立てて、慌てて顔を引っ込めると、ボードの通路の方へ小走りで向かった。

たちまち、入江が顔を上げて、怒鳴った。

「そこの若いの、走るんじゃない。現場をかき回すことになったら、おまえ、責任をとれるのか」

捜査員たちが、凍り付いたように固まる。

だが、その様子を歯牙にもかけずに、入江は遺体とその周囲の観察を再開した。遺体の横に、ピンク色のスカートと、白いズック靴、それに、やはりピンク色の下着が落ちている。

一メートルほど離れた細い木の根元に、白いものが落ちていることに、安川は気が付いた。

「主任、あれ」

安川は、その白いものを指差した。

「何だ」

目を凝らすと、汚れた犬のぬいぐるみと分かった。

「ヤス、被害者宅でも、確か、犬を飼っていたよな」

入江の言葉に、安川はうなずいた。

「黒柴犬の仔犬ですよ。知恵ちゃんがとても可愛がっていたと、母親が話していました」

言いながら、改めて、遺体に目を向ける。

「自宅の庭周辺で、ぬいぐるみの毛が、検出されていなかったのか」

「署に戻り次第、捜査記録に当たってみます」

鋭い目つきのまま、入江がうなずいた。

四

小山寿一郎（こやまじゅいちろう）は、釣り糸を垂れながら、ついうとうとと居眠りしそうになった。

ハッとして、目を開ける。

薄曇りのせいか、五月後半にしては少し気温が低いかもしれない。もっとも、服を重ね着しているので暖かく、川岸に置いたアウトドアチェアーに腰を下ろし、釣竿（つりざお）を手にしていると、つい微睡（まどろ）んでしまうのだ。

定年後に、近所の知り合いから誘われて始めた釣りが、いまでは日課になっていた。とはいえ、わざわざ釣り船で海の沖合に乗り出したり、釣り雑誌に紹介されたりしているような有名な渓流にまで遠征するほどの凝り性ではない。

家から歩ける範囲内の、この養老川沿いが、小山の釣りスポットなのだ。父親の代から住み続けている自宅は、上総牛久駅から北へ五百メートルほど歩いた場所にある。

釣竿を担いで川沿いの小道や川岸をぶらぶらと歩き、気の向いたところでアウトドアチェアーを置いて、釣り糸を垂れる。肩掛け鞄に入れてきたサッポロの缶ビールを、ちびり、ちびりとやりながら、釣果を待つ。ときおり、好きなハイライトをふかす。それが、小山の流儀なのだ。

今日は、市原市奉免の南総運動広場から北へ足を延ばして、養老川が大きく蛇行している場所に、彼は腰を据えたのだった。背後には、彼が通ってきた畦道と畑が広がっており、そのはるか先に、民家が点在している。その辺りまで行かないと、アスファルトの道には出られない。川下の左手には、鬱蒼と緑に覆われた林が川岸に迫っていた。人も車も滅多に通りかからず、聞こえるのは、川のせせらぎと鳥たちの囀りだけ。

瞼を閉じる。

極楽を感じる。

同時に、勤め人だった頃の様々な苦労が、自然に思い出されて来る。

小山は、三十七年間、小さな物流会社に勤め、営業部長職を最後に定年となったのである。その長いサラリーマン生活は、上司の嫌味に耐え続け、《新人類》の若い部下や我が儘な女性社員に翻弄される日々だった。

そんな暮らしから、ようやく解放されて、やっと安穏とした生活を手に入れたのだ。ため息を吐き、目を開いた小山は、その目の端に何かが映ったのを感じて、何気なく左手を見やった。

林の中で、赤いものが動いている。

それは、間違いなく人だった。

しかし、あんな雑木林の中に入り込んで、いったい何をしているのだろう。

不審を覚えて、彼は川面から釣針を回収すると、釣竿を地面に置いて、立ち上がった。

ビールの酔いが、日頃は小心者の小山を、少しだけ大胆にさせていた。

ゆっくりと林の方へ近づいて行く。

わけもなく、心臓の鼓動が速くなる。

耳から、小鳥の囀りとせせらぎが遠のいた。

代わりに、雑木林の小枝同士が触れ合う音や、生い茂った木々の間に堆積した落ち葉や小枝を踏む音が聞こえてくる。

赤いシャツを身に着けた、男の後ろ姿が見えた。

ブルーシートで包んだものを、地面に下ろしている。

それから、ブルーシートを広げて、中の白いものを傍らの地面に置くと、その上から、再びブルーシートを掛けた。

そのときになって、男が両手に軍手を嵌めていることに、小山は気が付いた。

目を凝らして、さらに雑木林に近づこうとしたとき、小山は足元の枝を踏んで音を立ててしまった。

途端に、男が弾かれたように振り返った。

あっ、と小山は声を上げてしまった。振り返った男が、黒い目出し帽を被っていたからである。

いきなり、その男がこちらに突進してきた。左手にスポーツバッグを下げ、右手に何か光る物を握っている。

体ごとぶつかられて、小山は仰向けに転んでしまった。一拍遅れて、左の二の腕に鈍い痛みを感じた。咄嗟に痛みに目をやると、二の腕のシャツが裂けており、血が滲んでゆくのが見えた。腕をナイフで切られたのだ。

慌てて周囲を見回したが、すでに男の姿はなかった。どこかで、車が急発進する音が聞こえた。

息を弾ませたまま、小山は立ち上がった。そのときになって初めて、自分がとんでもなく危険な状況にあったことに気が付いた。さっきの男が手にしていた凶器が、心臓に突き刺さっていれば、今頃、死んでいたかもしれない。

全身に、びっしょりと汗が噴き出す。同時に、男がそこまで逆上したという事実に、小山の興味が再び呼び覚まされた。いったい、何をしていたのだろう。

念のため、周囲を見回して、あの男の姿がないことを確認すると、小枝を押し広げるようにして、薄暗い雑木林に足を踏み入れた。

湿った草いきれが、鼻を打つ。周囲に不潔感を覚えて、どうしても身がすくんでしまう。それでいて、こんな場所でも、人が入り込むことがあるのだろう。ペットボトルや、スナック菓子の空き袋、それに水を吸って膨れ上がった古雑誌などが散乱していた。どの表紙も艶めかしい若い女性の裸で、エロ雑誌ばかりだ。ここへ持ち込んだのは、近所の男子高校生たちかもしれない。

そう思ったとき、地面に広げられたブルーシートが目に留まった。

何かに被せてあるらしく、こんもりと盛り上がっている。

さっきの男は、ブルーシートを広げていた。

きっと、この下に、彼が地面に置いたものが隠されているのだ。

恐る恐る近づいた小山は、ブルーシートの端から、白いものが覗いていることに気が付いた。

思わず、小山は掌で口を覆う。

それは、子供の小さな足だった。

五

「同じだな」

入江が、苦々しそうに言った。

「ええ、同感です」

安川はうなずいた。

雑木林の中の現場で、二人はしゃがみ込んでいた。目の前に、Tシャツを身に着けただけの幼女の遺体が横たわっている。かたわらに、その体を覆っていたブルーシートが置かれていた。

千葉市中央区大森町のアパートに住んでいた六歳児、徳山真弓が姿を消したのは、昨日の三時過ぎのことだった。二DKのモルタル造りのアパート前の道で、二歳年上の姉と遊んでいたのだが、小学校の担任の先生から自宅に電話が入って母親が呼びに来て、姉はその母親と一階の自宅に戻ったのだという。

母親は、真弓にも一緒に家に入るように促したものの、彼女は首を横に振ったのだった。姉が学校で覚えてきた縄跳びを披露して、その真似をしようとしたものの、うまく縄跳びができず、じれていたのである。母親は、姉がすぐ戻ることだし、それほど心配はないと思って、家に入ってしまったのだ。ところが、五分ほどして、姉がアパートの前に戻ってみると、妹の姿が見えなくなっていたのである。

最初、姉は、真弓が一人でどこかへ行ったか、迷子にでもなったかと考えたものの、母親の抱いた不安は別だった。彼女は慌てて近所を歩き回って、我が子を捜し歩き、それでも見つからないと分かると、躊躇なく携帯電話で一一〇番に電話を掛けたのだった。

通報に対応したのは県警本部だったが、そこから連絡を受けた千葉中央署の反応は、素早かった。制服警官たちによる捜索と、自動車警邏隊を動員しての自宅周辺の徹底的な捜索が行われたのである。

誘拐事件の可能性も、最初から視野に入っていて、すぐさま捜査一課特殊班三名が出動した。だが、それらの初動捜査が迅速であったにもかかわらず、捜索の網に被害者が掛かることはなかった。

　そして、一夜明けた今日の三時過ぎ、事件発生現場からまったくかけ離れたこの場所で、幼女の遺体が発見された。発見したのは、地元在住の老人で、慌てて近くの交番に駆け込んだのだ。

　捜査に当たった所轄署の捜査員たちは、その遺体が身に着けているTシャツと、周囲に無造作に捨てられていたズボンや靴、下着などの特徴から、死亡していたのが、徳山真弓の可能性が高いとして、千葉中央署の刑事課に緊急連絡を入れたのである。

　入江は、五分ほど前に安川をともなって、パトカーでここまで駆けつけて来たところだった。

「どう考えても、こいつは同一犯による、連続幼女誘拐殺人だぞ。クソっ」

　入江が舌打ち混じりに言うと、歯ぎしりした。

「昨日の段階では、一課長からは、そういう指摘はありませんでしたね」

　安川も、悔しい思いを嚙み締めて言った。むろん、昨日の段階で、特別捜査班の議論にその筋読みが浮上していたとしても、姿を消した徳山真弓に対する捜索に、変更が行われた可能性は低いだろう。

　しかし、同一犯が、立て続けに重大犯罪を引き起こすということは、裏を返せば、警察の捜査が、後手、後手に回っていることを、暗に認めることにほかならない。まして、その犯罪の被害者が、罪もない幼い子供となれば、世間の驚愕と憤激は尋常なものでなくなり、犯人ばかりか、その逮捕に漕ぎつけることのできない警察にまでも、厳しい非難の矛先が向けられる。

　そして、目に見えない世間の突き刺さるような白眼視を、ヒリヒリと肌で感じるのは、誰よりも現場の捜査員たちなのだ。自らの落ち度で、また一つ、幼い命をみすみす奪われてしまった。そんな過剰とも思えるほどの自責の念を覚えずにいられなくなるのは、幼子の無残な死に顔をじかに目にせざるを得ないからである。

　入江の歯ぎしりが、その悔しさを明瞭に物語っていた。

「今度は、熊のぬいぐるみと来たか」

　遺体のそばに落ちている黒い熊のぬいぐるみに鋭い眼差しを向けて、入江が憎々しげにつぶやく。

「一件目と同様に、被害者にぬいぐるみを見せて、言葉巧みに誘い出し、連れ去ったのでしょう」

　安川は言い返した。

　山倉ダム近くの雑木林から見つかった橘知恵の遺体の捜査では、遺体発見現場から白い犬のぬいぐるみが見つかっていた。さらに確認したところ、遺体の着衣と、蘇我町の自宅近くの道路上においても、まったく同じぬいぐるみの繊維が検出されていたことが明らかになったのである。このことから、知恵は、何者かにそのぬいぐるみを見せられて連れ出され、その挙句に殺害遺棄されたものと推定されていた。

もっとも、そのぬいぐるみ自体についての捜査は、難航を極めていた。ぬいぐるみが比較的古い中国製であり、流通量も多く、入手した個人を特定できる種類の品でなかったからである。古いものだからこそ、容易に表面の繊維が脱落してしまったのだが、材質からして、指紋などの犯人の特定に結びつくような痕跡も発見できなかった。

ともあれ、この現場において、熊のぬいぐるみが見つかったことは、この推測に、さらなる信憑性を与えるものと言えた。

「だが、今回は、目撃者がいる」

現場の状況と遺体を徹底的に調べ尽くすと、入江が勢い込むように立ち上がった。

「いま、ほかの捜査員の組が、聞き取りをしていますよ」

安川は言った。

「誰が訊いている」

「三宅たちです」

「あいつらじゃ、時間の無駄だ。ヤス、来い」

苦々しそうに言うと、地面に敷かれたボードの上を慎重に歩き始めた。

安川もそれに従った。

第一発見者の小山寿一郎という老人は、農道に停車しているパトカーの中にいた。

入江が、大股でその車に近づいてゆく。

後部座席左側の窓ガラスを、彼が右手の甲で叩いた。

中にいた黒縁眼鏡を掛けた体の大きな男が、驚いたように振り返った。

「代われ、俺が訊く」

入江が、ドア越しに言った。

ドアのロックが解除されて、中から三宅ともう一人が外へ降り立った。三宅は、入江に劣らぬ大男だが、いきなり代われと言われて、ひどく戸惑ったような顔つきになっている。

その三宅の太鼓腹を、入江がいきなり手の甲でぴしゃりと叩いた。

「おい、おまえ、この太鼓腹を、少しはへこませたらどうだ」

言うなり、パトカーに乗り込んでしまった。

後に残された三宅が、情けなさそうな顔を安川に向けた。

「気にするんじゃない。主任なりの叱咤激励に決まっているだろう。それに、刑事は体力勝負だからな」

安川は、諭すつもりで言った。

「はい、分かっています」

苦笑いの表情に戻った三宅が、ボサボサの頭を掻いた。

「さあ、おまえさんたち、もう一度、現場をじっくりと見て来いよ。何か拾える材料があるかもしれん。刑事の仕事は、ひたすら繰り返しだぞ。労を惜しむなよ」

「了解しました」

三宅たちが立ち去るのを見届けてから、安川は運転席側から車内に身を滑り込ませた。

「最初からお願いします。どういう経緯で、犯人を目撃して、遺体を発見なさったんですか」

後部座席左側の入江が、右側に座っている小山という老人に言った。

「だから、釣りをしていて、ひょいと見たら、雑木林の中で人が動いているのが目に留まったんですよ――」

小山がおどおどとしながら、不審な動きを見せる男のことから始まって、雑木林に近付こうとしたとき、男に気付かれたことなどを、つっかえ気味に説明した。

小山老人は、小柄な痩せた男性だった。髪が真っ白で、やや黄ばんだ肌をしており、薄い垂れ眉の上の額に、三本の横に走る深い皺がある。服装はカーキ色の綿シャツの上に青いダウンのベスト、濃い灰色のズボンを穿いており、足元は黒のウォーキング・シューズ。小さな肩掛け鞄を、斜め掛けしている。

「それから、どうされました」

「体当たりされて、ほれ、この通り、ナイフで腕を切られたんです。まったく、ひどいやつですよ」

包帯を巻かれた左の二の腕を掲げて、小山が憤慨したように言った。

「男は、どんな人相でしたか」

「分かりません。黒い目出し帽を被っていましたから」

一転して、老人は怯えたような顔つきになった。

無理もない、と安川は思った。人けのない長閑な川岸で、のんびりと釣りをしていた年寄りが、いきなり目出し帽を被った異様な人物と遭遇すれば、度肝を抜かれたとしても当然だろう。

「だったら、服装を覚えていますか」

畳み掛けるように、入江が訊いた。

「えーと、確か、赤いチェック柄のシャツでしたね。下は、たぶん、ジーパンだったと思います」

「色は？」

「だから、普通の青ですよ」

「靴は？」

一瞬、小山は考え込んだものの、眉根を寄せて、かぶりを振った。

「まったく覚えていません。足元を見る余裕なんてありませんでしたし、何しろ、あっという間の出来事でしたから」

入江が黙り込んだ。

運転席から身を乗り出していた安川は、その視線が小刻みに動いていることに気が付いた。

　途端に、入江が口を開いた。

「男から体当たりされたとき、何か感じませんでしたか。太っていたとか、匂いがしたとか」

　言われて、老人が首を傾げて考え込んだ。やがて、ああ、という顔になり、入江に目を向けた。

「そういえば、ぶつかってきた体が、ごつごつしていました」

「ごつごつしていた――」

「ええ、痩せて骨ばっている感じでした」

　うなずく入江を見つめて、安川は賛嘆の念を抱かずにはいられなかった。事件に関連した出来事の目撃は、ほとんどの場合が一瞬であり、視覚的映像として記憶に残りにくい。目の働きは、素早い動きを捉えて、記憶に定着させることに適していないのだろう。しかし、触覚や嗅覚は、その限りではない。同じような刹那の経験でありながら、手触りや手応え、それに匂いなどは、形がない分だけ、記憶に刻み込まれやすいのかもしれない。

　目撃証言ばかりに拘りがちな捜査員の中で、多角的な注目点から事件に迫ろうとする入江のやり方に、安川は舌を巻く思いだった。

「ヤス、どう思う」

入江が、顔を向けて言った。

「素早い身のこなし、痩せぎすの体、何となく、若い男という感じがしますね」

咄嗟（とっさ）に考えを巡らせて、安川は言った。

「俺も、そう思う。しかも、家族と同居ではなく、一人暮らしだろう」

「それに、主任、今日は木曜日です」

入江の口角が持ち上がった。

「ウィークデーの水曜日の午後に、幼い子供をさらい、木曜日の午後三時過ぎに、その遺体を遺棄している。となれば、気ままな暮らしの許される大学生か無職、もしくは、フリーターの可能性が高いな」

安川はうなずく。一件目の被害者である橘知恵の場合は、連れ去られた日が日曜日であったことから、容疑者の暮らしぶりを絞り込む条件に欠けていたものの、今回の事件で、かすかながら、犯人は馬脚を現したと言わざるを得ない。

「小山さん、その赤いチェック柄のシャツですが、感触はどうでしたか。つるつるしていましたか、それとも毛羽立っていた感じですか」

入江が、質問を再開した。

「はっきり覚えていないけど、何だか、ごわっとした感じでしたね」

「ほう、ごわっとね。――その男の逃げた方向が、分かりますか」

「いやぁー、体当たりされて、転んでしまって、気が付いたら、どこにも見当たりませんでした。まったく逃げ足の速いやつでしたよ。ただ、どこかで、車が急発進する物音を聞いたような気がします」

入江の鋭い目が、安川をちらりと見た。

安川は、その目顔の意味を読み取った。一人暮らしで、さらに車持ちとなれば、学生よりも、フリーターの可能性が高い、そう言いたいのだ。もちろん、贅沢な暮らしを送っている学生もいるだろうが、車となると、さすがに維持費がかかる。税金、保険、駐車場代、それにガソリン代。それでいて、シャツは、夏物というより、肌寒い時季向きの厚手のようだ。つまり、着た切り雀の生活を送っているのかもしれない。いまどきの男子大学生なら、まわりの女子学生の目を気にして、それなりにお洒落に気を配る。

野放図な生活。拘束されていない日常。そして、自由に好きなことに使える時間と金。そこに、ロリコン趣味を持った若い男というピースを当て嵌めると、今回の連続誘拐殺人の犯人像が仄かに見えてくるように、安川には思えた。

「その男、身長はどれくらいでしたか」

「さあ、私より少し高いくらいだったかな。それほど大柄じゃなかったような気がします」

小山が言った。

この小柄な老人より、少し背が高いくらいならば、一メートル六十五センチくらいだろう。後部座席に座った老人をじっくりと眺め回して、安川はそう値踏みした。

それから二人は、三十分ほども聞き取りを続けたものの、それ以上の目ぼしい証言は得られなかった。

二人が聞き取りをしている間に、所轄署が要請した警察犬に、遺体のそばに落ちていた熊のぬいぐるみを嗅がせて、足跡追及をさせたところ、小山と犯人が鉢合わせした場所から、林を右方向へ迂回するように犯人が逃走したことが判明した。畦道を走って、アスファルトの道路へ出たのだろう。

その通り道となった畦道からは、鑑識官によって、いくつかの足跡が検出されたものの、それが犯人のものであるという決め手はなかった。

また、犯人が車で逃走した可能性を考えて、周囲一帯に徹底的な《地取り》が行われたが、車についても、不審人物についても、ついに目撃証言を得ることはできなかったのである。

六

神津康代が蘇我駅東口の改札を出たのは、午後七時半過ぎだった。

今朝、家を出るときは天候が心配だったが、雨も小康状態なのか、いまは降っていない。ピンク色の傘が邪魔に感じるものの、梅雨時の六月十八日であれば、我慢するしかなかった。あと三週間も経てば、鬱陶しいこの空模様も明けるだろう。夏が待ち遠しい。

そう思いながら、彼女は足を速めた。

駅前のロータリーを右側に迂回して、東へ足を向けた。二つ目の大きな十字路を右へ曲がると、その道の突き当りの一角に、民家やアパートが密集している。千葉市中央区南町(みなみちょう)のアパートの一室が、康代の自宅だった。

千葉駅前のデパートに勤めている彼女にとって、通勤の便がいいうえに、家賃が比較的安いのが魅力なのだ。同僚の中には、身分不相応に背伸びして、マンションで一人暮らしをしている人たちも少なくない。だが、先々のことを考えたら節約が一番だと思い、借りることに決めた物件だった。

二階建ての古いアパートの二階の二〇一号室。押し入れのある六畳のリビング、キッチンが四畳半、トイレ兼用の狭いユニットバス。若い女性の一人暮らしなのだから、これで十分ではないか。

康代は、ほかの同僚たちのように、洋服やハンドバッグ、靴、アクセサリー、それに化粧品などを次から次へと購入するような浪費には興味がなかった。だから、物で場所を取られない。そのうえ、預金通帳の残高欄の数字がどんどん増える。まさに、いいことずくめではないか。

夏が待ち遠しいのには、それなりの理由があった。夏の休暇を利用して、ハワイに旅行することになっているからだ。四泊五日。柏(かしわ)に住んでいる両親には、職場の四人の同僚たちと一緒に旅行すると話してあったが、それは嘘だ。実際は、同じ部署の上司である男性との婚前旅行である。

いや、そう考えているのは康代の方だけで、相手はさすがにそこまでの関係とは、まだ考えていないかもしれない。この前のデートのとき、彼女がわざと酔ったふりをして、相手の肩にしな垂れかかったら、不器用な仕草でキスしてきた程度なのだ。それでいて、デパートの昼休みに、給湯室で二人きりになったとき、ハワイ旅行のことを切り出すと、目を輝かせていた。婚前旅行の半歩手前という感じだろう。

今度の旅行で、相手の気持ちをがっちりと捕まえなければならない。そのために、うんと大胆な水着も新調した。

口にこそ出さないものの、スタイルには自信がある。気立てのよさとか、甲斐甲斐しさとか、あるいは、料理の腕前などと、男たちは伴侶にする相手の条件を取り澄ました顔つきで列挙してみせるものの、本音を言えば、見た目が全てだということくらい、嫌というほど分かっている。だからこそ、高学歴、高収入、高身長の三拍子揃った相手をゲットするためには、若くて綺麗なうちに、強引にでも手を打たなければならない。それに、女には、いよいよとなれば、奥の手がある。

妊娠。

相手は、いいところのお坊ちゃん風だし、この前のキスの感じから、女性経験がさして豊富とは思えない。となれば、こちらのお腹に子供ができたと分かったら、責任を取らざるを得ない気持ちになるはず。そのために、ピルを飲んでいるから、大丈夫と言うつもりにしている。

考えながら歩くうちに、康代の唇に笑みが浮かんでくる。

彼の実家は高知市にあり、二男坊だというし、両親はすでに長男夫婦と同居している。さらに、姉が一人いて、結婚して、やはり実家の近くで暮らしているというのだから、二親が寝たきりになったとしても、下の世話のお鉢が、こっちにまで回ってくる気遣いはまずないだろう。ハワイ旅行が首尾よく行けば、今年の暮れにも、念願の《寿退社》が待っているかもしれない。

次々と連想を重ねるうちに、康代は、思わず声を上げて笑ってしまった。

途端に、すれ違った見知らぬ中年男性が、怪訝な顔つきになったことに気が付いた。慌てて真顔に戻ると、彼女は足を急がせる。

アパートの横の貸駐車場に隣の住人の車がないのを見て、康代はホッとした。在宅していると、深夜でも、しじゅうアイドル歌手の曲ばかり大音量でかけて、かなりうるさいのだ。

だからといって、苦情を言い立てる気持ちはまったくなかった。若い男に下手に文句を言ったりしたら、逆切れされかねないし、変に目を引いて、付きまとわれたりしたら、最悪だ。

こんな安アパートにくすぶっているような男には、彼女はまったく興味がなかった。というより、男という範疇にすら入らないと思っている。

外階段を上り、一番手前のドアの鍵穴に、キーホルダーの鍵を差し込み、回した。ドアを開けて、一人用の炬燵の天板ほどの広さの三和土に足を踏み入れる。

だが、後ろ手にドアを閉めるよりも先に、ふいに妙な気がした。

帰宅すると、いつも自室から木造アパート特有の匂いがする。住み始めた当初、それに馴染めず、淋しさやホームシックを掻き立てられたものだった。しかし、長く住むうちに、帰宅時のその匂いが、一日の仕事が終わったことや、自宅に帰りついたという安堵を感じさせてくれるものに変わっていた。

ところが、いつものその匂いが、しないのだ。

閉めようとしたドアの隙間から、風が吹き込んでいる。

ハッとして、部屋の奥に目を向けた。

ベランダに面したガラス窓を覆っているカーテンが、風に煽られていた。

一瞬、血の気が引く。

誰かが、部屋に入り込んだのだ。

そう思い至った瞬間、考えるよりも先に、康代は反射的に外廊下に飛び出し、急いでドアを閉めた。

一人暮らしの女性宅に侵入して、とんでもない所業を働く変質者の話なら、新聞や雑誌で何度も目にしたことがあった。部屋の中で、待ち伏せしていたら、大変なことになる。

しばらくして、激しく高鳴っていた心臓の鼓動が少しだけ静まり、聞き耳を立てた。

部屋の中からは、何の物音もしない。

そして、一つのことに気が付く。風でカーテンが翻っているということは、窓ガラスが開けっ放しになっているということだろう。家の中で息を殺して待ち構えるのなら、当然、窓ガラスも閉めて、気付かれない用心をするはずではないか。

外廊下のドアの横に立てかけてある掃除用の箒をしっかり握り締めると、康代は再びドアを慎重に開けた。

そして、恐る恐る家の中に入り込んだ。

念のために、ドアは開けっ放しである。

パンプスを脱ぐと、ストッキングの足裏にひんやりとした感触を覚えながら、キッチンを通り、六畳間に顔を入れて、中を覗き込んだ。

その瞬間、一陣の風とともにカーテンが大きく翻って、外光と月明かりが室内を照らし出し、彼女は呆然となった。

服や下着類が部屋中に散らかり、壁際に置かれた洋服ダンスの引き出しが、ことごとく引き出されていた。押し入れの引き戸も半開きとなっており、上段から布団が半分ほど引っ張り出されたままになっている。

振り返ると、キッチンの流しの下の開き戸も、全開になっていた。流しの前の床に、調味料入れや、醤油のペットボトル、それにサラダ油のボトルが転がっている。

空き巣――

驚愕のあまり停止していた思考が、やっと動きだした瞬間、康代は自分の顔が青ざめるのを感じた。

慌てて押し入れに駆け寄ると、下段の古新聞の束の奥に手を差し入れた。

だが、そこにあるべきものの手ごたえがなかった。

信じられない気持ちで、康代は古新聞の束を力任せに引っ張り出した。

ぽっかりと空いた空間には、何も残されていなかった。

ハワイ旅行の費用、みずほ銀行の封筒に入れたピン札の三十万円。

明日、半休を取り、旅行会社に申し込みにいくために用意してあった虎の子が、影も形もなく消えていたのである。

全身の力が抜けてしまった康代は、その場にへたり込んでしまった。

七

千葉中央署捜査三課の黒沢譲巡査部長は、神津康代とともに、被害に遭った部屋の窓際に立っていた。

「これは、《焼き破り》という手口ですね」

窓ガラスの錠前近くの丸い穴を指差して、黒沢は言った。

「焼き破り――」

腑抜けたような口調で、康代が鸚鵡返しに言った。

「ええ、サッシに嵌められているガラスの錠前近くの一か所に、ハンディータイプのガスバーナーの炎を吹きつけるんです。ほどなく、ガラスが赤く変化して歪んで来ます。そうしたら、今度は、その同じ場所に冷却スプレーを吹きつけると、瞬時に皹が入ります。あとはその皹を、棒の先で突けば、簡単に穴が開きます。その穴から指を突っ込んで錠前を回せば、サッシ窓は簡単に開いてしまいます。ほとんど音がしないうえに、簡単な道具でできる侵入方法ですよ。もっとも、下手にやると、かなり大きくガラスが割れてしまいますけど」

その言葉に、康代が肩を落としてため息をついた。

その様子を目にして、自分の娘とたいして歳の違わないような被害者に、黒沢は同情の念を禁じ得なかった。

千葉中央署に、空き巣被害の一報が入ったのは、三十分ほど前の午後八時直前のことだった。盗犯を扱う捜査三課にただちに出動命令が下され、黒沢を中心に五名の捜査員と、三名の鑑識課員がパトカーで駆けつけたのだ。

そして、被害の状況を確認するとともに、侵入手段の分析、犯人の遺留品や痕跡、指紋や掌紋の検出などに取り掛かったのである。その結果、被害は、押し入れの下段に隠してあった現金三十万円と、リビングの机に置いておいたｉＰａｄ、洋服ダンスの上段の引き出しに入れておいた女物の腕時計と判明した。

侵入手段は、アパートの建物の角に取り付けてある、雨樋に接続されている塩化ビニール管を伝って二階のベランダに登り、《焼き破り》で開錠したものと判明した。塩化ビニール管には等間隔で足がかりとなる金具が取り付けられているので、身軽な人間ならば、さして難しい芸当ではない。そのうえ、塩化ビニール管のある側が、隣家のブロック塀に面しており、近隣住人から見つかる恐れも少ない。

現場検証が子細に行われたものの、犯人に結び付く遺留品はおろか、毛髪などの微物、靴跡などの痕跡、指紋や掌紋といったものは、何一つ発見できなかった。

そして、隣近所の住宅やアパートを訪ねて、不審人物や不審車両の目撃の有無を訊いてまわったものの、これといった証言は得られなかった。

空き巣というものは、一所に、絶対に長居しないものである。おそらく、ほんの十分足らずで侵入と家捜しを済まして、あっという間に、侵入したときと同様に、ベランダ側から逃げ去ったのだろう。玄関から出なかったのは、外廊下で二階の住人と鉢合わせすることを避けようという意図からと推定された。

「でも、どうして、うちが狙われたんですか。人目につかないというのなら、一階だって同じだし、わざわざ樋の管を伝って登る必要もないじゃないですか」

まだ納得できないと言わんばかりに半泣きの顔つきで、康代が言った。

黒沢は、かぶりを振った。

「お嬢さん、どうか落ち着いてください。アパートの一階の住人というものは、空き巣に入られやすいという警戒心が働くものなんですよ。だから、サッシに窓用の防犯ブザーを取りつけたり、サッシのレールに補助錠を取りつけたりする割合が多いんです。それにくらべれば、二階にお住まいの方は、二階という安心感から、どうしても警戒心が緩みがちになる。今回の犯人は、手口からして、かなり手慣れたやつと想像できますから、そのあたりの事情にも精通していたんでしょう。――ともあれ、犯人と鉢合わせしなかっただけ、不幸中の幸いでしたよ」

その言葉に、康代が、とうとう本当に泣き出してしまった。

iPadや腕時計はともかく、若い女性にとって、現金で三十万円という被害額は、かなりの痛手に違いない。しかし、そんな大金を、いったい何に使うつもりだったのだろう。一瞬、そんな疑問まで覚えたものの、そこまで問い質すのは越権行為にほかならない。

黒沢は、リビングやキッチンの調べを行っている部下たちを振り返った。

「どんな塩梅だ」

「ほとんど終了しましたが、念のために、もう一度確認させてください」

若い部下が、顔を上げて言った。

「分かった。俺は駄目押しで、もう一度、外回りを確認してくる」

言うと、彼は三和土に置かれていた靴を履き、開けっ放しの玄関から外に出ると、外廊下の奥に、目を向けた。その廊下沿いに、ほかに二つの玄関ドアがある。ここへ駆けつけてきて、すぐに呼び鈴を押したものの、二つの家とも住人が不在だった。たぶん、仕事に出ているのだろう。

一階の三所帯については、すでに訪ねて、被害や不審な出来事、物音などについて聞き込みを終えている。二階の残りの住人には、明日また聞き込みに来るか。そう思いながら、黒沢は踵(きびす)を返して、外階段を降りた。アパート前に停車している無人の三台のパトカーは、いずれもルーフの赤色警光灯を回転させている。

アパートの側面を回って、ベランダ側へ出た。一階の三つの部屋は、カーテンの隙間から光が漏れていた。だが、二階に目をやったとき、黒沢はハッとした。二〇一号室の隣の部屋から、明かりが漏れていたのである。

しかも、ここへ来てすぐに確認したときには気付かなかったが、その部屋の窓ガラスの一部が割れており、割れた部分に青いビニールシートが貼られていた。たぶん、雨除(あまよ)けか、蚊が入ってこないようにするためだろう。

黒沢は、外階段の方へ戻った。アパート横の駐車場に、さっきまでなかった車が停められていることに気が付いたのは、そのときだった。赤いマツダ・キャロルである。やはり、被害者のお隣さんが戻ってきたのだ。

黒沢は、外階段を駆け上がった。

外廊下を歩き、二〇二号室の呼び鈴を押す。

しばらく待ったが、何の反応もない。

彼は、呼び鈴を立て続けに押した。ドア越しに、呼び鈴の鳴る音が聞こえる。

「はい、何ですか」

かなり間があってから、男の素っ気ない声が聞こえた。

「警察です。千葉中央署の黒沢と申します。このアパートで空き巣被害がありまして、夜分のことで申し訳ありませんが、ちょっとだけ、お話を聞かせていただきたいんですけど」

言ってから十秒ほどして、ドアが躊躇(ためら)うように開いた。顔を出したのは、小柄な若い男性だった。

「どんなことですか」

一重の目を忙(せわ)しなく瞬(しばた)かせながら、男が言った。少し垂れた眉(まゆ)で、小鼻の張った鼻、顎(あご)が細く、口も小さい。痩(や)せぎすの体つきで、黒っぽいスウェットの上下というなりである。

黒沢はわずかに頭を下げ、言った。

「お隣の二〇一号室に、空き巣が入りまして、それで捜査をしているんですが、あなたのお名前は？」

「田宮です」

おどおどと答えた。

「田宮何さん？」

制服の胸ポケットから手帳と鉛筆を取り出しながら、黒沢は言った。

「田宮龍司ですけど」

「りゅうじって、どんな字ですかね」

「龍虎の龍に、つかさですよ」

「いつお帰りになったんですか」

「十分ほど前」

たて続けの質問に、いささか気分を害したのか、田宮龍司がかすかにムッとした表情に変わった。

「駐車場に停められている赤い軽自動車、あなたのものですよね」

「ええ、そうです」

「外出されたのは、何時ですか」

「確か、午後五時頃だったかな」

田宮が面倒臭そうに言った。

黒沢はうなずきながら、田宮の肩越しに、部屋の奥に目を向けた。

一人暮らしらしく、キッチンやその奥のリビングが雑然と散らかっている。漫画雑誌や空になったコンビニ弁当の箱、割り箸の入ったままのカップ麵、スナック菓子の袋や空のペットボトル、脱ぎ散らかしたシャツや靴下。まあ、若い男の一人暮らしなら、この程度散らかっていて、当然かもしれない。

「お出掛けのときや、お戻りになったとき、不審な人物とか、怪しい車とか、見かけませんでしたか」

「いいえ、何も」

田宮は、即座に言った。

「そうですか。でしたら、最後にもう一つ。さっきここの裏手に回って、おたくさんの部屋を見上げたときに気が付いたんですけど、ベランダ側の窓ガラスに、ブルーシートを貼り付けてらっしゃいますよね。あれは、どうしてですか」

その言葉に、田宮が苦笑いのような表情を浮かべた。

「ああ、あれは、よろけた拍子に、体をぶつけて、ガラスを割っちゃったからです」

「本当に？」

「ええ、洗濯物を出そうとして、つい――」

「おたくも、空き巣の被害に遭ったんじゃないかと思ったんですけど、そうじゃないんですね」

「違いますよ。うちは、何も変わったことはありませんから」

「そうですか。お時間を取らせて、すみませんでした」

黒沢がそう言うと、ドアが閉まった。犯行のあった時間帯に外出していたことや、被害を訴えることもなかったことから、彼はそれ以上の疑念を持ち得なかった。

八

安川が、入江とともに千葉中央署に戻ったのは、午後九時十分前のことだった。

駐車場に覆面パトカーを停車させて、二人は車外へ出た。じめっとした夜気に包まれたものの、雨は止んでいる。

二人は、無言のまま署の玄関へ足を向けた。一件目の橘知恵の事件から、すでに二か月弱が経過してしまったが、連続幼女誘拐殺人事件は、解明の糸口すら見つけられないまま、完全な膠着(こうちゃく)状態に陥っていた。

二件目の被害者となった徳山真弓の場合、犯人についての目撃者が存在したことから、捜査本部は色めきたち、一時、捜査の進捗(しんちょく)の期待が一気に高まった。ところが、案に相違して、結果は、空振りに終わってしまったのである。

幼女の遺体を遺棄した人物が、頭にすっぽりと黒い目出し帽をかぶっていたために、肝心の犯人の人相を知ることはできなかったからだ。

また、その人物が着用していたという赤いチェック柄の厚手のシャツについては、同じようなものが複数のメーカーから販売されており、目撃した小山という老人に、いくつものサンプルを見せたものの、特定の品にまで絞り込むことができなかった。

しかも、小山は、シャツの選定に当たり、赤という色は確かなものの、犯人が身に着けていたシャツの柄が、どのような種類のチェックだったか、記憶に自信がなくなったと言い出す始末だったのである。

真弓の遺体のそばに落ちていた熊のぬいぐるみも、先の白い犬のぬいぐるみの場合と別の事情で、購入者の特定は不可能だった。その熊のぬいぐるみは、ゲームセンターに設置されている《ユーフォーキャッチャー》用の玩具（おもちゃ）だったからである。つまり、そのぬいぐるみは日本全国に出回っており、どこのゲーム機で、誰が獲得したのかは、確認できるはずもなかった。

手詰まり状態になった捜査本部は、やむなく、捜査方針を転換した。一件目の橘知恵についての捜査と同様に、幼女が連れ去られた地域を中心として、過去に類似の事件や未遂事件を起こした変質者の調べに着手したのである。

幼女の連れ去り、盗撮、児童ポルノの所持など、少しでも関連のありそうな事案に関わった男性をリストアップして、捜査員たちが一人一人当たるという、気の遠くなるような捜査が繰り返された。

さらに、捜査本部は、二つの事件の遺体遺棄現場に着目した。すなわち、二つの事件において、幼女の遺体が遺棄されていたのが、いずれも大多喜街道の近くであったという点である。捜査員の過半が投入されて、この国道二九七号線沿いに、徹底的な聞き込みが行われたのだった。

犯人が地元の住人であれば、当然、土地勘があるだろう。仕事で大多喜街道を利用する人物という可能性も、捨てきれなかった。さらに、沿道に住む人々やコンビニの店員、飲食店やガソリンスタンドなどの従業員などが、不審な車両や、見かけない人物を目にしているかもしれないという期待もあった。

入江と安川の班は、そちらの担当だった。だが、これまで、手応えらしきものは一つもなかった。

しかし、二人を含めて、捜査本部全体の気持ちを重くさせていた原因は、それだけではなかった。捜査の難航が続くうちに、世間の非難の矛先が警察に集中するようになったからである。新聞やテレビが、連日のように警察の不手際を執拗に詰り、手厳しく糾弾する報道を行ったのだ。

そうした厳しい追及も、ある意味では当然と言わざるを得なかった。捜査本部の広報が、定期的に行う捜査状況の発表において、察回りの記者たちに提供される情報は日を追うごとに少なくなり、近頃では、《進捗なし》の一言で終わることが常態化していた。

そこに加えて、中央の警察庁の上層部から、千葉県警の本部長に対して、迅速に事件を解明するようにとの訓令が下されたことも、一層の衝撃を与えたのだった。この命令に恐懼した千葉県警の本部長が、千葉中央署に置かれていた捜査本部に対して、絶対に事件を解明しろと厳命する事態にまで発展したからである。

しかし、そうした二重、三重の圧力は、捜査に携わるすべての刑事たちを、かえって浮足立たせることになった。

今日も、安川は入江とともに、大多喜街道の大多喜町での聞き込みで、一日を潰している。

「帰りに、一杯やるか」

深いため息を吐いた入江が、俯き加減のまま言った。

「はい、お付き合いさせていただきます」

安川は言った。ここまで来たら、自棄酒も仕方がない。

署の玄関に足を踏み入れ、二人は重い足取りのまま一階の広間へ入って行った。

そのとき、奥から三人の捜査員たちが、どやどやと出てきた。

「おう、入江、しけた面をして、どうした」

三課の黒沢と、その部下たちだった。何か事件が起きて、上司に報告を終えたところだろう。さばさばとした顔をしている。仕事上がりに、これから呑みに行くところかもしれない。

「空振りさ。――そっちは何だ。《いあき》でもあったのか」

入江が言った。

黒沢が、かぶりを振った。

「いいや、今回は《押し込み》だ。南町のアパートがやられた。若い女性の一人住まいで、被害額は三十万とｉＰａｄ、それに女物の時計だ」

「手口は？」

「《焼き破り》」

ふーん、と入江が唸(うな)る。

安川は、二人のやり取りに耳を傾けていた。地域のどんな些細(ささい)な出来事にも気を配るのが、入江という男である。《いあき》は住人在宅時に盗みを働くことで、《押し込み》は空き巣の隠語である。

興味をなくしたのか、入江が手を振って、奥に行きかけたとき、黒沢が付け加えるように言った。

「隣の部屋のサッシ窓のガラスも割れていてよ。ブルーシートが貼ってあったから、てっきり、そっちも被害に遭ったと思ったんだけど、顔を出した若造が、そうじゃないって言い張りやがった。妙な偶然もあるもんさ」

固まったように、入江が足を止めた。次の瞬間、素早く振り返った。

「クロさん。いま、ブルーシートと言ったな」

「ああ」

黒沢が、怪訝(けげん)な顔つきでうなずく。

「住んでいるのは、若い男とも言ったな」

「そうだけど」

「そいつの名前は？」

「えーと、確か、田宮龍司だったかな」

入江が、安川に顔を向けた。

「出掛けるぞ」

「はい」

間髪容れず、安川はうなずいた。

午後九時から、捜査会議が始まることになっている。だが、何の材料も上がってこない会議は、ここ連日、ほんの十分程度で散会になっていた。だとしたら、田宮龍司という人物について、一応当たっておくほうが、ずっと重要に決まっているのだ。


黒沢から空き巣被害に遭ったアパートの住所と細かい状況を聞き出すと、二人は再び覆面パトカーに乗り込み、その現場へ向かった。

アパート近くの住宅街の路上に覆面パトカーを停車させて、二人は車の外へ出た。

安川は、時刻を確認した。

午後九時二十二分。

「とりあえず、ベランダ側へ回ってみようぜ」

目を細くした入江が、囁くように言った。

安川は無言のままうなずく。

二人は、アパートの裏手へ回った。

二階奥の部屋以外、すべての部屋から明かりが漏れている。そして、確かに、二階の中央の部屋のベランダに面した窓ガラスが割れており、そこにブルーシートが内側から貼られていた。ガラスが破損している場所は、ちょうど錠前のあたりだった。

「ヤス、どう思う」

入江が、小声で訊いた。

「体をぶつけて、あんな場所のガラスを割るというのは、いささか不自然ですね」

安川も、声を潜めて言い返した。

「同感だ」

その後、二人は外階段を上り、部屋の前まで行ってみた。

聞き耳を立てると、中から若い女性の歌声が聞こえる。

入江が、安川に目を向けた。

「深町めぐみというアイドル歌手ですよ。テレビか、CDでしょう」

安川は囁いた。彼の高校二年になる娘もよく聴いているので、それくらいは知っている。

足音を忍ばせて、外階段をおりると、二人は、駐車場に止めてある赤いマツダ・キャロルに目を留めた。

ナンバーを控え、車内を覗き込む。前後の座席や、足元のシートの上に、雑多なものが転がっている。コーヒーの空き缶、キャンディーの袋。煙草の箱。百円ライター。ビニール傘。軟球。CDケース。

だが、犯罪に結びつくようなものは見当たらない。

そのとき、安川は、駐車場の隅にゴミ置き場があることに気が付いた。

「主任、あそこ」

彼の言葉に、入江もそこに目を向けた。

二人が近づくと、燃えないゴミを入れるプラスチック製の籠(かご)の中に、割れたガラスが、むき出しのまま捨てられているのが目に留まった。しかも、よく見ると、ガラスの一部分が歪(ゆが)み、丸い皹(ひび)が入っていた。《焼き破り》をされたときに割れたものだろう。

「《指紋(モン)》が取れるかもしれんぞ」

入江の言葉に、安川はすぐに覆面パトカーへ走った。そして、後部トランクを開けて、中から備え付けのビニール袋を取り出すと、駐車場へ戻り、手袋を嵌(は)めた手で、捨てられているガラスをビニール袋の中に収めた。《捜索差押許可状》なしの証拠品の押収は、ある意味違法であり、裁判においても証拠能力が問題視されることになりかねない。だが、この場合、田宮という男が二件の幼女誘拐殺人事件と関連している可能性を考えて、彼の指紋を確認するだけでいいのだ。

「とりあえず、今日はこれまでとしよう」

入江が言った。

二人は、覆面パトカーへ戻り、すぐに車を発進させた。

九

翌日から、入江とともに安川は、田宮龍司の内偵に着手した。

ブルーシートを所持していること。

一人暮らしの若い男性。

自動車を所持しており、一件目の橘知恵の自宅にわりと近い。

《焼き破り》の被害に遭いながら、その事実を警官に否定している。

田宮に対する疑いの根拠は、たったこの四つだけだった。それでも、県内の変質者を軒並み調べるという気の遠くなる方針を取っていた捜査本部の上層部は、一縷(いちる)の望みをかけてみようと、二人に内偵を許可したのである。

二人はまず、《捜査関係事項照会書》によって、田宮の戸籍謄本と住民票を確認した。その結果、彼が二十六歳であることや、生まれが富津(ふっつ)で、実家がまだそこにあり、八年前に父親と母親が離婚して、いまは母親一人がその実家に暮らしていることが判明した。また、現在住んでいるアパートに居を移したのが、彼の十九歳の頃ということも明らかになった。姉が一人おり、成田山新勝寺(なりたさんしんしょうじ)の近くに住んでいることも分かった。

内偵を開始したその晩、入江と安川は、アパートから出掛ける田宮を密(ひそ)かに尾行した。

午後十一時過ぎに、彼は蘇我駅から電車に乗って千葉駅で降りた。そして、駅前に待っていた白いマイクロバスに乗り込んだのだった。ほかにも、中年の男性や、カラフルな服装をした女性たちも乗り込んだ。

近くで聞き耳を立てていた入江と安川は、それらの人々の多くが、日本語以外の言葉を話していることに気が付いた。中国語、ベトナム語、そのほかに、どこの国とも分からない言語だった。

「もしかすると、不法滞在の外国人かもしれませんね」

安川が言うと、入江が無言のままうなずいた。

やがて、満員になったマイクロバスは発進した。安川たちはタクシーを使い、その車を追跡する。

三十分ほどして、マイクロバスが乗りつけたのは、千葉市郊外の食品工場だった。バスに乗っていた人々が、無言のまま降りると、ぞろぞろと建物の中に入ってゆく。どの人間の顔にも表情らしいものはなく、まるで死んだ魚のような目をしていた。

田宮に悟られないように、安川たちは、工場の上司に聞き取りをした。その結果、四か月ほど前から、田宮がこの食品工場で夜勤のアルバイトをしていると判明したのである。仕事内容は、深夜から明け方にかけて、ローストビーフやキッシュをプラスチックの箱にひたすら詰める作業だという。就業時間は、深夜〇時から、翌日の午前五時まで。時給は千三百円。一時間のトイレ休みが入るほかは、ずっと立ちっぱなしで作業を続けるのである。就業日は、日曜日を含む週に五日間だが、田宮の場合は、水曜日と木曜日が休みという変則的なものだった。

その話を耳にして、安川は、死んだような目をした人々の様子に納得し、そんな毎日を送っている田宮が、相当なストレスを抱えている可能性にも思い至った。

そして、上司とのやり取りを続けるうちに、一つの重大な事実が判明した。この四月二十五日の日曜日に、田宮が急な休みを取ったというのである。

《夕刻に入ってから、あの男から電話が入りましてね。風邪をひいて、三十九度ほども熱があるから、休ませてほしいと言ってきたんです。もしかしたら、インフルエンザかも知れないと思ったので、仕方なく許可しました。仕事をしている最中に、咳やくしゃみでもされたら、たとえマスクをしていたとしても、危険極まりないですからね》

上司が、渋い顔で口にした言葉だった。

そんな突発的な休みを取ったことがこれまでもあったかと安川が質問すると、上司は即座に首を振った。

《いいえ、あのときが、初めてでした》

安川は、入江と顔を見合わせた。その日こそ、一件目の被害者、橘知恵が連れ去られた当日にほかならない。そして、二件目の犯行があった水曜日から木曜日にかけて、田宮は仕事が休みなのだ。

さらに、その翌日、田宮の周辺で密かに聞き込みを続けるうちに、その人となりや暮らしぶりも判明してきた。地元の県立高校を卒業したものの、大学受験に二度失敗して、一時は県内のクリーニング会社に就職して、現在のアパートで一人暮らしを始めたという。そのために、普通免許も取得したのだった。ところが、その会社では営業の仕事に就いたものの、半年で退社してしまった。
《あれは、使い物になりませんでしたよ。まったくこらえ性のない男でしたからね。ルート営業の戸別訪問が主たる仕事ですけど、お客さんから文句を言われると、逆切れしちゃうんです》
クリーニング会社の営業所の上司は、田宮について吐き捨てるようにそう言った。
そして、彼に対する疑いをさらに濃厚にさせた二つの事実が浮かび上がったのは、内偵を開始して三日目のことだった。一つは、クリーニング会社を辞めた後、定職に就かずに、様々なアルバイトに手を染めた田宮が、ほんの一時期だったが、荷物の運送のアルバイトをしていたことである。
《田宮でしたら、千葉営業所から勝浦までの定期便の仕事を任せていました。一トントラックだから、普通免許でも大丈夫でしたから》
運送会社の配車担当者が、さして警戒するふうもなく口にした言葉だった。これで、田宮が、大多喜街道に土地勘があることが判明したのである。
二つ目は、高校生の時に、盗撮騒ぎを起こしたことだった。小学校のプールの授業を携帯電話のカメラで撮影しているところを、学校の事務員に取り押さえられたのである。そのときは、母親が学校に駆けつけてきて、泣いて許しを乞い、しかも未遂だったことから、《犯罪少年》としての家庭裁判所への送致は見送られたという。

事がこれだけなら、この一件が入江や安川の耳に入ることはなかったかもしれない。

だが、田宮を取り押さえた事務員が、同じ高校に通っていた甥にその秘密を漏らしたことから、学校中に密かに噂が広まってしまったのだった。その話を安川が聞いたのも、田宮の高校時代の同級生からである。

《あいつ、まわりには内緒にしていますけど、相当なロリコン趣味ですよ》

同級生はそう言うと、他人の隠し事を吹聴するのが嬉しくてたまらないという顔つきで、《盗撮未遂》の一件を話したのだった。

六月二十二日には、張り込んでいた安川たちは、田宮の部屋に太った中年女性が入ってゆくのを目にした。

顔の特徴が田宮に似ていたことから、ときおり、富津から母親の房子が出てきて、部屋の片付けをしていると考えられた。三時間後、その中年女性は紙袋を下げて帰って行った。その際、玄関口で、田宮と母親が激しく口喧嘩をするところも、二人は目撃したのだった。

翌日、田宮の住んでいるアパートのほかの住人たちに対しても、入江と安川は密かな聞き取りを行った。

《二階の、あの若い男でしょう。何だか、薄気味悪くて》

一階に住む初老の女性が、顔をしかめて言った。薄気味悪い理由は、真夜中に出掛けて、朝方帰宅するその暮らしぶりが、異様だからというのだった。しかも、顔を合わせても、挨拶一つしないという。ゴミの出し方のルールを守らないことも、彼女が我慢のならない点だった。
《お隣さんのことですか》
捜査本部が田宮に注目するきっかけとなった隣室の神津康代は、安川から訊かれると、あからさまに嫌そうな表情を浮かべ、安川が話を促すよりも先に、田宮の迷惑ぶりについて捲し立てた。
《水曜日の晩になると、朝方までずっと音楽を鳴らしっ放しなんですよ。こっちは、仕事があるから、寝なきゃならないのに、迷惑ったら、ありゃしない》
それでいて、そのことで苦情を言い立てたことはないと康代は言い、苦々しげに付け加えた。
《だって、三日前の夕刻も、外廊下で、誰かに怒鳴っていたんですよ》
三日前と言えば、安川が入江とともに、クリーニング会社に聞き込みに歩いていた日だ。
誰とどんな理由で揉めていたのか、という安川の問いに、康代はかぶりを振った。
《分かりませんよ。下手に顔でも出して、とばっちりを受けたりしたら、怖いじゃないですか》
こうした聞き込みと並行して、入江たちは、現在の仕事先である食品工場から、田宮が素手で触れたものを入手した。仕事中は徹底した衛生管理が行われており、服の上から全身に使い捨てのビニール前掛けを着用する。顔も目の部分を出すだけで、マスクとキャップで覆うことになっていた。しかも、手はゴム手袋の上から、さらにビニール手袋を嵌めるという徹底ぶりだ。

しかし、休憩時間になると、その手袋を外して、休憩室でチョコレートを食べたりするのだという。二人が入手したのは、そのチョコレートの包み紙だった。それを科捜研で調べてもらったところ、アパートのゴミ捨て場から持ち帰ったガラスの指紋と完全に一致したのである。

このような内偵が六日間続いたものの、決定的な証拠や証言は得られなかった。

二つの事件が起きた日の田宮のアリバイが不明な点を除けば、わずかに浮かび上がった状況証拠らしきものは、彼の行きつけのゲームセンターに《ユーフォーキャッチャー》が設置されていて、そのゲーム機の景品として、二件目の事件現場から見つかった熊のぬいぐるみが使われているという事実が判明したことくらいだった。

捜査会議において、田宮を任意同行で引っ張り厳しく追及すべきだという意見も飛び出したが、一課長は即座にかぶりを振った。

「いいや、時期尚早だな。あの若造に、こちらの摑んでいる材料が乏しいのを見透かされたら、どうする。知らぬ存ぜぬを繰り返されたら、それをひっくり返す材料がどこにあるんだ」

講堂に居並んだ捜査員たちには、返す言葉がなかった。

橘知恵や徳山真弓と、田宮が接触していたのを目撃した人物。

田宮が連れ去ったこの二人に対して、悪戯（いたずら）をした場所の特定。

彼が、二人の幼女を殺害したという明確な証拠。

二人の被害者の遺体を、彼が遺棄したことを示す確実な証拠。

田宮の犯罪を立件するためには、これらの要件のうちの、最低でも一つが必要だったのである。

結局、捜査班が交代で、田宮を徹底的に監視して、少しでも材料を集めることに決したのだった。

十

事態が急展開したのは、七月五日だった。

その日の早朝、アルバイトの夜勤から戻った田宮は、部屋に入ったまま、夕方まで出て来ることはなかった。それでも、アパート前には《行確》のために、交代で四つの組が当たっていた。

日が暮れて、アパートから二十メートルほど離れた路上に、白いライトバンを止めて監視態勢に着いたのは、入江と安川だった。車は、千葉中央署の覆面パトカーである。

「ようやく、梅雨が明けたかな」

アパートの二階、二〇二号室のドアに目を据えたまま、入江がつぶやいた。

「そのせいで、今夜は暑くなるそうですよ」

安川は、言葉を返した。

「だったら、車の中で張り込みができるだけでも、ありがたいと思わんとな。俺が駆け出しの頃なんて、真夏でも、外にずっと立ちん坊だぜ。一晩中、蚊に食われ通しで、そりゃ大変だったもんさ」

「主任が刑事の駆け出しの頃って、確か二十代でしたよね」

「ああ、二十七歳だった。昭和六十年さ。筑波で科学万博が開かれた年で、エイズが騒がれ始めたのも、確か、あの年だったっけ」

入江が、珍しく饒舌になっていた。連日の張り込みから来る疲労と、膠着状態に陥った捜査への苛立ちを、安川は感じずにはいられなかった。むろん、捜査本部のすべての捜査員が、同じようなやり切れない思いを抱いているはずだ。

「おい、見ろ」

いきなり、入江が短く言った。

安川が目を向けると、二〇二号室のドアが開き、田宮が外廊下に姿を現したところだった。グレーのスウェットの上下に、赤いクロックスのサンダルというなりである。

「いつものように、近所のコンビニへ行って、エロ雑誌の立ち読みでもするんじゃないですか」

安川は言った。

内偵を続けている間、夜勤明けの水曜日の晩になると、田宮は傘を差して、近所のセブン・イレブンへ行き、しばらく雑誌の立ち読みをしてから、カップ麵やスナック菓子を買って帰るという行動を見せていた。たまに、千葉駅近くの繁華街にあるゲームセンターへ行くが、二、三時間遊ぶだけで、外で酒を飲むこともない。

だが、外階段を降りた田宮は、そのまま自分の車に乗り込んだ。

「おい、どうやらお出かけのようだぞ。慎重に追跡開始だ」

「了解」

入江の言葉に、安川はうなずき、ライトバンのエンジンを掛けた。

赤いキャロルのヘッドライトが灯り、駐車場を出ると、住宅街の道を走り始めた。

二十メートルほどの間隔を空けて、そのキャロルのリアウインドウに目を据えたまま、安川は同じくらいの速度で車を進めた。

「念のためだ、カメラを回せ」

二人の乗っている覆面パトカーには、ビデオカメラが設置されている。

「了解」

言うと、安川はカメラの録画スイッチを入れた。

どこへ行くのだろう。内偵や張り込みの結果、田宮には、これといった友人がいないことも判明していた。付き合っている女性もいない。母親が一方的に押しかけてくることはあっても、自分から実家に足を向けることはなかった。外から見る限り、アイドル歌手の歌を聴くほかに、何かに熱中するような趣味があるようにも見えない。それでいて、仕事は、他人と口をきくこともない夜勤なのだ。何という無味乾燥とした暮らしなのだろう。いいや、だからこそ、幼い女の子に対する異様な欲望に取りつかれているのかもしれない。安川はそう思った。

キャロルは蘇我駅方面に向かっていたが、途中の南町一丁目の交差点を右折して、末広街道を走行した。

やがて、タウンライナーと呼ばれる千葉モノレールの県庁前駅の下を潜り、都川にかかった橋を越えて、両側にビルの立ち並ぶ繁華な地域に入った。

千葉県庁、中央三丁目、中央公園と、次々と交差点を突っ切って直進したものの、富士見東電前の交差点で、ふいに左折すると、千葉街道こと国道一四号線に入った。

そして、そのまま直進した先の登戸交差点で、今度は右折して、国道三五七号線に入ったのである。

「どこへ行く気ですかね」

ハンドルを慎重に操作しながら、安川は言った。

「分からん。千葉駅周辺のゲームセンターにでも行くのかと思ったが、どうやら、そうじゃなさそうだ」

前方の赤い車体に目を向けたまま、入江が言った。

田宮の運転するキャロルが右折したのは、登戸四丁目の交差点だった。そこから、車は住宅街に入った。

安川も、すぐにハンドルを右に切った。

国道三五七号線は、片側がほぼ三車線の広い道路で、昼夜の別なく交通量が多いものの、狭い住宅街の道へ入ると、途端に通りかかる車が少なくなり、人影も途絶えた。

それでも、十字路の角から、ときおり人が姿を現す。仕事帰りのサラリーマンらしき男性や女性。学生。それに、もっと小さな子供の姿もあった。近くに京成千葉線のみどり台駅や、総武線の西千葉駅があるからだろう。

そのみどり台駅の二百メートルほど手前で、キャロルが停車し、テール・ランプも消えた。だが、エンジンまで切ったかどうかは、分からない。

安川も、そこから二十メートル手前で車を止め、ライトを消した。

ずっと先の左側の建物から、ばらばらと子供たちが出てきたのは、十分くらい経ってからだった。小学校の四、五年生くらいだろう。服装はまちまちだったが、お揃いの黄色い手提げ鞄を持っている。どうやら、チェーンの学習塾のようである。

おおかたの子供はみどり台駅方面に去ったが、女の子が一人だけ、こちらに向かって歩いてくる。

そこに至って、安川に緊張が奔った。

「主任」

「分かっている」

入江が、短く言い返す。

前方の田宮の行為は、子供の待ち伏せと取れなくはない。

犯行に結びつく前段階の行動、いわゆる《前兆事案》。

そう思ってみれば、田宮が車を止めているのは、街灯のない暗い場所だった。

安川と入江は、念のために、ドアのロックを外した。

エンジンは掛けたままだ。

女の子が近づいてくる。

キャロルまで、あと十メートルほど。

安川は、息を止めた。

五メートルまで近づいた。

道に、ほかに人影はない。

そのとき、キャロルの運転席側のドアがいきなり開き、田宮が素早い身のこなしで飛び出すと、車から三メートルのところに差し掛かっていた女の子を鷲掴み（わしづかみ）にして、車に引きずり込もうとした。

その刹那（せつな）、入江がライトバンから飛び出す。

安川もドアを開けて、走った。

二人の足音に、田宮がギョッとしたように振り返った。

女の子を突き飛ばして、キャロルに乗り込もうとする。

だが、入江が半開きのドアにしがみ付き、ハンドルに手を掛けた。

「この野郎、離しやがれ――」

田宮が怒鳴りながら、拳を入江の顔や肩に滅茶苦茶に打ち込んでくる。

「未成年者略取未遂、現行犯逮捕する」

入江が怒号を上げ、運転席に入り込もうとする田宮に巨体を被せる。

安川も田宮の振り回す右腕を摑んだ。

そして、手錠を掛けた。

入江が、左の手首を摑む。

それでも、田宮は暴れるのをやめず、入江の顔面を狙って頭突きを繰り返す。

車の周囲に人が集まり始めていた。会社員ふうの男性。セーラー服姿の女子学生。それに、買い物かごを下げた主婦。

「どなたか、すぐに警察に連絡してください。未成年者略取未遂の現行犯です」

安川は叫んだ。

「嘘だ。俺は何にもしていないぞ。離しやがれ、このクソ野郎――」

入江に押さえ込まれたまま、田宮が絶叫した。

十一

千葉中央署の二階の取調室で、安川はボールペンを右手に握って、調書の罫線(けいせん)に目を落としていた。

窓のない狭い部屋の奥に、田宮が黙然と座っており、スチール・デスクを挟んで、こちら側に、背を向けた入江が腰を下ろしている。

「四月二十五日の正午頃、おまえはどこにいた」

入江の言葉が、部屋の中に響く。

「知らねえよ。そんな昔のことなんか、いちいち覚えているわけねえだろう」

拗(す)ねたような顔つきで、入江から顔を逸(そ)らしたまま、田宮が言った。

「知らないわけがないだろう。おまえは、その日、三十九度の熱を出して、仕事場に、休ませてほしいと電話を掛けている」

「だったら、それでいいじゃねえか。分かっていることを訊(き)くんじゃねえよ。クソ野郎」

今度は、空とぼけた表情に変わる。

「だったら、当然、医者に行ったよな。どこの医者だ」

田宮が鼻を鳴らした。

「医者なんて、行くわけがねえだろう」

「ほう、それじゃ、薬を買ったはずだ。その薬の残りは、どこにある」

昨日の早朝から始まった取り調べに対して、田宮は、知らぬ存ぜぬを繰り返していた。みどり台駅近くで、小学校五年生の女の子を車に連れ込もうとしたことに対してすら、あくまで勘違いだと言い張っている。道を訊くために近づいたら、女の子が変質者と勘違いして、自分で転んだのだと。

昨日の午前中、アパートの大家の立ち会いのもとで、田宮の自室の家宅捜索が行われたものの、橘知恵と徳山真弓の誘拐と殺害、さらに死体遺棄に繋がるような物証は発見されなかった。彼女たちの衣服の繊維や毛髪などの微物についても、検出に努めたものの、空振りに終わった。ただし、ベランダ側のサッシのガラスの割れた部分に貼られていたブルーシートは、二人の被害者に掛けられていたものと同一のものと確認された。とはいえ、そのブルーシートはごく一般的なもので、日本中どこでも出回っている種類の品であり、決め手にはなり得なかった。

また、今日になって、富津から母親の田宮房子が出てきて、後ほど弁護士とともに、息子と短い面談が行われることになっている。

「薬の残りなんて、知らねえよ」

田宮が、ぶっきらぼうに言い返した。

それでも、入江が無表情のまま続けた。

「それなら、五月十九日の午後三時過ぎは、どこにいた」

「まったく覚えてないね」

「いいや、そんなはずがないぞ。おまえは、中央区大森町のアパートの近くに行った、そうだな」

田宮が、目を大きく見開いた。

「はあっ、変なことを言うなよ。俺が覚えていないのに、どうして、そんなことが言えるんだよ」

「そして、翌日の二十日、おまえは車で出掛けた。そうだな」

暖簾に腕押しの田宮の素振りを、入江が無視するように訊いた。

途端に、田宮が顔を向けた。

「おい、さっきから聞いていれば、何をわけの分からないことをほざいてやがんだよ。俺は、まったく無関係の女の子を車に連れ込もうとしたって、そんなとんでもない言いがかりで逮捕されたんだろう。余計なことを、訊くんじゃねえよ」

「いいや、言いがかりでも、余計なことでもない。おまえが車に女の子を連れ込もうとしたことは、被害者本人がはっきりと証言している。それに、俺たち二人が、犯行の一部始終を目撃していた。そのうえ、突き飛ばされた女の子は、アスファルトの道路に転んで、足に怪我をした。れっきとした略取未遂と傷害罪の現行犯だ。ちなみに、覆面パトカーには、ビデオカメラが設置されていて、おまえの犯行のすべてを録画してあるんだぞ。そのうえ、おまえは、四月二十五日に、橘知恵ちゃんを誘拐し殺害した。そして、五月十九日、徳山真弓ちゃんを連れ去り、彼女の命も奪っている」

　入江の言葉に、田宮の顔が真っ赤になった。

「そんなこと、知らねえよ。だいいち、これはいったい何だよ。別件逮捕じゃねえか。おい、俺がそのガキたちをさらったり、殺したりしたっていう証拠が、どこにあるんだ。あるのなら、ここに出してみやがれ」

　一気呵成(かせい)に怒鳴ると、田宮は肩で息をした。そして、入江が黙っていると、ふいに野卑な笑みを浮かべて、再び口を開いた。

「ほれ、みろ。証拠なんて、何一つないんじゃねえか。ふざけるんじゃねえ、このクソ野郎」

「いいや、一つだけあるぞ」

　入江の言葉に、田宮の表情が一瞬凍り付いた。

「な、何だよ」

「六月十八日の晩、おまえの家の隣の部屋に空き巣が入った。それは、知っているだろうな」

「ああ、そんなことがあったらしいな」

「ちなみに、空き巣の侵入の手口は、《焼き破り》だった。そして、同じ晩に、おまえの部屋のサッシ窓の割れたガラスが、駐車場のゴミ捨て場に捨てられていた。捨てたのは、おまえだな」

「知らねえよ、そんなこと」

話の展開が読めずに、不安を覚えたのか、田宮はまたしても視線を逸らした。

「いいや、捨てたのは、おまえ以外にいない。そのガラスから採取された指紋は、おまえのものだけだった。しかも、そのガラスには、隣の部屋の窓サッシのガラスに残されていたものと同じ《焼き破り》の痕跡が残されていた。にもかかわらず、現場を調べていた警察官の聞き取りに対して、おまえは、空き巣被害に遭っていないとはっきり答えている。空き巣に遭っていながら、被害を訴えなかったのは、後ろ暗いことがあったからじゃないのか。例えば、部屋に、誘拐殺人事件の証拠が残されていたとか」

田宮が、またしても目を大きくした。

「はあっ？　てめえが偉そうに証拠だなんてほざいたのは、そんな鼻糞みてえなことだったのかよ」

「鼻糞かどうかは、こっちが決める。空き巣に入られながら、どうして嘘を吐いた、言ってみろ」

途端に、田宮が勝ち誇ったように笑い声を張り上げた。

「ばっか馬鹿しい。そんなものは、嘘でも何でもねえ。あのときに盗られたのは、アイドル歌手のカード一枚きりだったからさ。警察に届けて、余計な面倒に巻き込まれるのが嫌だったからだよ。ただ、それだけのことさ」

「アイドル歌手のカード？」

「深町めぐみだよ。俺は、彼女の大ファンなのさ。ファンクラブにも入っていて、そのクラブ員しか入手できない通し番号の入ったカードだよ。――それにしても、それっぽっちのことで、俺のことを犯罪者扱いしようっていうのかよ。頭が完全にいかれているんじゃねえのか。さあ、俺が誘拐殺人をしたっていう、ちゃんとした証拠を持って来いよ。持って来られないのなら、ここからさっさと出しやがれ、このクソ野郎」

田宮が激昂して叫んだ。

十二

未成年者略取未遂並びに暴行傷害。

それが、逮捕して四十八時間後、検察庁に送致となった田宮龍司の送致書の内容だった。

担当検事は、ただちに十日間の勾留請求を行うとともに、千葉中央署の捜査本部に対して、引き続き、二件の幼女誘拐殺人事件の補充捜査を重点的に行うことを求めてきた。

現時点で、田宮にとって不利な点は、二件の事件当日と、徳山真弓の遺体が遺棄された五月二十日のアリバイがないことと、遺棄現場に土地勘があるということくらいなのだ。この二つだけでは、とうてい起訴は不可能であり、最悪の場合、誘拐殺人事件での起訴が見送られる可能性すらあった。

安川は、担当刑事と連絡を取り合っている入江から、検察庁に移された田宮が、その後も曖昧（あいまい）な供述を繰り返すばかりで、二言目には、《証拠を出せ》と怒鳴り散らしていると聞いていた。

田宮の精神状態を粗暴にさせた理由は、ほかにもあった。

彼の逮捕の二日後、富津在住の母親の房子は警察に駆けつけて来て、そのまま家宅捜索の終了した田宮の部屋で暮らしていた。息子の行く末が心配で、いても立ってもいられなかったからだろう。

ところが、息子が送致された七月七日の二日後の九日になって、彼女はアパートの外階段で足を踏み外して転がり落ち、救急車で病院に搬送されるという突発事態が発生したのである。

病院に到着した時点で、房子の死亡が確認された。死因は、脳梗塞（のうこうそく）だったことが後になって判明した。息子が犯罪者として逮捕された直後の母親の死は、少なからず世間の耳目を集めることとなった。だが、田宮の姉を喪主とした葬儀は、そうした世の中の物見高い関心を避けるように、密葬として執り行われたのである。

このことを伝え聞いた田宮が、これまで以上に激しく憤り、検事の取り調べに対して、一層反抗的になったのは、当然のことであった。

だが、その時点で、検察庁の担当検事は、田宮の勾留延長請求を行っていた。その裏には、担当検事に対して、田宮のクロを確信している入江の説得があったことを、安川は知っていた。

そして、十日間の勾留延長が認められたものの、入江たちの捜査にはかばかしい進展がないまま、明日(あした)、その勾留期限が切れるというところまで、捜査本部は追い詰められてしまったのである。

捜査会議において、入江が、もう一度、田宮の自宅の家宅捜索を行いたいと発言したのは、その晩のことだった。

「何か成算があるのか？」

一課長が、不機嫌そうに言った。

「あるとまで断言はできません。しかし、捜査員も人間です。見落とし、勘違い、慢心、そんなものが入り込む余地が、十分にあるのではないでしょうか。しかも、ここで何の手も打たなければ、凶悪な誘拐殺人犯をみすみす野放しにすることになります。我々にできることは、最後の最後まで諦(あきら)めずに、考え得るすべての手を尽くすことだと思います。一課長も、殺された二人の幼い女の子の死に顔をご覧になったはずです。あんな惨(むご)いことをする奴が、検察庁の正門から大手を振って出て行くことになって、悔しくはないんですか」

凛々(りんりん)と通る入江の声が、講堂に響き渡った。

広い部屋を埋め尽くした捜査員たちは、水を打ったように静まり返っている。

「よし、そこまで言うのなら、家宅捜索を許可しよう」

捜査一課長の重々しい声が響いた。

第三部　冤　罪

一

三宅の運転する車の揺れに身を任せたまま、増岡は捜査記録から目を上げた。平成二十二年に起きた事件の世界から、平成二十九年七月三十一日にいきなり引き戻されたような奇妙な錯覚を覚えた。

と同時に、田宮事件の解決に至る道筋が、想像していたよりも、ずっと不可解な展開を辿ったことに、驚きを禁じ得なかったのである。

二度目の家宅捜索によって、一度目の家宅捜索のときに見落とされていた赤いチェック柄のシャツが発見されたからだった。それが田宮の自宅の押し入れに置かれていたプラスチックの衣装ケースの中から発見されたことは、家宅捜索に加わっていた入江を始めとする、五人の捜査員と鑑識課員が認めている。

しかも、科捜研の調べによって、そのシャツから、橘知恵の遺体発見現場で見つかった白い犬のぬいぐるみの毛が検出されたのである。

その赤いチェック柄のシャツを見せられた小山老人は、それがナイフを翳して襲いかかってきた男の身に着けていたものと同じだと断言した。しかも、田宮の背丈や体つきが、自分にナイフを突き立てた犯人のそれとよく似ている、とまで証言したのだった。

担当検事が、この三つの材料を田宮に突きつけて、厳しく追及した結果、それまで頑強に犯行を否定し続けていた態度から一変して、田宮は泣き崩れて全面自供に追い込まれたのである。

一件目の橘知恵は、捜査陣の筋読みの通り、庭で仔犬と戯れていた彼女に目を留めた田宮が、たまたま車に積んであった犬のぬいぐるみを見せて、道路まで誘い出し、いきなり横抱きにして車に連れ込み、その場から走り去ったというものだった。

悪戯した場所は、以前から目をつけていた、郊外の使われなくなった建設作業員の宿舎の一室だったという。首を絞めて殺害したのも同じ場所で、たまたまそこに打ち捨てられていたブルーシートで遺体と衣服を包み、自分の車の後部座席の足許に置いて、その晩のうちに、キッズダム近くの雑木林に遺棄した。ブルーシートを布団のように半裸の遺体に掛けたことに、さして理由はなかったと、田宮は供述した。

二件目の徳山真弓の場合は、一件目で味をしめて、最初から熊のぬいぐるみとブルーシート、それに軍手を用意したという。熊のぬいぐるみは、捜査の過程で明らかになった通り、行きつけの千葉駅近くのゲームセンターに置かれていた《ユーフォーキャッチャー》で獲ったものだった。軍手とブルーシートは、足がつかないように用心して、自宅からかなり離れたホームセンターで購入した。そして、一件目と同様、アパート前で縄跳びをしていた徳山真弓に近づき、そのぬいぐるみを見せて誘い出し、近くに停めてあった車に押し込めて走り去ったのだった。

そのときに、田宮が被害者の少女を悪戯して殺害した場所は、大森町の東側にある花(はな)輪(わ)町の古い小屋だったという。そして、用意しておいたブルーシートで半裸の遺体と脱がせた衣服を包み、翌日、養老川沿いの雑木林に運んで遺棄したのだ。

その際に遺体にブルーシートを掛けたのは、ちょっとした思い付きだったという。二つの事件が同一犯によるものと判明すれば、世間で大騒ぎになるだろうと期待したからだった。一件目の橘知恵の遺体が発見されたとき、新聞やテレビが示した過熱した報道ぶりに、田宮はそれまでに経験したことのなかった興奮を覚えたというのである。生まれてから一度として晴れがましい舞台に立ったことのなかった自分が、一躍脚光を浴びたような気持ちに襲われたというのだ。このうえさらに、幼女の連続誘拐殺人となれば、世の中に与える衝撃は計り知れないものになると想像したのだった。

そんな邪(よこしま)な空想に耽(ふけ)っていたときに、小山老人と鉢合わせすることになったのは、まったくの予想外の出来事だった、と田宮は供述した。一連の犯行の経緯と犯行を認めた内容の上申書が書き上がったのは、勾留期限が切れる一時間前のことであった。こうして田宮は起訴されて、半年後に、一審で死刑判決を受けたのである。

「ねえ、三宅さん」

増岡は、隣で鼻歌交じりにハンドルを握っている三宅に声を掛けた。

「何だよ。そろそろ腹が減ったのか。だったら、次に吉野家が目に付いたら、入るからな。それとも、たまにはラーメン屋にするか。《家系ラーメン》の店があったら、牛丼をまたの機会に譲ってやってもいいぞ」

顔を動かさずに、三宅が言い返す。

増岡はため息を吐くと、言った。

「いいえ、違いますよ。田宮龍司の捜査記録を読んでいたんですけど、一つ、どうしても気になることがあるんです」

「何だよ」

「犯人が着用していた赤いチェック柄のシャツが、二度目の家宅捜索で見つかり、それが事件解明の決め手の一つになったわけですけど、どうして、一度目の家宅捜索では見落とされたんですか」

その言葉に、隣で三宅が顔を正面に向けたまま、太い肩を聳やかした。

「さあ、その点についちゃ、俺にも、まったく分からねえ。俺自身、二度とも家宅捜索に加わっていたけど、一度目だって、それこそ徹底的に調べたという記憶がいまでもあるんだ。それでいて、二度目の家宅捜索の時に、押し入れの一番奥の衣装ケースの中から、そのシャツが見つかったところを、この目ではっきりと見ている。二度目の家宅捜索を主張した当の入江さん自身まで、吃驚仰天して目を丸くしていたこともはっきりと覚えているくらいだからな」

「そんなことって、本当に、あり得るのかしら」

増岡は、納得しがたい気分で、まさかとは思ったものの、敢えて言い添えた。

「その場で、誰かがこっそり入れたってことは、考えられませんか」

すかさず、三宅が言った。

「おい、馬鹿なことを言うんじゃねえ。だったら、俺たち五人のうちの誰かが、証拠をでっち上げたとでも言いたいのか。だいいち、おまえさんのとんでもない勘繰りは、絶対に成り立たないぞ」

「どうしてですか」

「赤いチェックの入っていた衣装ケースを開けたとき、その場に五人全員が雁首を揃えていたからさ。まさか、その五人がグルだったなんて、言い出さないでくれよ――」

そこまで、からかうような口調で言ったものの、ハンドルを握ったまま、三宅が大きな熊顔を向けてきた。

「――とはいえ、おまえさんの疑問も、確かにもっともかもしれん。だからこそ、全面自供して、二つの誘拐殺人の罪を認め、その上申書まで書いた田宮が、裁判で一転して、犯行の全面否認に転じやがったとき、あの野郎についていた弁護士も、盛んにその点を突いてきたのさ。証拠の存在そのものが、不自然極まりなく、裁判における証拠として採用するには、不適切であるってな」

「それで、どうなったんですか」

「検察側の反論は、二つあった。一つは、一回目の家宅捜索で、見落としがあった可能性が否定しきれないという論法だった。しかし、これだけなら、弁護士の主張を跳ね返すことはできなかったろう。だが、補充捜査を行った結果、そのシャツはいわゆるビンテージ物で、千葉市内の古着屋で、田宮自身が購入したことが判明したんだ。日本に数枚しかないビンテージのシャツを、古着屋の主人は覚えていたし、その店の常連だった田宮が、それを購入したこともはっきりと記憶に残っていた。つまり、出現の仕方がいかに不可解だったとしても、田宮のシャツだったことは絶対間違いなかったのさ」

「もちろん、裁判長は判決文では、そうした点にも言及したんでしょうね」

増岡は、気になって訊いた。

「ああ、新聞で読んだ覚えがある。正確な言い回しまでは忘れちまったけど、だいたい、こんな内容だったっけ。あのシャツが、間違いなく田宮の所持品で、厚手の春先に着るようなタイプと断定した。そして、田宮が入江さんたちに現行犯逮捕されたのが、七月上旬だったから、衣替えのために押し入れの奥にしまわれていて、一度目の家宅捜索で見落とされたのだろう、とそんな感じだったな」

その説明を聞いても、増岡の釈然としない気持ちは変わらなかった。

「ねえ、田宮は無実を訴えたって言いましたけど、具体的には、どんなことを主張したんですか」

「あいつは、自分が警察や検事に脅されて、言うなりに罪を認めただけで、全くの無実だと抜かしやがった。二人の幼女には会ったこともないし、家の近くにも行ったこともないと。確かに、二人の被害者の家の付近で、田宮自身や、やつの車を目撃したという人物は見つかっていなかった。田宮の姉さんが《田宮龍司くんを救う会》っていうのを立ち上げて、人権派の弁護士やら、ほかの冤罪被害者の連中と連携して、盛んに無実を訴え始めたのも、ほぼ同時だったな」

「でも、判決は死刑だったんですよね。被害者と田宮の接点を証明できなかったというのに、そんな判決が出るって、何だか不思議な感じがしてならないな」

「確かに、その接点が最後まで見つからなかったことは、検察側にとっては、相当に不利な状況だった。しかし、やつの犯行であるという、他の状況証拠がばっちり揃っていたんだ」

「他の状況証拠？」

増岡の言葉に、正面に戻した顔のまま、一瞬、三宅が口をへの字にしてうなずく。

「橘知恵ちゃんを連れ込んで悪戯し、殺害したと自供した現場である建設作業員の宿舎が、田宮の供述通りの場所に存在したのさ。しかも、《引き当り》のときに、田宮が、ここで悪戯して、殺しましたと指差した部屋のまさにその場所から、田宮自身の毛髪まで見つかったんだぜ。いわゆる、犯人しか知り得ない秘密の暴露だ。これが決定打の一つになったというわけさ」

《引き当り》とは、逮捕された犯人による現場確認のことである。

「その部屋から、被害者の痕跡も見つかったんですか」

「残念ながら、それはなかった」

「だったら、二件目の徳山真弓ちゃんの場合は、どうだったんですか」

三宅がかぶりを振った。

「そっちからは毛髪はおろか、何も見つからなかった。しかし、花輪町の町はずれに、古い使われなくなった小屋があったことは確かで、誰でも簡単に入り込めるようになっていたんだ。それに、警察の取り調べでも、検察からの追及においても、熊のぬいぐるみの存在は、田宮に一切伏せられていたにもかかわらず、千葉駅近くのゲームセンターの《ユーフォーキャッチャー》の景品だった熊のぬいぐるみを、徳山真弓ちゃんを誘い出すために使ったと、あいつ自身が供述したんだぜ。つまり、あの野郎が自白した事件に関連する事物は、その供述通りに実在していて、そっちに矛盾点はまったくなかったってわけさ」

なるほど、と増岡はうなずいたものの、納得しがたい気持ちはまだ消えなかった。

その思いを察したのか、三宅が言い添えた。

「しかし、まあ、疑問点がいくらあったとしても、あいつの有罪は動かし難いだろうよ。田宮のシャツに付着していたぬいぐるみの毛。小山という年寄りの目撃証言。そして、あの野郎自身がはっきりと罪を認めた上申書。この三点セットがあれば、たとえ、どんな凄腕の弁護士を何十人動員しても、状況をひっくり返すことはできなかっただろう。だいいち、罪の意識に堪えかねて、あいつは木更津拘置支所内で自殺したんだぜ。さしもの《田宮龍司くんを救う会》も、それでジ・エンドだったというわけさ」

自殺。

田宮は死刑ではなく、自ら死ぬことを選んだのだ。

でも、それは本当に、罪の意識に堪えかねての自殺だったのだろうか。

疑問を感じた増岡は、三宅に言った。

「死刑に怯えた挙句に、自ら死を選ぶことだって、十分にあり得ますよ」

「だったら、おまえさんは、田宮が冤罪だったと言いたいのか」

「可能性は、皆無じゃないでしょう」

「その根拠は？」

「まず、決定的な証拠となった赤いチェック柄のシャツの出現が、どう考えても、引っかかるんです。うっかり見落としたなんて、いまどきの捜査員が五人も雁首を揃えて、そんな迂闊なことをするなんて、とても考えられないじゃないですか。それに、もう一つ、大事な点が未確認のままになっているでしょう」

「大事な点？」

三宅がハンドルを握ったまま、一瞬だけ増岡に顔を向けた。

「ええ、田宮事件の捜査記録に目を通していて気になったんですけど、徳山真弓ちゃんの遺体を遺棄した現場で、犯人と遭遇した小山さんという目撃者は、その犯人からナイフで腕を切りつけられたんでしょう。だったら、その凶器のナイフは、いったいどうなったんですか」

「ああ、そのことなら、間違いなく担当検事が田宮を追及したと、入江さんから聞いたよ。だが、あいつは、持っていないとか、知らないというばかりで、結局は何も出て来なかったのさ。むろん、二度の家宅捜索でも、そのナイフだけはとうとう発見されなかったんだ。たぶん、万が一、警察から被疑者として目を付けられたら、確実に証拠になってしまうと恐れて、事前にどこかに遺棄したんだろう。少なくとも、担当検事は、そう考えたらしいぜ」

「どうしてですか」

「入江さんからの受け売りだが、担当検事がそのナイフのことを追及すると、田宮がどことなく落ち着きをなくしたからだとさ。ともあれ、ないものは、どうしようもないから、《消極証拠》扱いで、捜査記録にも残っていないんだろう」

　増岡は渋い顔でうなずいた。

　警察も検察庁も、容疑者を徹底的に調べて、様々な証拠を掘り出したり、明らかにしたりする。しかし、そのうち裁判に持ち出されるのは、被疑者を有罪にするための材料だけで、それ以外は、《消極証拠》として、一切外部には公表されないのだ。

「だったら、田宮の自殺についても、誰かちゃんと調べたんですか。動機とか、遺書とか、そういったものについては、どうなんですか」

　三宅が、正面を見つめたまま首を振った。

「そっちは、木更津拘置支所の管轄だから、千葉中央署はノータッチだった。まあ、あの拘置支所にとっては大変な落ち度だったろうし、担当の刑務官にしてみれば、はた迷惑な話だったと思うな」

「ええ、そうでしょうね」

　そのとき、三宅が覆面パトカーを道の路肩に止めた。

「ほれ、やっと着いたぜ」

　三宅に言われて、増岡は周囲を見回した。覆面パトカーの左側に広がる雑木林が、橘知恵の遺体が遺棄された現場であることは、すぐにピンときた。

　その左手には、建物が見える。市原特別支援学校だろう。雑木林の右側は広々としたパーキングになっており、そのパーキングのはるか先に建物が見えていた。そして、三宅の方の窓を振り返ると、山倉ダムの湖面が見えた。

「さて、炎天下の散歩としゃれ込むか」

　三宅が言い、ドアを開けて外へ出た。

　増岡も、同じように自分の側のドアを開けた。

　冷房の効いていた車内から外の歩道に降り立つと、途端に熱気に包まれた。日差しの眩しさに、思わず目を細めてしまう。

彼女は三宅とともに、雑木林に近づいた。

この季節のせいだろう。雑木林の枝葉と下草の繁茂は尋常ではなく、とても中に入り込めそうもなかった。もっとも、この雑木林に立ち入ったところで、いまさら事件に関する新たな発見などあるはずもないのだ。橘知恵が誘拐されて、その挙句に殺害され遺棄されたのは、七年前の出来事なのだから。

「ともかく、近所の住人に聞き込みをかけてみましょう」

増岡は言った。

「そうだな。何も出てこない公算が大きいが、万が一ってこともあるからな」

暑さにうんざりした顔つきで、三宅がうなずく。

その後、一時間ほども、二人は周辺をぐるりと歩き回り、事件後や最近、その雑木林で何か異変を目撃したり、怪しい人物の出入りがあったりしなかったかどうかを訊いて回った。だが、市原特別支援学校や、雑木林の隣のパーキングの事務所、さらに、その奥にあった東海大学付属市原望洋高校でも、これといった証言は得られなかった。

「どうやら、空振りだったみたいですね」

増岡は言った。刑事の聞き込みに、収穫なしは付きものとはいえ、暑さのせいで落胆が大きかった。

「最後に、あそこはどうだ」

珍しく、三宅が粘った。

指差された方へ目をやると、道の向かい側と湖面との間に、病院の建物が見えた。

「ええ、こうなったら、どこへでもおつきあいしますよ」

半ば自棄になった気持ちで、増岡は足を向けた。

通行している車が途切れるのを待って、道路を渡り、病院の玄関を入った。

建物の中は、かなりゆったりとした待合室になっていた。

増岡は、受け付けに近寄ると、警察手帳の身分証明書を提示して、言った。

「私、船橋署の増岡と申します。こちらでお勤めされている方々に、ちょっとお訊きしたいことがあるんですが」

受け付けにいた看護師が、目を大きくした。

「どのようなことでしょうか」

待合室にたむろしている患者やその家族を慮って、増岡は少し声を潜めて言った。

「道の向かい側の、雑木林のことなんですけど」

その言葉に、看護師の表情が硬くなったことに、増岡は気が付いた。たぶん、田宮事件のことだと察したのだろう。

増岡は、囁くように続けた。

「お察しかも知れませんが、七年前に、あそこの雑木林で、とんでもないことがありましたよね。その直後とか、あるいは、その後に、あそこに不審な人物が出入りしているのを見かけたり、雑木林の前に不審な車が停まっていたりしたことはないか、そのあたりのことを、こちらにお勤めの方々にお訊きしたいんですけど」

「分かりました。でも、患者さんたちがいらっしゃいますので、少しお時間をいただくことになると思いますが、まず、私から訊いてみますので、こちらでしばらくお待ちください」

看護師が奥に引っ込むと、増岡は三宅とともに、待合室の椅子に腰かけた。冷房のおかげで、汗が引いてゆく。

「あーあ、腹が減ったな」

隣で、三宅がぼやいた。

だが、増岡は食欲どころか、気が重くなるのを感じていた。もしも、ここまで来て何も出なかったら、入江から、それこそ襤褸クソに言われるに決まっているのだ。捜査会議の後で面罵されたときの情景が、嫌でも脳裏に甦って来る。

セクハラ野郎――

増岡は、県内の私立大学の出身だった。文学部で近世文学について学び、曲亭馬琴の『南総里見八犬伝』で卒論を書いた。この近世文学史上の最高傑作の中で、彼女がもっとも好きな一節がある。それは、《流水は高きにつかず、良民は逆に従わず、もしそれ桀を助けて堯を討たば、なお水にして高きにつくがごとし――》というものだった。

だから、大学に進学した当初は、自分が警察官になるとは、まったく予想もしていなかった。卒業後は、どこかの中堅企業に就職して、平凡なＯＬになり、職場結婚するのだろうと漠然と考えていたのだ。この先の日々に特別な目的などない、成り行き任せの人生。心のどこかで、かすかに虚しさを感じていたものの、まあこんなものかと自嘲しながら、退屈な日々を過ごしていたのである。

　ところが、三年生の時に、増岡は就職課のパンフレット・ラックに挟まっていた千葉県警のパンフレットに、たまたま目を留めたのだ。そして、警察の中に生活安全課という部署があり、警察官が児童虐待や虐めなどの問題にまで取り組んでいることを知ったとき、突然、かつての自分の辛い体験を思い出したのだった。

　それは、津田沼市内にあった小学校の六年生のときに、同じクラスの子供たちから虐められた記憶だった。そのきっかけは、クラスにいた別の女の子を、虐めから庇ったことだった。貧しい母子家庭に育ったその子のみすぼらしい身なりが、クラスメートたちのからかいの標的となり、悪ふざけが次第にエスカレートして、担任の教師の目の届かないところで、持ち物を隠したり、突き飛ばしたりするようになったのである。その虐めには、クラスのほとんどの男の子たちだけでなく、数名の女の子たちまでが加わっていた。

　ある日、見るに見かねた増岡が、その虐めを注意した。すると、翌日から、虐めの対象が彼女に替わったのだ。しかし、彼女は、仲間外れやいびりに懸命に耐え続けて、けっしてひるんだり、悔しそうな表情を見せたりしなかった。そんな態度を示せば、虐める連中を喜ばすことになるだけだと分かっていたからである。

増岡は、どんな人の心にも、《悪意》というものが巣くっているということを、初めて実感した。醜く、残忍で、邪な敵意を抱くに至る原因が、嫉妬や侮蔑、傲慢、差別、あるいは、理由のない恐怖や思い込みといったものであることも、子供ながらに理解した。同時に、そんな《悪意》に、自分だけはけっして呑み込まれまいと固く誓ったのである。

千葉県警のパンフレットを目にしたときに、増岡の胸の裡に甦ったのは、まさにその決意だった。そして、生まれて初めて、将来の目標が見つかったという気がした。

だからこそ、警察官として心が折れそうになると、小学校六年生のときのその記憶を、彼女は思い浮かべる。たった一人で、懸命に闘い続けた日々を。歯を食いしばり、絶対に、こんな連中と同類にはなるまいと自分自身に言い聞かせたときのことを。

《男社会》

いまも、その闘いは続いている。

そのとき、看護師が近づいてくることに気が付き、増岡の考えが途切れた。

彼女は、椅子から立ち上がった。

三宅もつられたように腰を上げる。

「先ほどの件ですけど、院長が、お話があると申しております。どうぞ、こちらへお越しください」

増岡は、三宅と顔を見合わせた。

それから、看護師に案内されて廊下へ向かった。

「あの事件には、本当に泣かされ通しでしたよ」

院長と名乗った中年男性が、増岡と三宅にソファを勧めると、自分も腰を下ろしながら言った。白衣を身に着けた小柄な人物で、半白の髪を七三に分けた、一重の目をした整った顔立ちである。歳は、五十代半ばくらいか。

「やはり、騒ぎになりましたか」

こちらの質問よりも先に相手に切り出されて、増岡が戸惑っていると、隣の三宅が如才なく合いの手を入れてくれた。

病院の奥にある八畳ほどの広さの応接室に置かれたソファ・セットで、二人は、院長と対座している。

「誘拐された女の子の亡骸（なきがら）が見つかったとテレビのニュースで流れた途端に、このあたりは、そりゃあ物凄（ものすご）い人だかりでしたからね。交通整理の警官まで出たほどだったんですよ。うちの患者さんたちは、ほとんどの方が車で来院されるので、ひどい渋滞に巻き込まれたと文句まで言われたりして、こっちのせいじゃないのに、まったく往生しました」

話好きらしく、よく回る舌で話を続けてゆく。

「マスコミが殺到して、方々でハンディータイプのテレビカメラに向かって、レポーターが喋ったりしているでしょう。すると、そこにまた人が集まって来るという塩梅でね。そうそう、新聞社だったか、テレビ局だったか、どっちだったかは忘れちゃいましたけど、ヘリコプターまで飛んできたんですから」

「なるほど。で、その騒ぎは、いつ頃まで続いたんですか」

三宅が、柄にもなく愛想笑いを浮かべて言った。

「半月もすると、人っ子一人いなくなっちゃいましたね」

院長が、今度は呆れたという顔になった。

「まあ、世間の関心なんて、そんなものでしょう。——ときに、あの雑木林に入り込んでいる怪しい人物を見かけたことはありませんか」

潮時だというように、三宅がさりげなく付け加えた。

「そうそう、そのことでしたね。看護師から、あなた方が、あそこに出入りしている不審人物について訊きたがっているという話を耳にして、思い当たることがあったんですよ」

右掌で空を叩くようにして、院長が言った。

「それは、どんなことですか」

思わず身を乗り出して、増岡は言った。

「いまお話ししましたように、遺体が見つかってしばらくの間は、それこそ蜂の巣を突っついたような騒ぎで、他人の土地なのに、あの雑木林に勝手に入り込む輩が後を絶たないありさまでした。けれど、それが収まると、そんなもの好きなことをする人間なんて一人もいなくなり、ホッとしたもんです。何しろ、ここらは、キッズダムに訪れる観光客を別にすれば、地元の人間が静かに暮らしている田舎ですから。ところが、すっかり元の暮らしに戻ったと思った頃、あの雑木林からこそこそと出てくる怪しい男の姿を、この目ではっきりと見たんです」

「それは、いつ頃のことですか」

増岡は勢い込んで言った。

「七月二十五日でした」

一瞬、三宅が増岡と顔を見合わせた。

だが、すぐに三宅が言った。

「かなり昔のことなのに、日付まで、よく覚えていらっしゃいましたね」

「ええ、その日はちょうど私の誕生日で、大阪に嫁いでいる娘が二人の孫娘を連れて、久々に里帰りすることになっていたからなんです。で、待ちきれなくなって、病院の外に出てみたときに、ひょいと道路の向かい側に目を向けたら、その男が見えたんです」

「時間は？」

「あれは確か、午後九時頃だったと思います」

増岡は考え込んだ。橘知恵が連れ去られたのは、その年の四月二十五日で、遺体が発見されたのは、十日後の五月五日のことである。つまり、目の前の院長が、雑木林から出て来た男を目にしたのは、遺体発見から二か月以上も経ってからということになる。確かに、不可解と言える。そう思いながらも、増岡は言った。

「しかし、院長先生、七月二十五日といえば、ちょうど夏休みが始まる頃ですから、大学生の肝試しか何かだったという可能性は考えられませんか」

その言葉に、院長がかぶりを振った。

「いいや、そんな感じじゃなかったですね。あたりをひどく警戒するように、キョロキョロと見回していましたから。だいいち、肝試しなら、グループで来るはずだし、男一人ってことはないでしょう」

なるほど、と増岡はうなずいた。

「どんな男でしたか。年齢、背恰好、服装、どんなことでもかまいません、覚えていらっしゃいませんか」

うーん、と院長は唸り、それから言った。

「ちらっと見かけただけだし、夜だったから、はっきりしませんねえ。それに、相手の方も私に気が付いたみたいで、すぐに路肩に停めてあった車に乗り込んでしまい、あっという間に走り去ってしまったんです。しかも、ヘッドライトも点けずにですよ。そんな挙動は、誰がどう考えたって、後ろ暗いことをしている人間のそれとしか考えられないじゃないですか」

「どんな車でしたか」

院長が、かぶりを振った。

「まったく覚えていません。それにしても、気味の悪い男でしたよ」

心底嫌そうに、院長は言った。

「その男を見かけたのは、その一回だけですか」

増岡は言った。

「ええ、幸いなことに、そのときだけです。私はね、うちの飼い犬――チワワで、マメちゃんという名前なんですけど――それを連れて、毎晩、そこらを一キロほど散歩するんです。ストレス解消と運動を兼ねてね。何しろ、医者という仕事は、運動不足になりがちですから。で、そのときに、あそこの雑木林の前をいつも通るんですけど、そのたびに、あの晩のことを思い出すんです。だから、もう二度と、ご免ですな」

十分後、増岡と三宅は病院を辞した。

そして、路肩に停めてあった覆面パトカーに戻った。日向に置かれていた車の中は、蒸し風呂状態になっていた。

「どう思います」

額にハンカチを押し当てながら、増岡は言った。

「うーん、確かに怪しいと言えば、言えるかもしれん。だが、単なる物好きだったという可能性も、捨てきれないぞ。世の中には、酔狂な人間が少なくないからな。わざわざ廃村を訪れてみたり、ミステリー・スポットと称して、真夜中、荒れ果てた古い病院に侵入したりする、アホな連中が後を絶たないっていうじゃないか」

くしゃくしゃのハンカチで襟首を拭いながら、三宅が言い返した。冷房が効き始めている。

「そうでしょうか」

増岡は、首をかしげた。

「だったら、おまえさんは、何だと思うんだ」

「模倣犯ですよ。昼間なら、物見高い野次馬という可能性が大きいでしょう。でも、午後九時頃に男が一人だけでこっそりとあの雑木林に入り込んでいたんですよ。かなり怪しいじゃありませんか」

「まさか」

呆れ顔になった三宅が、無意識のように煙草の袋を取り出した。

それを目にして、増岡は慌てた。窓ガラスを締め切った車内で、煙草に火をつけられたら堪らない。

「三宅さん。煙草はだめですよ」

「何でだよ」

怒ったように言ったとき、三宅の携帯電話が鳴った。着信画面を見た彼が、増岡に目を向けた。

「主任からだ」

煙草の袋を手にしたまま、三宅が携帯を通話に切り替えて、耳に当てた。

「はい、三宅です――」

だが、三宅はそのまま黙り込んでしまった。そして、目線を落としたまま、ものも言わずに携帯を切った。顔が、珍しく真顔になっている。

「何かあったんですか」

増岡は、気になって言った。

三宅が、つと顔を向けた。

「深沢美穂ちゃんの遺体発見現場で採取された微物の、分析結果が出たそうだ。被害者の身に着けていたTシャツに付着していた微物だ」

「それが、どうかしたんですか」

「その微物は、ぬいぐるみの毛だった。しかも、そいつは、田宮事件の被害者、橘知恵ちゃんの遺体遺棄現場、つまり、あそこの雑木林から見つかった白い犬のぬいぐるみの毛と、完全に一致したんだよ」

増岡は、言葉を失った。

二

「これは、いったいどういうことなんだ――」

船橋署の講堂に、仁王立ちした捜査一課長の怒号が響き渡った。

午後九時から始まった捜査会議は、冒頭の報告から紛糾の予感を孕んでいた。

深沢美穂の遺体が身に着けていたTシャツに付着していた微物が、その原因だった。

七年前に起きた田宮事件で殺害された橘知恵の遺体発見現場から押収された、白い犬のぬいぐるみの毛が、そのTシャツからも検出されたのである。

科捜研による化学分析の詳細な報告によれば、ポリエステル綿の成分構成、繊維の捻じれ具合、かすかに汚れた色合い、付着していた泥の成分など、どれをとっても、まったく同じだった。出席している捜査員たちの手元には、ぬいぐるみの毛の分析結果を記した科捜研の詳細な報告書が、コピーされて配られている。

そして、講堂正面の大スクリーンに、両方のぬいぐるみの毛の拡大写真が、並べられて映し出されており、誰の目にも、わずかな違いも見当たらなかった。

「――田宮事件と今回のヤマが、どうして繋がっているんだ。しかも、以前の事件については、死刑判決を受けた犯人が、拘置支所内でとうに自殺しているんだぞ。こんなことが、起こるわけがないじゃないか。誰か、ちゃんと説明してみろ」

苛立ちの持っていき場がないというように、一課長が吐き捨てると、憤然と椅子に腰を下ろした。

すると、前列の入江が立ち上がった。

「どれほど奇妙に思われようとも、これは単なる偶然としか考えられません。よろしいですか、橘知恵ちゃんの事件が起きたのは、実に七年も昔のことなんですよ。そして、ただいま一課長がおっしゃったように、裁判で犯人と断定された田宮龍司は、拘置支所内で自らの命を絶ちました。ですから、我々捜査員は、こんな末梢(まっしょう)に囚(とら)われている場合ではなく、不審車両として浮かび上がったスズキ・アルトについて、ローラーをかけることに全力を傾けるべきだと思います」

　その言葉に、増岡は手を上げた。

「何だ、増岡」

　入江が、苛立たしげに言った。

　増岡は、立ち上がった。

　隣の三宅も、面倒くさそうに腰を上げた。

「私たちは本日、田宮事件で被害に遭われた二軒のご家族のご自宅と、二人の幼女の遺体が遺棄された現場を訪れました」

「その話なら、もういい。座れ」

　彼女の言葉の途中で、入江が遮った。

「いいえ、重大な報告です。お終(しま)いまで、話を聞いてください」

　間髪容(い)れず、増岡は言い返した。

　入江が再度口を開こうとしたとき、一課長が口を挟んだ。

「ちょっと待て、増岡に言わせてみろ」

入江が苦々しげな顔つきで黙り込み、渋々と座ると、講堂が水を打ったように静まり返った。

増岡は軽く低頭すると、話を続けた。

「どちらのご家族も、幼い子供を奪われた深い悲しみを抱えて暮らしていらっしゃいました。事件によって受けた心の傷は、いまだにまったく癒えていないのだと思います。そして、徳山真弓ちゃんの遺体が遺棄された現場周辺の聞き込みでは、さしたる収穫はありませんでした。しかし、最後に回った山倉ダム近くの雑木林——橘知恵ちゃんの遺体が遺棄された場所での聞き込みで、一つだけ、気になる証言を得ました——」

増岡は、雑木林から道を挟んで斜め前方に位置している病院の院長から聞いた内容を、かいつまんで説明していった。平成二十二年の七月二十五日の午後九時頃、キッズダム近くの雑木林から怪しげな素振りで出て来た男の存在。しかも、たった一人だったという事実。そして、目撃者となった院長の存在に気が付くと、慌てて車で逃走したこと。しかも、ヘッドライトも点けずに。

彼女の話が終わっても、しばらくの間、講堂内で言葉を発する者はいなかった。

だが、やがて、一課長がおもむろに口を開いた。

「それで、おまえは、その事実をどう考えているんだ」

「模倣犯が動いたのではないでしょうか」

増岡の言葉に、入江がまた立ち上がった。

「ちょっと待て。だったら、今回の事件の犯人が、七年も前に、田宮事件に感化されていたというのか」

「可能性がないとは、言い切れません」

即座に、入江が忌々しげに首を振り、言った。

「確かに、可能性だけなら、あるかもしれんさ。しかし、その想定は、逆に大きな矛盾を含んでいやしないか」

「矛盾？」

増岡は、相手の言わんとしている意味を摑みかねた。

入江が、大きくうなずく。

「それほどまでに強い関心を覚えて、わざわざ夜分の遺体遺棄現場に一人で入り込むほど、田宮に入れ込んでいたのなら、どうして、すぐに模倣した犯行に及ばなかったんだ。七年も経過した今頃になって、誘拐殺人を犯すというのは、どう考えても理屈が通らないじゃないか」

言われてみれば、入江の指摘は、ある程度予想できて当然のことだった。増岡は、咄嗟に思いを巡らして言った。

「七年間、何らかの事情で、身動きが取れなかったのかもしれません」

「何らかの事情？」

「ええ、例えば、服役していたとか。罪を犯す人間は、次第に犯行の内容がエスカレートするものです。幼児誘拐だけなら、量刑はちょうど懲役七年くらいのはずです。そして、今度は、誘拐殺人にまで突っ走った。そう考えれば、筋が通ります」

「仮定のうえに、さらなる仮定を重ねるのか。てんで話にならんな」

議論を打ち切るように、入江がかぶりを振り、一方的に腰を下ろしてしまった。

そのとき、増岡は、手を挙げている香山に気が付いた。

「どうした、香山」

捜査会議の司会進行は、たいてい係長が行うものだが、当の入江が憤然としたままだったからだろう、上座の雛壇に座っている一課長が言った。

香山が立ち上がった。

「増岡の指摘した推論は、確かに調べてみる価値があると思います。しかし、その院長の証言については、もう一つ別の見方が可能ではないでしょうか」

「どんな見方だ」

一課長の言葉には、興味を覚えたという響きが籠っていた。

「七年前の連続誘拐殺人事件の犯人が、再び動き出したという推定です」

その言葉に、講堂内に大きなどよめきが広がった。

増岡も、虚を衝かれた思いだった。

まったく考えてもみなかった筋読みである。しかし、言われてみれば、自分の推論と同様に、その可能性も考慮すべきかもしれないと思えた。田宮龍司の有罪の決め手となった、赤いチェック柄のシャツが見つかった不可解な経緯。そして、小山という老人を、犯人が切りつけたときに用いたナイフの行方の謎。

　むろん、増岡は三宅とともに、この捜査会議が始まる前に、香山に対して、山倉ダム周辺での聞き込みの内容を詳細に報告してあったのである。

　一拍遅れて、入江が再び立ち上がった。

「おまえ、何を血迷ったことをほざいている」

「いいえ、血迷ったことだとは、まったく思いません。七年という歳月は、生まれたばかりの赤ん坊が、小学校に入学するほどの長い時間です。そんなかけ離れた年月をまたいで、橘知恵ちゃんの遺体発見現場から押収されたぬいぐるみの毛が、たまたま今回の事件の被害者の着衣に付着するなんて、そんな偶然が万に一つもあり得るはずがない。しかし、それが現実にはあった。だとしたら、むしろ、自分の服にぬいぐるみの毛を付着させていた犯人が、三度目の凶悪な犯行に及んだという可能性の方が、はるかに大きい」

　香山が無表情のまま、淡々と話した。

「いいや、おまえの言い分にも、矛盾が含まれているぞ。いいか、その筋読みだと、犯人は七年前に身に着けていた衣服を、一度も洗濯しなかったことになる。そんな馬鹿げたことがあるわけがない」

「一度着て、そのまま放置する。そして、七年経って、再び着る。これって、それほどの矛盾ですかね。しかも、衣装ケース内に、ぬいぐるみの毛が残されていて、それが他の服に付着した可能性だって考えられます」

「二人とも、ちょっと待て」

一課長が言葉を挟み、そして続けた。

「香山の言い分だと、田宮龍司は、冤罪だったということになるぞ」

「ええ。私の推定が事実だったとしたら、当然、そういうことになるでしょう。むろん、現状では、単なる一つの推定というだけで、確実な裏付けがあるわけではありません。しかし、捜査に当たるとき、すべての可能性を慎重に吟味すべきではないでしょうか。可能性が低いから、あまりにも突拍子もない見方だから、というような乱暴な議論は、絶対に避けるべきです」

「おい、だったら、おまえは、俺が田宮を冤罪に追い込み、その挙句に自殺させたって言うつもりなのか」

いきなり、入江が激昂した。

だが、香山は顔色一つ変えずに、言い返した。

「考え得る推定を、一つ指摘しただけで、誰のせいだとか、そんな事には、私はまったく関心がありません。関心があるのは、ただ一つだけ、今回の事件の犯人を捕まえることです」

ふざけるな、とヤジが入った。たちまち、不規則発言が飛び交い、講堂内はざわめきに包まれてしまった。

だが、増岡は、香山の平然とした顔つきを見て、溜飲が下がる思いだった。

「揚げ足取りの議論は、もういい」

いきなり、一課長が怒鳴った。

たちまち、講堂が静まり返った。

「いくら議論を重ねたところで、埒が明かない。スズキ・アルトのローラーに捜査の重点を置くとしても、ここはもう少し、今回のヤマと田宮事件との関連を検討する必要があるだろう」

「承知しました」

香山がうなずいた。

その言葉に、一課長が立ち上がった。

「念のために言っておくが、今回のヤマと田宮事件との関連については、絶対に部外秘だぞ。分かったな」

居並んだ捜査員たちが、うなずいた。

増岡には、一課長の考えていることが手に取るように分かった。

万が一、田宮龍司が冤罪だったということになれば、それは千葉県警の大失態に繋がりかねないのだ。

三

その翌日。

増岡は、三宅とともに、田宮事件の捜査記録を慎重に読み返していた。

田宮事件に関連した場所を訪れたときに、その車中で目を通した限りにおいては、赤いチェック柄のシャツが見つかった経緯と、小山老人が切りつけられたナイフが見つからなかったという点を除けば、田宮龍司を二つの幼女誘拐殺人事件の犯人と位置付けることに、何の不合理な点もないように思われた。

しかし、そこに、新たな視点が加わったのだ。

模倣犯説と冤罪説。

田宮事件の全体像を、この二つのキーワードで見直すならば、あの事件は、どんなふうに見えてくるのか。そして、それが、今回の深沢美穂の誘拐殺人と、どのような関連を示すのか。それが、増岡たちの追い求めているものだった。

午前中いっぱいを通して、捜査記録を精読した二人は、遅い昼食を取るために、船橋署を後にした。たいていコンビニ弁当や店屋物で済ますことが多いのだが、今回は、二人の意見交換の内容が漏れることを危惧(きぐ)したからだった。警戒しているのは、入江たちにほかならない。

いつものように、署の近くの牛丼屋で昼食を済ますと、増岡は三宅とともに、かなり離れた場所にある客の少ない喫茶店に入った。

注文したコーヒーが運ばれてきて、三宅がセブンスターに火を点けたところで、増岡は口火を切った。

「三宅さんは、どう思いました」

煙草を指に挟んだまま、コーヒーカップを手にした三宅が口を開いた。

「そうだな、気になった細かい点はいくつかあったけど、俺が一番引っかかったのは、《田宮龍司くんを救う会》のことかな」

そう言うと、コーヒーを美味そうに一口すすり、コーヒーカップをソーサーに戻した。

喫茶店内には、二人のほかに、三人の客がいるだけだ。いずれも、勤め人ふうの男性で、二人の席から離れたテーブルにおり、コーヒーを飲みながら、スポーツ新聞や週刊誌を読んでいる。店内に、低くクラシック音楽が流れていた。ドヴォルザークの《新世界》である。

「《田宮龍司くんを救う会》のどこが、引っかかったんですか」

増岡は言った。

三宅が、太い肩を聳やかした。

「犯罪者として逮捕された家族の一員を、その無実を頑なに信じて親兄弟が懸命になって援護するのは、ごく当たり前の人情というものだろう。しかし、そんな身びいきだけで、裁判に勝てるものじゃないことも、誰にでも分かる道理だ。つまり、その会を立ち上げた田宮の姉さんは、弟の無実を信じるにあたって、何か確たる根拠があったんじゃないかな」

「でも、捜査記録には、田宮の姉の証言なんて、何一つ書いてありませんでしたよ」

増岡もコーヒーを一口飲むと、言った。

「消えたナイフと同様に、その点も《消極証拠》だったのかもしれん。——おまえさんの方は、どう感じたんだよ」

「それを話す前に、田宮事件の経過を一覧表にしてみたので、それを見ていただけませんか」

言うと、増岡は、手提げ鞄(かばん)の中から、午前中いっぱいかけてまとめた事件経過の書かれたルーズリーフをテーブルの上に出した。

平成二十二年

四月二十五日　千葉市中央区蘇我町において、橘知恵が行方不明となる。

五月五日　山倉ダム近くの雑木林で、橘知恵の遺体が発見される。遺体発見者は、水島豊と百合子という夫婦。ともに、被害者家族や田宮龍司との接点がないことが確認済み。

五月十九日　千葉市中央区大森町において、徳山真弓が行方不明となる。

五月二十日　徳山真弓の遺体、養老川沿いの雑木林で発見される。発見者は、小山寿一郎という老人。被害者家族や田宮龍司との接点がないことが確認済み。

六月十八日　千葉市中央区南町で、空き巣事件発生、被害者は神津康代という若い女性。そのおりの捜査から、彼女の隣室に住む田宮龍司が、二つの幼女誘拐殺人事件の容疑者として浮上。

六月十九日　入江・安川、田宮龍司の内偵を開始する。その晩、田宮を尾行し、食品工場の夜勤のアルバイトに就いていることを確認。四月二十五日の夕刻、田宮龍司は会社に電話を掛け、風邪を理由に休みを取ったことを確認。

六月二十日　田宮龍司がかつてクリーニング会社に就職していたことを確認。その粗暴な人となりを知る。

六月二十一日　クリーニング会社を辞職後、田宮龍司が一時期、運送会社でアルバイトをしていたことを確認。これにより、田宮龍司が大多喜街道に土地勘があることが判明。

六月二十二日　母親の房子、田宮龍司の部屋を訪れる。三時間後、口喧嘩（くちげんか）をして、アパートを去る。

六月二十三日　入江・安川が、アパートの住人に密（ひそ）かに聞き取りを行う。二十日に田

七月五日　宮龍司が外廊下で誰かと揉めているのを、神津康代が耳にしている。
七月六日　田宮龍司がみどり台駅近くで、小学生を車に連れ込もうとして、入江・安川によって、緊急逮捕。
七月七日　一回目の家宅捜索が行われる。
　　　　　田宮の母親房子、富津から駆けつけ、弁護士とともに面談。田宮龍司、検察庁に送致される。
七月九日　息子のアパートに滞在していた田宮の母親房子が、階段から転がり落ち、病院で死亡を確認。
七月二十七日　二度目の家宅捜索。チェック柄のシャツ押収。田宮龍司が全面自供する。罪を認める上申書を書く。二件の幼女誘拐殺人、死体遺棄の罪で起訴される。
九月十六日　一審公判開始。罪状認否において、田宮龍司は無実を主張。
九月十八日　田宮龍司の姉、田所晴美、《田宮龍司くんを救う会》を結成。記者会見を開く。
平成二十三年
一月二十七日　一審判決、死刑。同日、《田宮龍司くんを救う会》、記者会見を開き、不当判決を主張。
平成二十四年

八月五日　　二審判決、死刑。同日、《田宮龍司くんを救う会》、記者会見を開き、
　　　　　　不当判決を主張。
八月七日　　木更津拘置支所内の独房にて、田宮龍司が自殺。

「さすがは、ガリ勉だけのことはあるな。で、これのどこに引っかかったんだ」

無精髭の生えた厳つい顎を撫でながら、三宅が一覧表を覗き込んだまま言った。

「六月二十三日に、入江さんたちは、田宮龍司と同じアパートの住人に聞き取りを行っていますよね」

増岡は、該当箇所を指差した。

三宅がうなずく。

「まあ、捜査としては当然の動きだろう。それが、どうかしたのか」

「そのとき、隣室の神津康代さんは、三日前に、田宮龍司がアパートの外廊下で誰かと揉めていたと証言していますけど、捜査記録では、その相手が誰だったのか、揉め事の理由は何だったのか、一言も触れていませんよ」

うーん、と三宅が唸った。

「田宮は、かなり粗暴な野郎だったらしいから、新聞屋か宅配便の配達業者と喧嘩になったんじゃないかな。どう考えても、幼い女の子を連続して誘拐し、殺害した事件の真相解明と関わってくるような出来事じゃないから、調べるほどのことでもないと除外さ

れたんだろう」

「事件の真相解明と関わってくるような出来事じゃないって、いったい誰が決めたんですか」

増岡は、強い調子で言った。

三宅が、気圧(けお)されたように顎を引いた。

「おい、そんな怖い顔をするなよ。決めたのは、俺じゃないぜ。言ってみりゃ、捜査本部の上層部の判断だ。おまえさんにも、そろそろわかって来たと思うが、一つの事件が発生して、捜査が始まると、捜査員たちが確認しなければならないチェック・ポイントは、数えきれないほど出てくる。限られたマン・パワーを効率よく運用することを求められる捜査本部の上層部が、そうしたものの中から、ある程度の取捨選択をせざるを得ないのは、実情としてやむを得ないものがあるんだ」

「ええ、それくらいは理解しているつもりです。でも、今回、私たちに与えられた使命は、そうした脇に取り除かれてしまった細かい事実を、一つ一つ確認してゆくことじゃないでしょうか」

「おまえさんは、ガリ勉だけじゃなくて、とんでもねえ、こだわり屋だな」

三宅が、からかうような口調で言った。

「違いますよ。主任が捜査会議でおっしゃったじゃないですか、《捜査に当たるとき、すべての可能性を慎重に吟味すべきではないでしょうか。可能性が低いから、あまりにも突拍子もない見方だから、というような乱暴な議論は、絶対に避けるべきです》って」

三宅が眉を持ち上げて、勝手にしろと言わんばかりに、肩を聳やかした。

そのとき、三宅の携帯電話が鳴った。

「はい、三宅です」

すぐに携帯電話を耳に当てた彼の顔に、瞬時に驚きの表情が広がった。

「了解しました。すぐに署に戻ります」

言うと、彼は携帯電話を切り、短くなった煙草を灰皿で乱暴にもみ消し、伝票を手にして立ち上がった。

「どうしたんですか」

増岡も腰を上げて、言った。

「署からの連絡だった。《田宮龍司くんを救う会》が、午後二時からテレビで緊急記者会見を開くという情報が入ったんだとよ」

増岡は、呆然となった。

「《田宮龍司くんを救う会》って、田宮本人が木更津拘置支所で自殺した後、活動を停止していたんじゃなかったんですか」

「ああ、そうだ。だからこそ、捜査本部は焦りまくっているんだろう。今回のヤマと田宮事件の関わりに、こっちが目を向けたこのタイミングで、《田宮龍司くんを救う会》

が、いったいどんなことを発表するんだろうってな」

二人は慌てて喫茶店を出ると、早足で署に向かった。

「三宅さんは、何だと思いますか」

肩を並べながら、増岡は訊かずにいられなかった。

「さあ、俺にもまったく見当がつかねえ。しかし、何だか、ひどく嫌な予感がする」

それは、彼女も同感だった。

七年前の二つの事件が、今回の一件と関連している可能性は、捜査の一つの筋読みというだけでなく、どこか怪談めいた不気味ささすら感じさせるのだ。

この目で見たわけでもないのに、七年前の夏の晩、かつて幼女の遺体が遺棄されていたという真っ暗な雑木林から出て来たという男の姿が、増岡の脳裏に浮かんでいた。


船橋署の一階奥には、ほかの多くの所轄署と同様に、応接セットが置かれている。事件や事故に遭った関係者から聞き取りを行う場合、容疑者のように狭く窓もない取調室が使われることはなく、ここで行われるのである。

だが、増岡と三宅が戻ると、その応接セット横の台に置かれた薄型の大型テレビの前に、署のほとんどの人間たちが集まっていた。腕組みしたり、互いに囁き交わしたりしている。記者会見が始まるのを待っているのだ。

やがて、午後二時になると、画面に《緊急報道特集》というテロップが映り、続いて画面が切り替わって、記者会見場が映し出された。

雛壇に、三人の人物が着席していた。中央には、淡いピンク色のスーツ姿の中年女性。その右側には、堅い感じのダーク・スーツを着た銀縁眼鏡を掛けた五十歳くらいの男性が座っていた。左側には、ラフなダンガリーシャツにループタイをした初老の男性が、悠然と腰を下ろしている。日焼けした精力的な顔をしており、歳のわりに白髪交じりの長髪で、白い顎鬚まで生やしていた。

雛壇の長机に、それぞれの肩書が記されたプレートが置かれている。中央の女性が《田宮龍司くんを救う会主宰者》、右側の男性は《弁護士》、左側の初老の人物は、《人権擁護団体会長》という肩書になっていた。

ときおり、カメラが切り替わって、ざわめきに満ちた記者会見場の全景も映し出される。雛壇と向かい合うように並べられたパイプ椅子に、四、五十名ほどのマスコミ関係者がすし詰めになっている。カメラを手にしている記者や、メモ帳と鉛筆、それにボイスレコーダーを構えている人間も少なくない。会場の後方には、テレビ局のカメラが何台も設置されていた。

そのとき、アナウンサーの声が流れた。

『ここで、番組内容を変更いたしまして、法曹会館の一室より、《田宮龍司くんを救う会》によります、緊急記者会見の模様をお送りいたしたいと思います。それでは、法曹会館の会場に、マイクをお譲りします』

司会進行役の男が、マイクスタンドに取り付けられたマイクに向かって口を開いた。

『それでは、これより、《田宮龍司くんを救う会》による緊急記者会見を始めさせていただきたいと思います。最初に、救う会の主宰者であります田所晴美より、重大な発表がございますので、それをお聞きください。質疑応答については、その後に受けさせていただくこととしたいと思います』

言うと、司会進行役の男が、雛壇の中央に座っている女性に向かって、かすかにうなずいた。

それを受けて、中央の女性が、目の前の机に置かれたスタンドマイクに顔を近づけて、おもむろに口を開いた。両手に原稿らしきものが握られている。

『本日は、ご多忙の中、私たちの緊急記者会見にわざわざお集まりをいただきまして、まことにありがとうございます。まずは、救う会を代表して、そして、田宮龍司の姉として、心より御礼申し上げます。さて、本日、皆様にお集まりいただきましたのは、ほかでもなく、私の弟に掛けられました不当な疑いに関連しまして、重大な情報を入手したからにほかなりません。それは、今年の七月二十九日に、千葉県船橋市夏見の自宅近くにある児童公園から、何者かによって連れ去られて、殺害された深沢美穂ちゃんの遺体に付着していたぬいぐるみの毛が、弟田宮龍司を有罪と決めつけた赤いチェック柄のシャツに付着していたぬいぐるみの毛と、完全に一致したという事実です。

この事実は、弟の犯行と断定された七年前の連続幼女殺人事件に、真犯人が存在したことと、その真犯人が再び犯行に及んだことを示す決定的な証拠であり、弟がまったくの無実であったことを証明するものにほかならないということです。つまり、田宮龍司に対する逮捕や起訴が、完全に不当なものであったことはもとより、一審と二審の死刑判決がまったくの誤りに満ちた司法判断であったことを裏付けるものにほかなりません――』

　彼女の言葉が続き、カメラのフラッシュが集中砲火のように途切れない。

　田宮龍司が巻き込まれた二件の誘拐殺人事件の経緯について、田所晴美は、改めてその概略を説明すると、不幸な偶然から、弟が捜査本部に目を付けられたことにまで言及したのだった。

　そして、たまたま、みどり台駅近くで道を訊こうとした相手の小学生の女の子が、田宮龍司を変質者と勘違いして逃げ出そうとして転び、尾行していた警察官たちによって、不当にも現行犯逮捕されたと述べた。さらに、取り調べにおいて、刑事や検事から様々な恫喝（どうかつ）や肉体的な脅しを掛けられたことなどを、滔々（とうとう）と捲（まく）し立てると、さらに続けた。

『――その結果、気の弱かった弟は、その場凌（しの）ぎの軽い思いから、二つの犯行をつい認めてしまったのです。すべては、警察や検察が恐ろしかったからなのです。にもかかわらず、裁判所までが、正義を踏みにじるような誤った司法判断を下してしまいました。そして、二審において、今度こそ無実が認められると確信していた弟は、そこでも死刑の判決を下されたことから、絶望のあまり、自ら命を絶ったのです。こんな非道がまかり通って、許されていいのでしょうか。

マスコミの皆さん、亡くなった田宮龍司の魂を救うためにも、とんでもない捜査を行った警察や検察、そして、いい加減な証言や証拠にもとづいて、一人の人間の命を平然と奪った裁判官を糾弾していただきたいと思います。救う会を代表して、そして、大切な弟を奪われた姉として、心よりお願い申し上げます。

しかし、これはただ単に、私の個人的な感情に基づくお願いではないことも、申し添えておきたいと思います。世の多くの冤罪事件で、涙を呑んだ冤罪被害者を代表するものであり、また、犠牲となった三人の幼女のご家族、ご親戚、ご友人の皆様になり代わって、お願いするものにほかなりません。そして、いやしくも警察が公僕であるのならば、自らの非を公の場でいさぎよく認めて、心から謝罪するとともに、速やかに真犯人の逮捕に全力を尽くすことを命じる権利を、私たち市民が持っているものと確信いたしております》

田所晴美の口にしている言葉は容赦のないものであり、語気も厳しいものだった。

テレビの周囲に詰めかけていた船橋署の人々は、凍り付いたように黙り込んでいる。

三宅も、瞬きすらせずに、テレビ画面に見入っていた。

増岡も啞然として、言葉がなかった。

むろん、田所晴美の論法は、かなり一方的なものと言わざるを得ず、ぬいぐるみの毛の一致が、必ずしも、田宮龍司の完全な潔白までも裏付けるものではないことは、誰の目にも明らかだった。しかし、問題はそのことよりも、昨日、警察内部で明らかになったばかりのその事実が、どうして外部に漏れたかである。

田所晴美の発表は、二十分ほどで終了した。

司会進行役の男が、マイクに向かって言った。

『それでは、これより、ご列席の記者の皆様より、ご質問を受けたいと思います。ただし、質問の内容によっては、救う会の代表でなく、担当弁護士の先生、あるいは、会の推進役である、人権活動の先生より、お答えさせていただく場合がございますので、ご了承ください』

言い終わると、たちまち、会場を埋め尽くしていた人々が一斉に手を上げた。

田所晴美が、そのうちの一人を指名した。

若い男性が立ち上がった。

『上総日報の矢沢（やざわ）と申します。先ほどのご遺体に付着していたというぬいぐるみの毛の一致の件ですが、その情報はどこから入手なさったのでしょうか』

当然の質問だったが、記者会見場にざわめきが広がった。

だが、船橋署の一階は、沈黙が落ちていた。

田所晴美の化粧の濃い顔が、テレビ画面に大写しになった。染めているのか、パーマをかけた真っ黒な髪で、丸顔に目も丸く、口が大きく、小鼻の張った気の強そうな顔つきをしている。

『情報の入手先については、情報の提供者との信頼関係を損なう恐れがありますので、ノーコメントとさせていただきます。ただし、情報の信憑性に疑いを抱かれる懸念がありますので、千葉県警の科学捜査研究所の分析結果を示す報告書のコピーをご覧に入れたいと思います』

言いながら、田所晴美は、手元の一枚の書類をカメラに向けた。

たちまち、カメラのフラッシュの眩しい放射が続いた。

途端に、それまで静まり返っていた船橋署の一階に、いくつもの声が錯綜した。

「おい、あれは昨日、捜査会議で配られたやつじゃないか」

「畜生っ、誰かが情報をリークしやがったんだ」

「だったら、すぐに手元の書類を回収してみればいいじゃないか。持ってない奴が、裏切り者に決まっているぞ」

「おまえ馬鹿か。ネタ元がそんな間抜けなことをするかよ。自分に配られた書類を、もう一度コピーして、それを送ったに決まっているだろう」

口々に勝手なことを話す捜査員たちを見やりながら、増岡は、三宅と顔を見合わせてしまった。とんでもない事態に陥ったと、思わずにはいられなかったのだ。

現段階では、田宮事件と今回の一件の関連は、まだ一つの推定でしかない。しかし、《田宮龍司くんを救う会》が、こんな記者会見をしてしまったからには、その推定が独り歩きしかねないのだ。そうなれば、嫌でも、田宮事件についての世間の注目が、再燃することになる。それは、増岡と三宅に任された捜査に、少なからぬ影響を及ぼさずにはおかないだろう。深沢美穂の誘拐殺人事件の捜査すら、その方向性を左右されかねないかもしれない。

しかし、何よりも大きな問題は、この発表によって世間の注目が集まることで、田宮事件と今回の一件の関係を、絶対に明らかにしなければならなくなったことだろう。

テレビ画面の中で話し続けている田所晴美の顔を見つめて、増岡は大きく息を吐いた。

だが、その予想は、夜の捜査会議で、大きく外れることになったのである。

四

「いったい、どこの誰が、こんな情報を漏らしたんですか。これで、今回の捜査が、どれくらいやりにくくなったのか、あなたたちは分かっているんですか」

講堂上座の雛壇（ひなだん）の中央で、船橋署の若い署長の野崎健三（のざきけんぞう）が立ち上がり、色白の端整な顔を真っ赤にして甲高い声を張り上げた。

ふだん、野崎健三はまったくのお飾りで、ほとんど発言もしない捜査本部長だが、《田宮龍司くんを救う会》の緊急記者会見の内容に、これ以上ないほど業を煮やしたことは明らかだった。

だが、捜査のイロハもろくに知らないキャリアの署長に言われずとも、講堂に居並んだ捜査員たちにとって、そんなことは分かりきったことである。

警察内部の捜査情報がリークされることは、さして珍しいことではない。執拗に夜討ち朝駆けを仕掛けてくる察回りの新聞記者やルポライターに、捜査員の口がつい緩んで、思わせぶりな一言のつもりで発した言葉に、重大な事実が紛れ込んでしまう場合があるのだ。《観測気球》と称して、わざと情報が流されることすらある。

今回の情報漏れは、科捜研の分析結果が出た直後のことであり、誰かが意図的に漏らしたものとしか考えられなかった。しかし、その意図が那辺にあるのか、捜査員たちは首を捻るばかりだった。

署長が、憤然として席に着いた。

すると、隣に座していた一課長が、代わりに立ち上がった。

「いいか、今後、本件と田宮事件との関連については、マスコミをはじめとして、いかなる外部の人間にも、一切ノーコメントを通すんだぞ。そして、捜査情報の部外秘をさらに徹底しろ。女房子供とて、例外ではないからな。今度、こんな馬鹿げたことが起きたら、徹底的に調べ上げて、裏切り者を焙り出し、俺の手で、そいつの息の根を止めてやる――」

そこまで言うと、一課長が、増岡と三宅に顔を向け、二人を指差して言った。

「――おい、そこの二人、本件と田宮事件の関連についての捜査は、今後一切禁ずる。絶対に手を出すんじゃないぞ」

増岡は、呆然となった。

隣の三宅も、口を半開きにしている。

深沢美穂の誘拐殺人事件と、田宮事件との関連の検討の必要性を口にしたのは、当の一課長自身であり、それもつい昨日のことである。まして、今回の情報漏れが、千葉県警全体にとって、いかに大きなダメージを及ぼしたとしても、二つの事件の相関を調べることは、欠かせない要件ではないか。いったい、どんな理由で、捜査方針が百八十度も変更になったのだろう。そんな疑問を、増岡は思い浮かべたものの、さすがに、ここで反論するほどの度胸はなかった。

そのとき、香山が手を上げた。

「何だ、香山」

一課長が、あからさまに不興気な声を発した。

香山が立ち上がり、口を開いた。

「本件と田宮事件との関連についての捜査を、どうして止めなきゃならないのですか。私には納得できません」

「おまえ、事態がまったく呑み込めていないようだな」

一課長が、憎々しげに言った。

「いいえ、分かっているつもりです。田宮事件が冤罪となれば、それこそ、県警の上層部の首が吹っ飛ぶ騒ぎになりかねません。したがって、情報漏洩を徹底的に抑え込むというのは、当然の処置でしょう。しかし、同時に、今回のヤマと田宮事件との関連について、詳細を明らかにしておくことは、いざという場合に対する保険を掛けるという意味でも、欠かせないことではないでしょうか。万が一、外部の人間に先を越されてしまい、しかも、その結果が、冤罪の証明であった場合、その衝撃は、計り知れないものになる可能性があると思います」

香山が、淡々と言った。

「いいや、いくら屁理屈を並べようと、駄目なものは、絶対に駄目だ。これ以上、マスコミに騒がれでもしたら、中央から何を言われるか分からん。これは命令だ、田宮事件との関連捜査はお終いだ。いいか、おまえたちは一兵卒に過ぎん。指揮官の命令に、ただ黙って従えばいい」

一課長の吠えるような物言いに、言い返すこともせず、香山が黙って腰を下ろすのを、増岡は見つめていた。

その後、捜査会議は、十分ほどで散会となった。

講堂内の空気に、後味の悪い余韻を感じながら、増岡は、三宅とともに、出口に向かった。

スーツ姿の新居とともに講堂から出て行く香山の肩に、入江が摑みかかるのを目にしたのは、そのときだった。

「おい、ちょっと待て」

香山が振り返り、肩に置かれた入江の手を毅然と振り払った。

「何ですか」

「あの情報をリークしたのは、おまえだな」

鼻先が触れるほどまで顔を近づけて、入江が白濁した唾を飛ばしながら言った。

周囲にいた捜査員たちが、わずかに目を向けるものの、見て見ぬふりをして通り過ぎてゆく。その中で、新居だけが、香山のすぐ傍らに立ち止まっている。

「まさか、ご冗談を」

香山が、平然と言い返した。

「嘘を言うんじゃない。昨日の捜査会議で、冤罪云々とほざいたのは、おまえだったじゃないか」

「いいえ、違います。お忘れですか、冤罪という言葉を、最初に持ち出したのは一課長で、私じゃない」

「いいや、実質的には、おまえだ」

「大人げないから、水掛け論は止めましょう。係長は、私がリークしたというネタを、持っているんですか」

入江が言葉に詰まったものの、依然として刺すような目で睨んでいる。その視線が、ふいに動き、増岡に向けられた。

「だったら、ひよっこ、おまえか」

すると、三宅が彼女を庇うように、その前に立ちはだかった。

「係長、こいつは根っからの真面目人間ですから、そんな器用な芸当はできっこありませんよ。ご存じでしょう」

「クソっ、どいつもこいつも、死にやがれ」

捨て台詞を吐くと、入江は蒲谷と新座を引き連れて、講堂から出て行った。

後に残った増岡は、三宅に顔を向けた。

三宅が、熊顔の目を見開いて、おどけた表情を作る。

次に、香山に視線を向ける。

隣に、渋い顔つきの新居も佇んでいる。

すると、香山が無言で二人を手招きした。

「何でしょうか」

近づいた三宅が、口を開いた。

「田宮事件との関連捜査を、密かに続行するぞ」

香山が、囁くように言った。

「心得ています」

三宅が即座にうなずくと、香山は新居に顔を向けた。

「新居さん、かまいませんよね」

太った新居がわずかに顔を傾げ、眉を持ち上げてうなずく。

「当然だろう」

それから、香山が増岡に目を向けた。

「捜査記録を読み込んで、何か引っかかったことはあったか」

増岡はうなずくと、三宅と話し合った二つの点について説明した。《田宮龍司くんを救う会》の代表、田所晴美が弟の無実を信じる根拠は何か。そして、六月二十日、神津康代が耳にしたとされる、外廊下で田宮龍司が誰かと揉めていたという経緯は、いったい何であったか。

「よし、その二つを中心に調べを進めよう。田所晴美については、俺と新居さんで当たる。おまえたちは、神津康代さんに当たってくれ。いいか、一課長や係長には、くれぐれも気付かれるなよ」

「了解しました」

増岡と三宅の声が揃った。

香山がうなずき、続けた。

「増岡、田宮事件の捜査記録を持っているか」

「はい、いまここに」

増岡は、手提げ鞄を持ち上げた。

「貸してくれ。俺もじっくりと目を通したい」

香山が、真剣な表情で言った。

書類仕事の残っているという新居と別れて、署を出た香山は東船橋駅へ足を向けた。

香山は久々に自宅に戻るつもりだった。

もっとも、京成八幡駅から徒歩二十分ほどのマンションの自宅に戻っても、熱い風呂に浸かり、好きなウィスキーを生で飲みながら、田宮事件の捜査記録に目を通し、あとは泥のように寝て、明日の早朝には捜査本部へ顔を出すことになる。香山は、一人暮らしだ。かつては妻と娘の三人暮らしだったが、妻の朱美は、十年前、乳癌に罹り、長い闘病生活の末に亡くなってしまったのだった。

仕事場の喧騒から抜け出し、自分の足音だけが耳に響くと、ふいに妻の朱美の顔が脳裏に甦った。彼女が亡くなったとき、娘の初美は、まだ小学校の四年生だった。刑事課の仕事はひどく不規則で、娘の面倒を見てやることはとても不可能に思えた。彼はやむなく、初美を妹夫婦の養女にしてもらったのである。

妹夫婦には子供がなく、妹の富田幸子も彼の苦労を知り抜いていたので、話はとんとん拍子に進んだ。

しかし、最後まで、納得しなかったのは、初美自身だった。

《お母さんの代わりに、私が家のことをするから》

健気にも、そんなことを口にして、香山の説得に、何度も首を横に振ったのである。

夜道を歩いていると、その初美の子供らしい声が、聞こえてくる気がした。

《だって、私がいなくなったら、お父さん、一人ぼっちになっちゃうじゃない》
　香山自身が答えるところも、目に浮かぶ。
《お父さんだったら、一人でも、大丈夫だよ。それに、寂しくなったら、初美に会いに行くから》
《ううん、そんな強がり言っても、私、絶対に信じない。お母さんが死んだとき、お父さんが泣いているのを、初めて見たんだもの。私がいなくなったら、また泣くんでしょう》
　郵便局の前を通り、歩みを進めながら、香山はかすかにうなずく。
　それでも、彼は娘に言ったのだった。
《いいや、お父さんはもう二度と泣かないよ。だから、安心して、幸子おばちゃんの子供になるんだ》
　幸子の夫は、自宅で司法書士事務所を開業している生真面目な男である。しかも、物静かで、穏やかな人柄とわかっていた。
　娘に平穏な暮らしを送らせたいと、香山は、初美を押し切ったのだった。
　いまでは、初美は二十歳になっている。成人式用の晴れ着は、香山がボーナスを叩いて揃えた。県内の大学の二年生。妻の朱美に似てきて、すっかり美しい女性になった。
　今夜あたり、久しぶりに、電話を掛けてみようか。総武線に沿った道に出たとき、香山はそう思った。

後方から、等間隔で足音が響いてくることに気が付いたのは、そのときだった。

香山は立ち止まり、振り返った。

十メートルほど後方に、三十前後くらいの男が立っていた。白いポロシャツに、ジーンズ、斜め掛けの鞄。背が高く、痩せている。目鼻立ちは、薄い。

「船橋署捜査一課の香山主任、ですね」

男が言った。

「ああ、そうだ。おたくは？」

「こういう者です」

言いながら近づいてきて、手にしていた名刺を差し出した。事前に用意していたらしい。

香山は名刺を受け取り、目を落とした。

《上総日報　社会部記者　矢沢靖》

「ブンヤが、俺に何の用だ」

「今回の事件と田宮事件の関連について、教えていただきたいんです。そっちの方の捜査の担当だと伺ったんで」

「誰から聞いた」

矢沢が首を振った。

「それは、言えません」

教えてもらえるとは少しも思っていなかった。ネタ元は、ブンヤの重要な財産であり、それを絶対に明かさないことが、情報入手の絶対条件だ。代わりに、ネタ元は見返りを手に入れる。それは金品であったり、接待であったり、女房子供にも言えない怪しい趣味であったり、様々だ。

「いま、署の上の方から、マスコミとの接触は厳禁されている。とても、答えられる状況じゃない」

香山は言った。

「ただで情報をくれとは言いません。見返りを持っています」

矢沢が、かすかに笑みを浮かべて言った。

「見返り？」

「ええ。《田宮龍司くんを救う会》が緊急記者会見を行った直後の、県警上層部の動きです。それに、田宮事件の時に、闇に葬られた一つの噂」

「闇に葬られた一つの噂――」

「そんなものがあったのか、という顔ですね。しかし、これは実在します。この二つに見合う情報を入手されたら、その名刺の連絡先にご連絡ください。お待ちしています」

言うと、こちらの返事を待たずに、矢沢は踵（きびす）を返して、歩き去った。

香山は、もう一度、名刺に目を落とした。

五

八月二日、午前十一時十三分。

蒲谷は新座とともに、津田沼駅入り口交差点を東方向に曲がった。

今日も、二人は、朝から黒のスズキ・アルトの所有者を訪ね歩いていた。

だが、同車種の登録台数は、千葉県内でも膨大な数にのぼり、手分けして行われているローラー捜査でも、いまだにヒットしていなかった。その理由は、肝心の車が所有者とともに、自宅や事業所、工場などから出払っていて、なかなか実際の確認ができないことが多いからだ。

だからといって、事前に、電話を入れて、在宅や在社をいちいち確認するわけにはいかない。相手が当の犯人であった場合、みすみす警察の動きを教えてやることになってしまうからである。

そのためにも、抜き打ちで調べなければならないので、家族や仕事場の同僚などに間接的に確認することも避けなければならなかった。よって、二度手間、三度手間となるケースが相次いでいた。

いまから蒲谷たちが向かう先も、すでに一度、訪れた家だった。

「それにしても、スズキ・アルトという車は、かなり人気があるんですね」

肩を並べている長身の新座が、歩道を歩きながら蒲谷に言った。

「ああ、軽自動車は、そもそも値段が安い上に、税金や維持費が普通乗用車よりもかからない。しかも小さい分だけ、取り回しが楽だからな」

蒲谷は言った。今日も、日差しが厳しい。二人とも上着を脱いだ半袖ワイシャツ姿になっていたが、背中がすでに汗で濡れていた。

「だから、女性や若者たちがこぞって購入するんですね」

「そして、その若い男の中に、たまたま変態野郎が含まれていて、俺たちみたいな刑事が苦労するってわけさ」

二人は、揃って声を上げて笑った。右脇の《成田街道》を、タクシーやトラックが青い排ガスを吐きながら通り過ぎてゆく。

だが、上辺では軽口を叩き合いながらも、蒲谷は内心、ひどく気が急く思いに駆られていた。それはたぶん、新座も、ほかの捜査員たちも同じだろう。幼児誘拐殺人事件というものは、その目的が身代金でなかった場合、さらなる被害者が出る恐れがある。快楽殺人や悪戯目的の性犯罪は、かなり常習性が高い。一度、そうした犯罪に手を染めると、そのときの快楽が忘れられなくなるのだ。

むろん、しばらくの間は、警察の捜査に用心して鳴りを潜めるものの、しだいに欲望が募ってくると、やがて我慢できなくなり、次の犯罪へと突っ走る。そして、回数を重ねるごとに、犯行の様相が大胆になるのも、この手の事件にまま見られる傾向にほかならない。警察の捜査が、想像したよりもずっと手間取っていると思い込み、自分だけは捕まらないという、理由もない慢心に囚われたことを、逮捕後に吐露した犯罪者も少なくないのである。

しかし、その一方で、捜査する側にとっては、まったくの不幸なめぐりあわせによって、警察の網の目から巧まずして犯人がスルリとすり抜けてしまうことも、実際に何件もあったのだ。そうしたものが、迷宮入り事件として、いまも記録に残されており、その中には、誘拐事件も少なくなかった。

二人は前原駅の横を通り、その先の《前原東五丁目》の交差点を右に曲がった。コンビニエンスストアの横を通り過ぎて、二つ目の路地を左に入った。しばらく歩くと、目的のアパートが見えてきた。

目指す黒のスズキ・アルトは、その建物の横の駐車場に置かれているはずである。

だが、アパートの近くまで歩いたとき、またしても、駐車場の定位置に車がないことに気が付いた。

蒲谷は、小さく舌打ちした。

「ついていませんね」

新座が、落胆を代弁するように言った。

その車の所有者は、車検証の控えの調べによって、二十七歳の男性と判明している。住んでいるアパートは、古いモルタル造りで、六畳間の一部屋とキッチンを兼ねたダイニングが四畳半、小さなバストイレ付という構造と分かっていた。たぶん、一人暮らしだろう。

　蒲谷はため息を吐き、ローラー捜査の一覧表に、三角のマークを書き込んだ。確認を終えたものがバツ印。三角は不在、もしくは未確認で、ここの所有者の横には、三角が二つ並んだ。

　そして、二人は踵を返して、次の確認場所に赴くために、《成田街道》の北側の歩道を駅へ向かった。

「蒲谷さんは、例のこと、どう思いますか」

　長身の新座が、口を開いた。

「例のことって、田宮事件との関連のことか」

　蒲谷は言い返した。

「ええ。香山さんがしつこく主張していたじゃないですか」

「あいつは、係長と馬が合わないからな。だが、俺は、入江さんの言い分の方が正しいと思う」

「どういうことですか」

「つまり、今回の被害者の衣服に、田宮事件で決め手となったぬいぐるみの毛が付着していたのは、単なる偶然に過ぎないってことさ」

「だったら、田宮事件については、真犯人が別にいて、そいつが、七年ぶりにまた動き出したとは考えないんですね」

「待て、待て、早とちりしないでくれ。俺が言いたいのは、香山は可能性があると言ったが、可能性で言えば、入江さんの偶然説とおっつかっつで、どちらも可能性は限りなく低いってことさ。だから、入江さんの最初の主張のように、余計な調べに人手を割く余裕があるくらいなら、こっちのローラーに回すべきだと俺は思う。可能性があるからって、それが一パーセントだとしたら、そんなものまで調べることに意味はない。それが、現実の捜査ってもんだろう」

「なるほど。でも、妙なことになりましたね」

新座が、まだ納得していない顔をしている。

「《田宮龍司くんを救う会》に、捜査情報が漏れたことか」

「ええ、その通りです。係長は疑っていらしたけど、いくらなんでも、香山さんも、そこまではしないでしょう。だいいち、あの人は、三宅さんや増岡に、こっそり調べさせるつもりだったのに、情報をすっぱ抜かれたせいで、上層部から、調べそのものを厳禁されてしまったんですよ」

その言葉に、蒲谷は足を止めた。

「まさに、そのことなんだ、俺が一番気にかかっているのは。確かに、田宮龍司が冤罪だったなんて世間に騒がれるのは、まずいことこの上ない。しかしな、今回のヤマと田宮事件の関連を探っておくべきだという香山の主張には、本音を言えば、俺も賛成だ。

たとえ、ハードルが高く、なかなか何も出てこなくても、執拗に掘り返す。そんな捜査だけが、可能にする発見ってものがある」

　同時に足を止めていた新座が、うなずく。

「ええ、田宮事件のときの入江さんが、まさにそれだったそうですね」

　ああ、と蒲谷はうなずく。

　その頃、彼は千葉中央署の刑事課に配属されたばかりだった。だが、いまでも入江と安川のコンビの捜査の切れ味は、忘れることができない。事件解明にただひたすら没頭する入江。まわりの顔色を読むこともせず、ブルドーザーのように猪突猛進する。それを、温厚でいながら、抜群に頭の回転の速い安川が絶妙にフォローする。

　蒲谷は、平成二十四年九月に亡くなった安川の穏やかな顔を、久々に思い浮かべた。顎の細い顔で、垂れた眉や二重の目が、羊を連想させた。そして、歳のわりに、早くから白髪が目立った髪を、几帳面に七三に分けていた。若い者にも、彼の方から声を掛けてくれたものだった。その安川が、度々へまして、しじゅうしょげていた三宅を、いつも慰めたり、励ましたりしていたことを、蒲谷はほほえましく思い出す。

《労を惜しむな》

　それが、安川の口癖であり、同時に温かい労りの響きが籠っていた。あの言葉に、何度救われた思いになったことだろう。

　頭に纏わりつく思いを振り払うように、蒲谷は言った。

「ともかく、俺は、上層部が何を考えているのか、さっぱり分からん。なぜ全てを停止させたんだ。調べるべきポイントは、まさにそこだろう」

さあ、と新座も首を傾げた。

あのとき、講堂で捜査会議に居並んでいた捜査員の中に、上層部の考えを理解できた者はいなかっただろう。入江とて、それは同じだったに違いない。《田宮龍司くんを救う会》が捜査情報を入手した経路が不明なように、船橋警察署の上層部の思惑もまた、闇の中に隠されているとしか思えなかった。

しかし、ただ一つだけ、蒲谷は確信していることがあった。それは、船橋署の上層部、いや、県警そのものの上層部が、何かに、ひどく怯えているということである。

深沢美穂の誘拐殺人事件と、田宮事件の関連についての調査を停止するということは、警察が持っている最大の武器である捜査能力を封印してしまうことにほかならないからだ。世間に騒がれて、中央の警察庁からお叱りを受ける。そんな漠然たる危機感だけで、そこまで決断する理由にはなり得ない。

そこまで考えたとき、ふいに目の端を何かが掠めた。

ハッとして振り返ると、《成田街道》を遠ざかって行く黒い車が目に飛び込んできた。

スズキ・アルト――

毎日のように、同じ車種ばかり見続けて来たので、一瞬視界を掠めただけで、見分けがつくまでになっているのだ。

素早く、ナンバー・プレートに目を向けた。

「おい、例のアパートの住人の車だぞ」

言うと同時に、蒲谷は駆け出していた。

新座が、背後から走ってついてくる。

二人がアパート前に駆け戻ったとき、ちょうど車から降りた男が、アパートの階段に足を掛けるところだった。

蒲谷と新座は足を止めて、息を整えながら、さりげない素振りで、男を観察した。

第一印象は、小柄で痩せているというものだった。顔は顎が長く、髪はボサボサで、大きな目と鷲鼻が目立つ。身に着けているのは、黒地に白く髑髏を染め抜いたTシャツと、洗いざらしのジーンズ、足元は素足にサンダル履きだ。ひょろ長い生っ白い腕をしており、手にコンビニのものらしきビニール袋を提げている。

その人物が二階の左端の部屋の中に入ったのを見届けてから、蒲谷は新座とともに、駐車場に近づいた。

こちら側に面したキッチンの窓が、網戸になっていたので、二人は、通りがかりを装って、横目でスズキ・アルトを観察した。

一目見て、蒲谷の心臓が飛び跳ねた。例のタイヤ・ホイールと同じものを装着していたのだ。

「蒲谷さん」

新座が囁(ささや)いた。

「分かっている」

二人はアパートを通り過ぎたところで、足を止めた。そして、蒲谷は肩にかけていた上着のポケットから、携帯電話を取り出した。いまだにガラケーである。そして、登録されている入江の番号を押した。

すぐに発信音が鳴り始めた。そして、いきなり声が響いた。

《入江だ》

「こちら、蒲谷・新座。ただいま、該当車両らしきものを確認しました」

携帯電話を掌(てのひら)で覆うようにして、蒲谷は言った。

《場所は、どこだ》

入江の声に、緊張感が滲(にじ)んでいた。

「前原駅近くのアパートの駐車場です」

《持ち主も、目視したんだろうな》

「はい、しました」

《その男の氏名は》

「末崎修(すえざきおさむ)です」

《よし、そこで粘って、可能な限りの材料を拾え。俺も、出来るだけ早く、そっちへ向かう》

「了解しました」

言うと、蒲谷は携帯を切った。そして、真剣な表情の新座に目を向けた。

「ついに、当たりかもしれんぞ」

六

その頃——

香山は新居とともに、京成成田駅西口から外に出た。

額に手を翳して、周囲を見渡す。

目の前がロータリーになっている。右手の《りそな銀行》の店舗が目に留まった。それを見やりながら、迷うことなく京成本線沿いに北東方向へ足を向けた。

彼が向かっているのは、《田宮龍司くんを救う会》の主宰者である田所晴美の自宅だった。田宮事件の捜査記録についての、三宅と増岡の検討から浮かび上がった疑問について、晴美本人から話を聞くことが目的である。

「香山さんは、この辺りに詳しいのか」

香山の足取りに確信に満ちたものを感じたらしく、肩を並べている新居が言った。

「妻の実家がこの近所でしたから」

「なるほど。俺のところは、夫婦ともども松戸出身で、いまも自宅がそこだから、こっち方面はからっきし縁がない。息子も地元の学校だしな」

「息子さんは、大学生ですか」

「ああ、俺の親父も警察官だったのに、息子は変わり者で、園芸が好きでな」

新居が照れたように言った。

松戸で園芸関係の大学。香山はふいに思いついて言った。

「もしかして、千葉大園芸学部ですか」

「そうなんだよ。まさにトンビがタカを生んだって奴さ」

嬉しそうに大きな目を細めたものの、すぐに真顔に戻ると口調を変えた。

「昨日の記者会見の様子から推して、田所晴美は一筋縄ではいかない人物のような予感がするな」

「元々の性格に、弟が凶悪事件の容疑者として逮捕されるという事態を経験して、いっそう狷介な人柄になってしまったのかもしれませんね。——新居さんは、田宮事件のことを覚えていますか」

「ああ、もちろん。あの当時、俺はすぐ隣の千葉東署にいたから、事件が他人事には感じられなかった」

「たぶん、県警の人間は、みんな同じ気持ちだったと思いますよ」

香山自身も、田宮事件が起きたとき、別の所轄署に在籍していたので、捜査に直接携わることはなかった。しかし、警察官として強い関心を抱いていたし、千葉中央署の知り合いから、捜査の進展具合についての愚痴を零されたこともあった。
千葉地方検察庁に送られた田宮龍司が、勾留期限が切れる寸前になって全面自供に追い込まれたと知ったとき、驚きを隠せなかったものだ。それでいて、ある意味では納得したのである。

検事の取り調べは、最長で二十日間許される。その間、被疑者は、絶え間ない緊張状態に置かれるのだ。もしも、その人物が無実の場合、強烈な不満と、一刻も早く自由になりたいという思いに駆られることになり、その極度に切迫した心理が、ときとして嘘の自白へ繋がり、冤罪を生む温床となってしまうことは、犯罪心理学でしばしば指摘される点にほかならない。

しかし、被疑者が本当に罪を犯している場合、その人物の思いを占めているのは、たとえそこに、迷いや後悔、あるいは、たまさか贖罪の気持ちが去来することがあったとしても、結局はただ一つ。どうしたら、罪に問われることなく、この場をやり過ごすことができるか、というこれ以上ない身勝手な思惑なのだ。まして、我が身に問われている犯罪行為に対する刑罰が、最高で極刑に値するという場合は、二十日間の勾留期間の一秒、一秒が、さながら命を懸けた死闘そのものになる。

平素、二十日どころか、一年ですら、人はあっという間に過ぎ去るように感じるものだ。時の経過の目まぐるしさや、人生そのものの儚さに思い至ることも少なくない。しかし、勾留された者にとって、その間、どこまでも果てしなく続く千尋の闇の中を、手探りで進むに等しい心細さに囚われるのだという。

日を追うごとに、取調室の酸素が次第に薄くなってゆくように感じられて、忙しなく喘ぐような浅い呼吸を繰り返すようになる。極悪非道の罪に手を染めた身でありながらも、あり得ない神頼みの思いを募らせることになるのだ。そして、最後の一日を迎えたとき、その切迫の思いは、文字通り爆発寸前の域にまで高まる。

あと一日。あと半日。手の届くところにまで迫っているはずの終着点が、刻々と過ぎてゆく時間と反比例するかのように、逆に自分から遠ざかってゆく錯覚に絶望を覚えて、被疑者は切歯扼腕し、鼓動は速まり、苦しみが昂じてゆく。

それはまるで、夢の中で不気味な巨大怪物に追いかけられて、死の恐怖に怯えて懸命に走ろうとしながらも、脚がひどく重くて少しも動かない、あのもどかしさに似ているのだ。目にしたわけでもないのに、絞首台が脳裏に浮かび、そこに無理やり連れて行かれる己を想像せずにはいられなくなる。

だからこそ、その寸前になって《赤いチェック柄のシャツ》を目の前に突き付けられたとき、田宮龍司は、文字通り心臓が止まる思いだったろう。

そこへ、検事が告げる。

《この服に、橘知恵ちゃんのご遺体が発見された現場から見つかった、白い犬のぬいぐるみの毛が付着していたんだぞ。このことを、おまえは、どう言いわけするんだ》

もちろん、検事の言葉がこの通りだったかどうか、それは香山も知らない。しかし、内容という点では、事実と想像の間に、何らの齟齬（そご）もなかったことは間違いあるまい。透明なビニール袋の中に収められたシャツを、血の気の失（う）せた顔の田宮龍司は目をこれ以上なく見開き、息を止め、言葉もなく凝視したことにも、いささかの疑念も差し挟む余地はない。

一拍遅れて、体が震え始める。

そのシャツが、そこに付着していたぬいぐるみの毛が、何を意味するのか。

己の運命が、これからどうなるのか。

担うには、あまりにも重すぎるその事実に、心は押し潰（つぶ）される。

それまで、検事の苛烈（かれつ）を極めた攻撃に対して、果敢にも闘い続け、いかなる策略をも退けてきた全軍が、一気に戦意を喪失して、雪崩を打つようにして潰走（かいそう）を始めるのは、次の瞬間だ。

入江が発見したというその決定的証拠は、その圧倒的な証拠能力というだけでなく、見出（みいだ）されたタイミングという点においても、まさに決定打そのものだった。

だからだろう、と香山は思う。彼が持ち出した《田宮龍司の冤罪説》に、入江があそこまで激しく反発したのは。まして、当の田宮龍司が自殺しているのだ。

万が一、田宮が冤罪であったことが明らかとなれば、それは取り返しのつかない悲劇となって県警に、そして、入江自身に襲い掛かってくる。それでもなお、真実を明らかにするのが、警察官の役目にほかならない。

香山は、足を速めた。

肩を並べていた新居も、足取りを早めた。


田所晴美の家は、成田山新勝寺の南側の本町(ほんちょう)にあった。

狭い道路に面した二階建ての家で、両側を同じような家に挟まれた、細長い建物である。たぶん、三棟とも同じ会社が販売した建売住宅だろう。

香山は、右脇が狭い駐車スペースとなっている玄関のインターフォンの釦(ボタン)を押した。

すると、すぐに声が返ってきた。

「どちら様ですか」

ややぞんざいな、女性にしては太い声だった。

新居と顔を見合わせた香山は、インターフォンに顔を近づけて言った。

「船橋署の香山と申します。田所晴美さんに、ちょっとお伺いしたいことがありまして、お訪ねいたしました」

何も返事がない。

だが、すぐに玄関の錠が外される音がして、ドアが開いた。

顔を出したのは、田所晴美本人だった。昨日の《田宮龍司くんを救う会》の緊急記者会見の様子は、夜のニュース番組でも繰り返し放映されたので、香山も目にしていたのである。新居も同様だったらしく、表情に変化はない。

「警察が何の用なの。例の警察の内部情報のことだったら、入手経路を教える気は、さらさらないから、さっさと帰ってちょうだい」

玄関のドアをわずかに開けただけで、中に入れようともしない。香山たちが口を開く前から、先制攻撃とばかりに、晴美は捲し立てた。

小鼻の張った平べったい顔に、強情そうな表情が浮かんでいる。口元には皮肉っぽい笑みも浮かんでいた。

その勝ち誇ったような態度は、記者会見によって生じた世間の反応が、予想以上だったからかもしれない。弟の《冤罪》は、もはや動かしがたいという、慢心の顔つきとも見て取れた。

「県警本部の新居です」

新居が身分証明書のバッジを提示した。

「本日、お訪ねしたのは、まったく別件です」

「あら、意外ね。いま頃、警察は蜂の巣を突いたようになっているとばかり思っていたのに」

嬉しくてたまらないと言わんばかりに、晴美は言い募る。

だが、そのことには答えず、香山は言った。

「私が知りたいのは、あなたが弟の無実を確信なさっているその根拠です。今回の警察の内部情報を入手される以前から、弟は冤罪だと訴えていらっしゃったでしょう。当然、何か裏付けがあったからじゃないですか」

その言葉に、晴美がじろじろと値踏みするような目つきで、香山と無言のままの新居を見つめた。そして、満足したように鼻を鳴らすと、口を開いた。

「実の弟なのよ、信じて当たり前でしょう。龍司が逮捕されたとき、マスコミの連中は、弟の素行の悪さや、ロリコン趣味のことを鬼の首を取ったみたいに過剰に書きたてたけど、若い男の子なら、とりたてて珍しいことじゃないわ」

見た目通り、かなり気の強い女性のようだ。弟と苗字（みょうじ）が違うが、玄関の三和土（たたき）には、男物の履き物が見当たらない。夫と死別したのか、それとも、仕事に出掛けているだけなのか。そう思いながら、香山は続けた。

「それだけですか？」

「もちろん、それだけのはずがないでしょう。何といっても、弟の命が懸かっていたんだから」

一転して、恨みがましい口調になった。

「無実だという根拠は、何です」

「聞いてどうするの」

「捜査の参考にさせていただきます」

「捜査って？」

「むろん、今回の深沢美穂ちゃんの誘拐殺人事件の捜査です。しかし、同時に、あなたの弟が、冤罪だったか否かの調べも行うつもりです」
晴美が、黙り込んだ。二人にじっと目を据えたまま、考えを巡らす顔つきになってい
る。香山の、最後の言葉に興味を覚えたのだろう。とはいえ、警察が今頃になって、弟
の冤罪の可能性を考えて動き出したことを、信じかねているのかもしれない。罠に掛け
られるのではないかと、警戒しているようにも見える。
「本気なの」
「ええ、もちろん」
その言葉に、晴美がようやくうなずいた。
万が一、今回の事件が、田宮龍司の仕業と断定された二件の犯罪行為の真犯人による
ものと判明すれば、自動的に弟が冤罪に陥れられた悲劇の人物だと証明される。彼女の
頭の中で、そんな計算が素早くまとまったのだろう。
「いいわ、だったら、あんたたちに特別に教えてあげる。弟が逮捕されたと知って、母
がすぐに弁護士の先生と警察署に駆けつけたのは、知っている？」
「ええ。確か、平成二十二年の七月七日でしたね。その前日に、一回目の家宅捜索も行
われたはずだ」
「そのとき、母や弁護士の先生に対して、龍司は、一件目の事件のときに、自分にはれ
っきとしたアリバイがあるって話したのよ」
香山は、しばし言葉がなかった。ゆっくりと、新居と顔を見合わせる。そんなものが

存在したのなら、連続幼女誘拐殺人事件での逮捕そのものが、まずあり得ない。むろん、塾帰りの少女を自分の車に無理やり連れ込もうとした一件で、現行犯逮捕されてしまったことまでは、拭い去ることはできないにしても。

「それは、どんなアリバイですか」

黙していた新居が、絶妙の間合いで質問を挟んだ。

「幼い女の子が誘拐された日、弟は別の人とずっと一緒にいたのよ」

「肉親は、アリバイの証言者にはなれませんよ」

諭すような口調で、新居が言った。

「警察って、馬鹿の一つ覚えみたいに、同じことしか言わないのね。もちろん、肉親じゃないわよ」

晴美が、小馬鹿にしたような表情を浮かべた。

「ほう、誰ですか」

「バイト先で知り合った女の子よ」

「バイト先というと、食品工場の夜勤？」

「あら、そこまで知っているなんて、少しは仕事をしているらしいわね。ええ、そう、その食品工場よ」

挑発するような言い回しに、新居が挑むように言い返した。

「だったら、どうして、警察にそのアリバイを言わなかったんですか」

「弟は言ったわよ。でも、無視されたの」

再び、新居が黙り込み、香山と目を見交わす。

香山も意味が分からず、かすかにかぶりを振った。刑事という仕事は、思いがけない現実との遭遇の連続、と言い替えることができるかもしれない。事実は、小説より奇なり。日常生活の中に、詩人バイロンの言葉がしばしば登場する稀有な職業だ。それにしても、信じがたい話だった。

「警察がアリバイを無視するなんてことは、あり得ない」

新居の言葉に、晴美が首を横に振った。

「本当よ。ただし、その女の子は不法就労の中国人だったの。しかも、弟が逮捕されるよりもずっと前に、中国に強制送還されてしまっていたから、弟の証言の裏付けが取れなかったのよ。それを知らされてからなの、母の具合が悪くなったのは。それでも、母はけっして諦めなかったわ。だから、龍司のアパートの部屋に泊まり込んで、風を通したり、家の中を片付けたりしていたのよ。必ず、あの子の無実が証明されて、あの部屋へ元気な顔をして帰ってくると信じていたから。でも、そんな心労が、母の命まで奪ってしまうなんて――」

晴美が、初めて言葉を詰まらせた。ふいに赤く潤んだ目に、涙が溢れている。

「――私がどんな気持ちだったか、あんたたちに分かる。こんな踏んだり蹴ったりみたいな目に、どうして遭わなきゃいけないのよ。ねえ、あんたたちも刑事なら、何か言いわけを言ってみなさいよ」

新居が黙り込む。

香山にも、返す言葉はなかった。

田宮龍司が口にしたというアリバイは、たぶん、今後も確認のしようがないだろう。旅行名目で来日したうえでのオーバーステイや、留学生が行方をくらまして仕事に就いたり、中には偽装結婚や難民に偽装したりすることによって、滞在許可を不法に手に入れるなど、あの手この手で、数えきれない外国人が日本国内に入り込み、そして、社会の底辺に潜伏しているのだ。

警察や入国管理局などが、その摘発と故国への強制送還の措置をとっているものの、鼬ごっこというのが実情と聞いたことがある。

強制送還になったたった一人の女性を、中国政府に依頼して捜し出してもらい、その宣誓供述書を取り寄せることなど、現在の日中関係から考えて、まず不可能というものだろう。だいいち、そうした不法就労に関わった女性本人が、自ら望んで出頭することを期待する方が、愚かというものだ。

だからこそ、今回の捜査情報を入手したとき、目の前の田所晴美は色めきたったのだろう。これで、弟の無念を晴らせると。息子の無実を信じたまま急死した母親の魂が、ようやく成仏できると。

しかし、待て。

香山は、別の疑問を思い浮かべて、言った。

「田所さん、あなたの弟がそのアリバイを主張したときに、件の中国人の女性が、自分の国に強制送還されていたことを、彼は知っていたんですか」

その言葉を耳にして、晴美の顔に、憎々しげな表情が甦った。

「弟がその子の強制送還の事実を知っていて、嘘のアリバイを主張したって言いたいわけ」

「可能性は、否定できないでしょう」

「まったく、人を疑うことしかできない最低の仕事ね」

露骨な侮蔑の言葉だったが、すると、新居がかすかに揶揄するような口調で言った。

「そういうあなただって、警察から守られているんですけどね」

「頼んだ覚えなんてないわ」

間髪容れずに、晴美が吐き出すように言い返す。

「だったら、最後に一つだけ」

「何よ」

「弟が逮捕されたとき、あなたは、どこで、何をしていたんですか。それほど弟が大事なら、母親だけじゃなくて、あなたも駆けつけてきてもよさそうじゃないですか」

その言葉に、晴美が再び鼻を鳴らした。

「その頃、舅が認知症で寝たきりだったから、私はとても手が離せなかったのよ。夫には、二人も妹がいるっていうのに、下の世話も何もかも、私一人だけに押し付けて、自分たちは知らんふりだったわ。そのくせ、父親が亡くなった途端、遺産相続のことで平然とした顔でしゃしゃり出て来て、どこまで性根の腐った連中かと思ったわ。——でも、まあ、舅から手が離れたおかげで、会を立ち上げることができたけど」

「なるほど。事情は分かりました」

言うと、新居が香山に目を向けた。

香山はうなずき、わずかに頭を下げた。

「どうもお邪魔しました」

新居も小さく低頭する。

大きな音をたてて、目の前でドアが閉まった。

七

午後八時半。

三宅の運転する覆面パトカーが、蘇我駅前を通過した。

助手席に座った増岡は、一覧表に目を落としている。今日も黒のスズキ・アルトについてのローラー捜査に費やされたのだった。むろん、成果はゼロ。

それでも、捜査本部の方針に従う手前、そして、入江たちの目が光っている以上、この役目を放り出すわけにはいかなかった。
だからこそ、問題の車両に出会うという僥倖などほとんど期待せずに、一軒、また一軒と車の所有者を訪ね歩きながら、増岡は、三宅と事件について話し合い、いくつもの推論を組み立てては、その瑕疵や矛盾点を互いに指摘し合ったのだった。
その中には、単なる冗談や取るに足りない思い付きも含まれていたが、気に掛けるべきと思わずにはいられない着眼点も含まれていた。
車の揺れに身を任せたまま、増岡は、そうした言葉の一つ一つを思い返していた。例えば、三宅が口にした、こんな言葉があった。
《平成二十二年七月二十五日の晩に、山倉ダム近くの雑木林からこそこそ出てくるのを目撃された男が模倣犯だったとしたら、そいつの年齢は何歳くらいだ》
その思いつきに、増岡の想像力が刺激された。
《車を運転できたのだから、高校生ではないでしょうね》
《大学生なら、運転免許が取れるぞ。それに夏休みだったんだから、家の車を持ち出して、ひとっ走りだ》
《だったら、それから七年経っているわけだから、そのとき十八だったとして、現在は二十五くらいってことになりますよ》
《親元を離れて、一人暮らし、自由気ままなフリーター。どうだ、今回の事件の犯人像にピッタリじゃねえか》

その意見は、増岡にも信憑性があるように思われた。
だが、《模倣犯》とともに、彼女の考えを占めていたのは、もう一つの可能性だった。田宮龍司が犯人と断定されて、その裁定のまま自殺したのだから、実質的に、彼の犯行は確定したことになる。しかし、ここへ来て、万が一、その田宮の冤罪が明らかとなったとしたら、彼はどのような立場となるのだろう。
冤罪犯――
それが、増岡が思い浮かべた、聞いたことのない奇妙な造語だった。
《三宅さんは、冤罪の可能性を考えないんですか》
《いいや、まったく考えないわけじゃないけど、さっきの年齢の逆算からして、ちと弱いと思うな》
肩を並べて歩く三宅が、口にした言葉だった。
《どういう意味ですか》
《田宮が冤罪だったとする。本当の犯人はフリーターで、雑木林から出て来たのが、二十四、五の頃だとすりゃ、いまは三十一、二のおっさんになっているはずだ。いくら何でも、フリーターやロリコンを、そろそろ卒業してもよさそうなものじゃねえか》
熊顔を向けて、無精髭の生えた顎を掻きながら言ったのだった。
《フリーターの方はともかく、性癖まで、そんなに簡単には変えられないでしょう》
いつもの三宅の真似をして、そのときの増岡は、混ぜっ返すように言ったものだった。

だが、その直後に、三宅がつぶやいた言葉が、いまも胸に刺さった小さな棘のように、痛みを伴って疼いている。

《そいつが真犯人なら、やつが殺したのは、三人の幼い女の子だけじゃない。田宮龍司も殺したんだ》

捜査本部からの一報が入ったのは、そんなやり取りが一段落してからだった。蒲谷と新座の組が、ついに該当車両らしきものを発見したというのである。さらに詳細な確認のために、入江が向かったとの情報もあった。

そこで、増岡と三宅は、捜査本部が割り当てた役目以外の捜査に着手することに決めたのだ。神津康代からの聞き取りである。

夜道の先に、二人が目指していたアパートが見えてきた。七年前、田宮龍司が外廊下で何者かと揉めていたと証言した神津康代の住まいである。

事前に増岡が彼女の勤め先に電話を入れたところ、七年前と同じアパートに暮らしているとのことだった。そして、田宮事件のことで、訊きたいことがあると告げると、《仕事が終わって、帰宅するのは八時頃になりますけど、それでよければ、来てください》という返事があった。

今から訪ねて、話を聞くとしたら、午後九時から始まる捜査会議に遅れることになるだろう。だが、ローラー捜査で手間取ったということにすれば、さして問題はないはずだ。

二人は、アパートの外階段を上がった。デパート勤めのＯＬが暮らすにしては、いささか質素な建物である。

《神津》の表札の掛かった部屋の前で、二人は足を止めた。

三宅が、おまえが声を掛けろと目顔で言う。

増岡は、呼び鈴を鳴らした。

「はい、どちら様でしょうか」

中から女性の声が返ってきた。

「先ほど、お仕事先に電話を差し上げました、船橋署の増岡巡査です。同僚の三宅巡査長も一緒です」

増岡は言った。

すぐに錠とチェーンを外す音がして、ドアが開いた。

かなり化粧の濃い顔が、増岡の目に飛び込んできた。歳は、たぶん三十前後くらいだろう。田宮事件の当時はきっと美人だったのだろうが、いまは頰に少し贅肉(ぜいにく)がついて、二重の目の下の小皺(こじわ)も目立つ。髪は肩に掛かるほどのストレート。白いＴシャツにスリムのジーンズというなりだった。

「船橋署の増岡です」

増岡は、警察手帳の身分証明書を提示して、頭を下げた。

「同じく、三宅です」

隣で、大柄の三宅も同じことをして、低頭した。

「立ち話も何ですから、中へお入りください」

康代が言った。二人に気を遣ったというより、隣近所の目を気にしているという感じである。

「では、中でお話を聞かせていただきます」

言うと、二人は玄関に足を踏み入れて、後ろ手にドアを閉めた。部屋の中は、綺麗に片付いていた。どうやら、女性の一人暮らしのようだ。

「七年前の事件について、どんなことを知りたいんですか」

康代が言った。

その口ぶりや顔付きには何の屈託もない。被害者家族とは違い、あの出来事は、ずっと昔のただの記憶の一片に過ぎないのだろう。

「あの事件で逮捕された人物のことですけど――」

言いながら、増岡は隣の部屋の方を指差して、続けた。

「――田宮龍司が、逮捕前に、このアパートの外廊下で誰かと揉めていたと、捜査員に証言なさいましたよね」

つかの間、康代は考え込む顔付きになった。だが、すぐに顎を上げた。

「ええ、確かに、そんな話をした覚えがあります。あの出来事のことは、忘れようとしても、忘れられませんから」

言いながら、自然な笑みを浮かべた。

「どうしてですか」

康代が黙り込んだ。不用意に口にしてしまった自分の言葉を、恥じ入るように、顔の笑みがぎこちないものに変わった。あの事件の頃、何か、個人的に気に障ることがあったのかもしれない。

「どうしてって、だって、あんな事件だったから」

とってつけたように言い、ようやくきっかけを得たように、真顔に戻った。

「ええ、そうでしょうね。それで、その揉め事のことですけど、できるだけ詳しく説明していただきたいんです」

どこから始めていいのか分からないとでもいうように、康代は、増岡と三宅の顔を交互に見て、両手をわずかに持ち上げた。まるで、目に見えない何かを、両手で持とうとするかのように。

「つまり、あの日は、ちょっと体調が悪くて——ほら、女性なら、そういう日ってあるでしょう」

同意を求める眼差(まなざ)しで、増岡を見た。

ええ、と増岡はうなずく。

康代が、安心したように続けた。

「それで、仕事場に無理を言って休みを取り、部屋で横になっていたんです。そうしたら、夕刻になって、外で、男の人が怒鳴っているのが聞こえたんです」

「お隣の田宮という男だったんですね」

「ええ、間違いありません」

「夕刻とおっしゃいましたけど、正確には、何時頃のことですか」

執務手帳に、康代の言葉の一つ一つを記しながら、増岡は訊いた。

「たぶん、午後六時頃だったという気がします」

康代が、自信なさそうに言った。

「それで、田宮は、いったい誰と揉めていたんですか。それに、どんなことを怒鳴っていたんでしょう」

七年前、その質問は、入江たちによってとうに康代に向けられていた。そして、当時の彼女は、《分かりませんよ。下手に顔でも出して、とばっちりを受けたりしたら、怖いじゃないですか》と答えている。

だが、目の前の女性は、しばし考え込んだ。まるで、深い水の底に落ちてしまった小さなものを、手探りで探すような目になっている。

しかし、すぐに首を振った。

「いいえ、まったく思い出せないわ。覚えているのは、怒鳴り声の中に、《どうしてくれるんだ》っていう言葉があったことくらいかしら」

「《どうしてくれるんだ》ですか」

「ええ。ほら、喧嘩っ早い男の人って、必ず、そういう台詞を口にするじゃないですか。おい、どうしてくれるんだ。ふざけるな。こっちを甘く見るんじゃないぞ。何様だと思ってやがる――」

　言い募るうちに、康代の視線が、ふいにあらぬ方に向けられて、実際に起きた出来事を目のあたりにするような、深刻な表情に変わっていた。が、それはつかの間のことで、すぐに増岡に視線を戻すと、続けた。

「ともかく、怖かったことは忘れられないわ」

「ちなみに、田宮という人が、そのとき以外に、他人と揉めたり、喧嘩になったりするのを見聞きしたことはありましたか」

「ええ、一度だけ」

「それは、どんなときでした」

「一階に住んでいる初老の女性が、あいつのゴミの出し方に文句をつけたときです。このアパートでは、生ゴミと分別ゴミを出していい日が違っていて、それぞれビニール袋に入れなきゃならないのに、あいつ、全部一緒にして紙袋に突っ込んで出したりしたんです。そんなことをしたら、野良ネコやカラスが漁って、そこら中にゴミが散らかっちゃうじゃないですか」

「それを注意されて、田宮が逆切れしたってわけですね」

「ええ、物凄い剣幕でした。糞ババア、死ね、なんて叫んでいましたから。お婆さんも真っ蒼になって、部屋に入っちゃったんです。だから、触らぬ何とかに祟りなしだと思って。外廊下で怒鳴り声が聞こえたときも、黙っていたんです」

なるほど、と増岡はうなずいた。

するると、黙って二人のやり取りを聞いていた三宅が、もっさりと身を乗り出した。

「こいつは、一般的な質問ですけど、田宮って野郎は、そもそも、どんなやつだったんですか」

「だから、粗暴で、何を考えているのか分からない、そんな感じの男でした」

その言葉に、三宅が鼻先で手を振った。

「いいや、私が知りたいのは、そういうことじゃなくて、田宮にも何かこだわりとか、人並みに趣味とかがあったんじゃないかってことでして。どんな鼻持ちならない野郎にだって、人間臭い面があるもんでしょう」

ああ、と言う顔になり、康代が口を開いた。

「趣味だったら、アイドル歌手だったと思います」

「アイドル歌手？」

「ええ、深町めぐみですよ。仕事に行かない日、あいつはその歌手のＣＤを、一晩中かけ続けるんです。しかも、大音量で。ほとほと閉口しましたから」

三宅が戸惑ったような顔を、増岡に向けた。

「深町めぐみって、知っているか」

「ええ。当時は、確か十四歳だったと思います。大人気でしたけど、その後、人気が凋落して、確か、現在は、お色気路線に変更したんじゃなかったかしら」

アダルトビデオという言葉を、増岡は呑み込んだ。

ふーん、と三宅が唸った。

「そのほかには？」

「しいて言えば、服装へのこだわりかしら」

「つまり、洒落者だったということですね」

その言葉に、康代が小馬鹿にしたような表情を浮かべた。

「本人は、どう思っていたのかは分からないけど、最低最悪のファッションセンスでしたね。それでいて、馬鹿みたいにお洒落にこだわっていたみたいだから、滑稽を通り越して、憐れみを感じたほどだったけど」

二人が神津康代の家を辞したとき、午後十時を過ぎていた。

「田宮が揉めていた相手って、いったい誰だと思いますか」

覆面パトカーのハンドルを握る三宅に、増岡は声を掛けた。

捜査会議に遅れていることを焦っているのか、彼はかなり車のスピードを上げている。ノミの心臓。見かけや態度は大雑把だが、三宅の神経がかなり繊細であることを、増岡はとっくに見抜いていた。

正面に苛立つような顔を向けたまま、三宅が肩を竦めた。

「キーワードは、《どうしてくれるんだ》という、田宮の言葉だろうな」

「どんなときに、そういう言葉を使うんですか、男の人って」

言われて、三宅が目を上に向け、すぐに前方に戻した。

「そいつは、かなりいい質問だな。男は、たとえ相手に非がなくても、腹を立てて喧嘩になることがある。そんなとき、俺なら、《この野郎、ぶっ殺してやる》と叫ぶ。だが、《どうしてくれるんだ》という台詞は、相手に非があるときの決まり文句だ。つまり、田宮が揉めたのは、相手から何か損害を受けたからさ」

言うと、三宅が、にやけた顔を素早く向けた。

「それにしても、あの神津康代っていう女性、かなりおヒス気味だったよな。もしかしたら当時、狙っていた男から、手ひどく振られたのかもしれんぞ」

「それって、セクハラ発言ですよ」

「面と向かって言ったわけじゃねえから、別にかまわねえだろう。俺にだって、好みってものがあるんだ」

三宅は、この歳の警察官にしては珍しく、いまだに独身である。しかも、日頃の会話の端々から、彼が理想とする女性像が、いまテレビドラマで人気絶頂の若い女優であることに、増岡は薄々勘付いていた。

「三宅さん、ふざけている場合じゃありませんよ。損害って、どんなことがあり得ると思うんですか」

またしても、三宅が太い肩を竦める。

「何かを台無しにされたとか、期待を裏切られたとか、あるいは、物を壊されたとか、そういったことだろう、たぶん」

うーん、と増岡は唸り、考え込む。田宮はフリーターだった。さして、贅沢な暮らしを送っていたとは思えないし、一つのことに打ち込む性格だったとも思えない。だとしたら、何かを台無しにされたとか、期待を裏切られたという状況は、あまり考えられないかもしれない。

「例えば？」

「まあ、自分がひどく大切にしていたものを傷物にされたとか、そういった類のいざこざかもしれんな」

「具体的な例を挙げてくださいよ」

「いきなり言われても、すぐに思い付かねえけど、あいつは、お洒落には拘っていたんだろう。だとしたら、衣服関係かもしれんぞ」

「注文したシャツかズボンが、気に食わなかったということですか」

「断言はできねえけど、おまえさんだって、仕立てた洋服が、とんでもねえ仕上がりになっているのを見せられたら、《どうしてくれるんだ》って、文句を言いたくなるんじゃねえのか」

「いいえ、私だったら、《ただで、やり直してちょうだい》です」

「なるほど。おまえさんは、ガリ勉とこだわり屋だけじゃなくて、けちん坊だな」

言いながら、三宅がおどけた顔を、増岡に向けた。

その瞬間、彼女は、反対側の車線から突っ込んでくる車のヘッドライトに気が付いた。

眩しさに目がくらみ、同時に叫んでいた。

「危ないっ――」

八

香山の運転する覆面パトカーは、七十キロを超える速度で走行していた。

向かっている先は、千葉市内の救急病院だった。

蘇我町内で、三宅と増岡の乗っていた覆面パトカーが、小型トラックと正面衝突したという知らせが捜査本部に入ったのは、十五分ほど前のことである。

二人はすぐに救急車で救急病院に搬送されたという。連絡してきたのは、増岡自身だった。幸いなことに、彼女自身は軽傷だったものの、三宅が右脚の骨折と重度の打撲で、全治一か月だと伝えてきたのだった。香山は、顔色を変えた新居を残して、すぐに船橋署から飛び出したのだった。

ハンドルを操作しながら、香山は、わずかに下げたガラス窓の隙間から吹き込む湿った夜気を感じ、暗い町筋に目を向ける。

道をゆきすぎる車やトラック。歩道を行き交う人々。見慣れた光景でありながら、己の行く末をまったく知らぬままに、須臾の間に訪れるかもしれぬ思いがけない運命に想いを馳せることもなく、これからも、これまでと変わらぬ生活が続くと思い込んでいる人々。

たまにだが、警察官も不慮の事故に巻き込まれることがある。町中で酔って暴れた人間を取り押さえようとしたり、犯人と格闘になったりして、軽微な怪我を負うことは珍しくない。そして、最悪の場合、殉職という事態も起こり得る。

しかし、警察官になるということは、それ以外の場面でも、死に近づくことを意味するのだ。殺人事件は、世間で考えるよりも、ずっと頻繁に起きている。そして、刑事課の刑事は、嫌でも、被害者の死と直面せざるを得ない。犯罪被害者の遺体を目の当たりにすることだ。

人は誰でも、肉親や親しい者の死に直面せざるを得ないことだろうが、多くの場合、それは人生の時をかなり経た後に巡ってくる別れと言える。

それに比べて、警察官は若くして、人の死と面と向かうことになる。それも、幾度となく。すると、人の死が持つ譬えようもない厳粛な重みというものが、次第に感じられなくなってくるのだ。

警察学校を卒業して、香山が卒配で世話になったのは、銚子警察署だった。そこで、松下朱美と出会った。彼女は一歳年上で、女性警官だった。警察官は、仕事柄、家庭が安定している状況が求められることから、若くして結婚する傾向にあり、周囲もそれを歓迎する。

香山が朱美と結婚したのも、二十五歳のときだった。彼女の父親も警察官だったから、仕事を辞めて家庭に入った彼女は、ごく自然に、香山の仕事を支えてくれたものだった。そして、結婚三年目に、初美が生まれた。

その後、彼は、上司の推薦を受けて《刑事任用科》の書類審査と面接審査を経て、三か月の講習を受けた後、捜査部局に配属されることとなった。警察官の中でも、彼が配属された刑事課は、仕事の多忙さでは群を抜いていた。

それでも、朱美は不平一つ口にすることなく、家を守ってくれた。だから、その妻に死なれたとき、香山は、人の命の重みと、底知れぬ喪失感を、改めて教えられた思いだったのである。

三宅と増岡の事故の報を耳にしたとき、彼が感じたのは、いつの間にか、人の死に鈍感になりかけているという自覚と、そんな自分に対する憤りにほかならなかった。同時に、深沢美穂という被害者の遺体を目にしていながら、あくまで自分が手がけるべき事件の被害者としてしか見ていなかったことに気が付いたのである。

そして、朱美の死に顔を目にしたとき、人の死が持つ、これ以上ない悔恨の念を忘れまいと誓ったことを、改めて思い出したのだった。

救急病院の狭い駐車場に覆面パトカーを乗り入れると、空いていたスペースにバックで車を入れて停めた。

エンジンを切り、ドアを開けて、すぐに病院の玄関に向かった。

受け付けには明るく電灯が灯っていたが、誰もいなかった。

周囲を見回すと、奥の廊下の壁際に置かれた長椅子に、増岡が腰かけている。

ほとんど同時に、彼女も顔を上げて、こちらに気が付いた。

香山は、大股で彼女に近づく。

腰を上げそうになる増岡を、掌を向け、香山はかぶりを振って制した。

「大変だったな」

「貰い事故です、まったく嫌になっちゃいますよ。相手が脇見運転したらしくて、反対車線から一直線にこっちに向かって飛び込んできました。正直、これで死ぬんだって思いました」

いつになく感情的で多弁な様子に、増岡が、今回の事故で受けた衝撃の大きさが表れていた。

「怪我は？」

「右腕の軽い捻挫だけです。エアーバッグが膨らんだおかげで、本当に命拾いしました。技術の進歩に感謝、感謝です」

包帯を巻かれた右手首を、上げて見せた。初めて、かすかに笑みも浮かんだ。

「三宅の病室は？」

「そこです」

向かい側の病室を、彼女が指差した。

香山はうなずく。ドアをノックして、スライド式のドアを開けると、病室に足を踏み入れた。後から、増岡も続く。

部屋の窓際に置かれたベッドに、三宅が横になっていた。白い上っ張りのような寝間着を着せられており、シーツを掛けているものの、足元に厳重に包帯の巻かれた右脚が伸びている。点滴や心音計などはなかった。内臓の損傷はないのだろう。

それでも、一気に顔がむくんだように見えた。皺も深くなった印象を受ける。いつもボサボサの髪が、さらに乱れていた。

「面目ありません。戦線離脱です」

三宅が苦笑いのような顔つきになり、左手をわずかに上げた。

香山は、かぶりを振った。

「無理をしなくていい。だが、その様子なら、骨折と打撲以外は、大事ないようだな。安心したぞ」

「悪運はいたって強い方ですから。もっとも、宝くじで三百円以上当たったことはありませんけど」

「だったら、三宅さん、年末ジャンボ宝くじを連番で買ってみたらどうですか。今度こそ、一等と前後賞の大当たりかもしれませんよ」

増岡が、口を挟んだ。彼女なりの労いのつもりだろう。

よしてくれ、と言わんばかりに、三宅が左の掌を振り、それから言った。

「主任、増岡から聞きましたか？」

「いいや、まだだ」

香山は、増岡に顔を向けた。

彼女は、いつもの真剣な顔つきになっている。

「事故に遭う前に、神津康代さんから聞き取りをしました。七年前に、田宮龍司がアパートの外廊下で誰かと揉めていた一件です」

「そうだったな。で、どうだった」

「田宮は、悶着の相手から何らかの損害を受けて、それで腹を立てていたんだと思います――」

神津康代からの聞き取りの内容と、それについて三宅と話し合った結論を、彼女が細かく説明した。

「なるほど、《どうしてくれるんだ》か。そいつは、興味ぶかいな」

香山は、うなずいた。

「でも、はっきりしているのは、それだけです。田宮は、自殺してしまったから、実際に何が起きたのか、相手が誰だったのか、確認する術はありません」

「いいや、そうとは限らんぞ」

「どういうことですか」

「家族に話している可能性はある」

「家族――」

「そのいざこざが起きた日の翌々日、母親の房子が富津から出てきて、田宮龍司のアパートを訪ねている」

「でも、房子という母親は、とっくに亡くなっているんでしょう」

「姉の田所晴美に電話で話しているかもしれん。そっちは俺と新居さんで確かめてみる。一度、顔を合わせているからな」

狭い病室を見回してから、香山は三宅に視線を戻した。

「ときに、交通事故の加害者は、どうなった」

「たぶん、交番で取り調べを受けている頃だと思います」

三宅が、渋い顔つきで言った。

「よし、念のためだ、そっちも確認しておこう。――増岡、あとしばらく、三宅に付き添ってやってくれ」

香山は、増岡に言った。

途端に、三宅が声を上げた。

「もういいから、とっとと引き上げてくれよ。おしっこがしたくなったら、うんと可愛い看護師さんを呼んで、尿瓶を当ててもらうんだからさ」

その言葉に、増岡が顔を真っ赤にした。


交番の脇に覆面パトカーを停めて、香山は車から降り立った。

建物の中に入ると、半袖夏服の若い警察官が顔を出した。

「船橋署の巡査部長の香山だが、事故を起こした小型トラックの運転手は、どうした」

警察官が敬礼をした。

「いま、奥の部屋にいます。事情聴取のための準備中です」

わずかにうなずき返して、香山は続けた。

「準備中とは、どういうことだ。脇見運転、前方不注意で、間違いないいんじゃないのか」

途端に、巡査が渋い顔つきになった。

「いいえ、それだけではありません」

「何だ?」

「無免許運転ですし、そのうえ――」

若い警察官が、どう説明したらいいのか分からないというように、言いよどんだ。

その煮え切らない態度に、香山は不穏な気配を覚えて、奥の部屋の扉を開けた。パイプ椅子に座った男の背中と後頭部を目にして、香山は、奇妙な感覚に囚われた。派手な赤と黒の横縞のポロシャツ。縮れたくしゃくしゃの黒髪。それらが太り肉の体つきと相まって、どこか異様な気配を醸し出していた。ふいに、鼻先に嗅ぎ慣れない体臭も感じる。

　スチール・デスクの前に座っていたその男が、驚いたように振り返った。二重の大きな目、汗でてかった浅黒い肌。日本人の容貌ではないことは、一目瞭然だった。

「本人は、パキスタン人だと申しております。片言の日本語ですが。自宅は、カラチにあるそうです。――巡査部長は、カラチがどこにあるのか、ご存じですか」

　背後に立った巡査が、言った。

「いいや、まったく知らん。不法滞在か」

「はい、観光ビザは、とうに切れていました。現在、通訳の応援を依頼して、待機中であります」

「この男の仕事は？」

　香山と巡査のやり取りを、パキスタン人の男が濡れたような大きな目でじっと見つめている。むろん、こちらが何を話しているのか、まったく分からないはずだ。それでも、まるで、こちらが害意を持っていると非難するような、威嚇するような目つきだ。

「建設会社の下請けのようです。事故を起こしたトラックは、その関連の会社所有のものでしたから」

　香山は、大きく息を吐いた。三宅と増岡は、面倒な事故に巻き込まれたようだ。もう一度パキスタン人に目を向ける。

見知らぬ国へ出稼ぎに来て、無免許運転の上に、人身事故を起こしてしまったのだ。たぶん、カラチにあるという家では、妻と子供が、彼からの仕送りを心待ちにしているのだろう。貧しい身なり。食卓に上る乏しい食べ物。粗末な部屋。この男の行く末にも、その家族にも、香山はかすかに憐れみを覚えずにはいられなかった。そう思って見直すと、相手の顔つきが、今度は、どこにも身の置き所のない不安に苦しめられている表情に見えた。

香山の携帯電話が鳴動したのは、交番から出たときだった。

着信画面は、《入江》。

たぶん、三宅たちの事故のことを確認するために掛けてきたのだろう。

通話のボタンを押そうとして、香山はふいに固まった。

交番の奥の部屋のドアを開けた瞬間に感じた、奇妙な感覚が甦ったのである。

同時に、頭の中で一つのことが閃いた。

鳴り続ける携帯電話を無視して、香山は覆面パトカーに乗り込むと、すぐに発進した。

香山が向かっているのは、深沢美穂の遺体が遺棄された地域を管轄する交番だった。

遺体発見現場近くで目撃された、不審な二人組。

長身で、通りかかった廃品回収業の軽トラックのヘッドライトに、慌てて顔を背けて逃げた男たち。

子どもの遺体を発見したはずなのに、警察に通報もしない不可解な挙動。

彼らを目撃した《何でもクリーン》の代表の男が口にした、《妙な感じ》という言葉。

二十八センチもの巨大な足跡。

外国人だ――

それも、不法滞在の――

遺棄現場付近の、工場や事業所を当たれば、その二人組を発見できるかもしれない。

香山は、アクセルを踏み込んだ。

九

香山が船橋署に戻ったときには、真夜中を過ぎていた。

だが、講堂に入江たちが残っていた。

末崎修という有力な被疑者が浮上したことで、捜査会議が長時間に及んだのかもしれない。講堂の室内には、男たちの安っぽい整髪料と、煙草の匂いが入り混じった空気が籠(こも)っている。

「おい、香山、こんな時間まで、どこにふけてやがった」

香山の姿を目にするなり、入江が近づいてきた。蒲谷と新座も付き従っている。

「こっちが、ようやく手応えのある容疑者を見つけ出して、本腰を入れようってときに、おまえ、またぞろ道草を食ってやがったな。ブンヤとごそごそやっていることも、ちゃんと知っているんだぞ」

最後の言葉は、つい口が滑ったという感じで、入江が黙った。

だが、香山は気が付かないふりをして、言った。

「三宅と増岡が、交通事故に遭ったことは、お話ししたでしょう」

「けっ、見舞いか。それで、二人の状況は？」

少しも心配そうな顔を見せず、入江が言った。

「増岡は、右手首捻挫の軽傷。三宅は、右脚の骨折と打撲で全治一か月です。——それよりも係長、重要な報告があります」

「報告？」

香山はうなずく。

「今回のヤマは、模倣犯の仕業ではありません」

入江が黙り込んだ。

蒲谷と新座が、目を見交わした。

「どういうことだ。言ってみろ」

入江が、鋭い目つきで睨んだ。

「遺体遺棄現場で、廃品回収の軽トラックを運転していた男の証言を、覚えていますか」

「当たり前だ。《男の二人連れでしたね。二人とも、やたらと背が高くて、こっちに向かって走って来たんで、あやうく車とぶつかりそうになって、冷や汗が出たんですから》と、《何だか、ひどく焦っていたような感じでした。しかも、こちらのライトに驚いたみたいに、慌てて顔を背けたんですよ》だろう」

よどみなく、諳んじてみせる。

香山は、入江のことを虫が好かないと思っている。それでも、捜査情報の細部に至るまで完璧に頭に叩き込んでいるこの男の頭脳には、いつも頭が下がる。

「あの廃品回収業者が目撃した二人組の男たちは、不法就労の外国人だったんです。だから、遺体を目にしても、警察に通報もしなかったし、その場から逃げ出したんだ。警察と話すことで不法滞在がばれて、入国管理局に収容されて本国へ強制送還になることを怖れたんですよ」

香山の言葉に、入江が目を丸くした。

蒲谷と新座も、ぽかんと口を開けている。

「田宮龍司が食品工場で働いていたことと、三宅たちが巻き込まれた交通事故が、この事実に気が付くきっかけでした」

「田宮の職場で、多くの外国人労働者が働いていたことは知っているが、三宅たちの事故が、どうしてヒントになったんだ」

香山への嫌悪よりも、興味の方が勝ったという言い方だった。

「脇見運転で、反対車線の三宅の車に突っ込んで来た小型トラックを運転していたのも、不法滞在のパキスタン人だったからです」

うーん、と入江が低く唸った。

これまた、珍しいことだった。他人の筋読みになど、感服する素振りすら見せることを嫌う男である。

「私はすぐに遺棄現場の米ケ崎町を管轄する交番へ赴き、そこの警官から付近の工場や事業所で不法就労している外国人たちの情報を聞き出して、警察官を一名動員のうえ、その事業所や工場を訪ね歩きました。言ってみれば、夜分の令状なしのガサ入れです。しかし、相手には不法滞在の外国人を雇っているという弱みがあるから、どこでも平身低頭して、こちらの質問にも素直に答えてくれました」

「それで、二人組は見つかったのか」

入江が、勢い込んで言った。

「ええ。二人はイラン人でした。こっちが入国管理局へ通報すると脅しを掛けると、すらすらと答えてくれました」

「何を白状した」

「一人が、こう言いました。《小さな女の子、死んでいたよ。裸で。可哀そうだったけど、仕方なく逃げたよ》と」

「裸だと。何も身に着けていなかったということか」

　入江が、口を挟んだ。

　香山は、うなずいた。

「ええ、そうです。しかも、もう一人がこう言ったんです。《裸で、可哀そうだったから、そばにあったブルーシートを掛けてあげたよ》と」

「ちょっと待て。だったら、Tシャツを着せたのも、そいつらだったのか」

「私も、同じことが気になって、散々問い詰めてみました。しかし、二人とも、Tシャツは着せていないと否定しました。ブルーシートを掛けたことを認めておきながら、Tシャツに関してだけ、嘘を吐くとは思えません」

　入江が、ついに黙り込んでしまった。

　だが、彼が考えていることは、手に取るように分かっていた。二人のイラン人たちが、たまたま通りかかった農道で、休耕地に遺棄されている遺体を見つけたとき、その遺体は全裸だったのだ。ブルーシートが掛けられていなかったから、彼らが見落とすこともなかった。

　しかし、その後、ジョギングで同じ場所を通りかかった大学生が目にしたのは、ブルーシートを掛けられた状態だった。つまり、この事件を引き起こした犯人に、田宮龍司の犯行を模倣するという意図は、まったくなかったことになる。

　そして、二人のイラン人たちが、現場から逃げ去り、ジョギング中の大学生が同じ場所を通りかかるまでの、ほんのわずかの時間内に、何者かが深沢美穂の遺体に不自然な形でTシャツを着せたことになる。

「そのイラン人たちは、どうした」

入江が、思い出したように訊いた。

「同行していた警察官に保護させました。むろん、二人の履いている靴と、遺体遺棄現場で見つかったゲソとの比較も依頼しておきました。いま頃、入国管理局に連絡が行っていることでしょう」

言うと、香山は講堂の出口へ向かった。

背中に、入江の怒鳴り声が掛かることはなかった。

その代わりに、声もなく、その言葉が聞こえた気がしたのである。

これは、どういうことなんだ、と。

第四部　二人の犯人

一

「末崎修は、現在、二十七歳。本籍、千葉県鎌ケ谷(かまがや)市初富(はつとみ)――、現住所は、船橋市前原東五――、中学生の頃までは、ごく普通の子供だったそうです。父親がコーチをしていた少年野球チームに所属していて、ポジションはファースト。近所の住人の証言によれば、母親がとても優しい人で、一人っ子の末崎を溺愛(できあい)していて、車に乗せてしばしば出かけていたとのことでした。隣家の主婦に聞き取りをしましたところ、《キッズダムに行ってきたなんて、嬉(うれ)しそうに話していましたよ》という答えが返ってきました――」

　末崎の《鑑取り》と内偵が続いており、捜査本部の朝の打ち合わせで、その報告が行われていた。

　講堂の窓際近くに座している香山の周囲で、メモを取る捜査員たちの忙(せわ)しなくペンを走らせる音が、かすかに聞こえている。有力な被疑者の浮上のおかげで、一旦(いったん)沈滞化しかけていた捜査員たちの士気が、再び向上していることは明らかだった。

講堂正面の大スクリーンに、隠し撮りされた末崎修の写真が映し出されている。正面からの顔。鷲鼻の目立つ横顔。小柄で痩せた全身。ボサボサの髪をした後ろ姿。街頭を歩いている姿。

「――ところが、中学三年生の夏に、母親が卵巣癌で亡くなり、その直後に、父親があっさりと再婚した頃から、末崎はグレ始めたとのことです。野球チームを辞めたのも、その頃でした――」

捜査員の説明の途中で、別の刑事から質問が飛んだ。

「父親と末崎の関係は、どうだったんですか」

捜査員がその方に顔を向けて、言った。

「――その点について、いまから説明をしようと思っていたところです。息子に甘かった母親に比べて、父親は、はるかに厳しく我が子に接していたようでした。夏場、小学生の末崎が全裸にされて、父親から自宅のベランダに閉め出されて泣き叫んでいるのを、近所の住人が目撃しています。現在なら、児童虐待で警察沙汰になったかもしれませんが、当時は見咎める者もいなかったのでしょう。――それはともあれ、末崎は高校を中退すると、煙草、喧嘩、万引きなどの非行に走り、補導歴は五回。いずれも、かなり悪質ということで、保護者、すなわち、父親と義理の母親に連絡が行き、警察に記録が残されました。また、二十歳から暴走族に所属して、バイクの暴走行為をしていた時期もありました。その頃の仲間の証言によれば、末崎は家がかなり貧乏だったにもかかわらず、バイトは一切していませんでした。ところが、二十歳の夏、中古ですが、知り合いのバイク屋からいきなり四百ccのバイクを手に入れて、有頂天になっていたということです」

「その購入代金の入手経路は？」

香山の隣に座っている新居が、声を上げた。

報告を続けていた捜査員が、わずかに顔を向けて言った。

「未確認です。ただし、仲間うちでは、カツアゲだろうという噂が飛び交ったそうです。それ以外に、末崎が高額なバイクを購入するほどの大金を得る手段は考えられなかったとのことです。――末崎のほかの特徴としては、身長、一メートル六十五、痩せ型、髪が天然パーマで、色白、一重の三白眼。ミリタリー趣味、アダルトビデオのマニア、短気で喧嘩っ早く、付き合っている連中は、高校時代の不良仲間数名。所持しているスマートフォンは一台、電話番号は、〇八〇、九八五四――以上」

言い終わると、捜査員がホッとした顔つきで腰を下ろした。

「次、バイト先の聞き込みを報告」

前列の入江が、怒鳴った。

講堂内の中ほどに座っていた二名の捜査員が起立し、一人が執務手帳に目を落として口を開いた。

「末崎は、昨年の暮れ、正確には十二月二十日から、家の近所にあるコンビニでアルバイトをしていました。シフトは午後二時から午後十時までで、時給千五十円です。勤務態度は、店長によれば、あまり芳しくなかったとのことです」

「どう芳しくなかったんだ。具体的に報告せんと、何も分からんじゃないか。おまえは、何年刑事をやっているんだ」

すかさず、一課長が不興気に言葉を挟んだ。

「は、はい。末崎は今年に入り、二度ほど客と揉め事になったとのことです。一度は、中年女性がつり銭の間違いを指摘したところ、カッとなって暴言を吐いたとのことです。そして、二度目は、店頭で淹れるコーヒーを、外国人の若い女性客が片言の日本語で注文したときに、末崎が間違ったサイズのカップを渡し、それを注意されたときも、逆切れしたんだそうです」

「それで、どうなった」

「店長が客に平謝りに詫びて、そのときは事なきを得たそうです。しかし、こちらの聞き取りに対して、その店長が渋い顔つきで零していました、末崎という男はカッとなると、自制心を失うだけじゃなく、ごく当たり前の損得勘定すらできなくなると」

「そのバイトは、いまも続いているんですか」

捜査員の中から質問が飛んだ。

「いいえ、七月二十九日に、就業時間に一時間以上遅刻して来たので、店長が叱責したところ、彼は逆切れして、その場でバイトを辞めてしまったとのことです。現在は、幕張駅北口の別のコンビニでバイトをしております。——それはともかく、事件は、その最初のコンビニを辞めた日の夕刻に起きていることから、もしかすると、腹立ちと苛立ちから、衝動的に犯行に及んだ可能性もあると思われます——」

次々と報告が続く中で、そこに付け加えられる捜査員たちの指摘や推測が、末崎が今回の事件の犯人に違いない、犯人であってくれ、という響きを帯びていることを、香山はひしひしと感じていた。それは単に、ここへ来て事件解明への期待が高まっているからではないことも明らかだった。

たぶん、捜査に携わる刑事たちの焦燥感と一つになった、ある種のもがきでもあるのだ。例の《田宮龍司くんを救う会》の緊急記者会見の余波が、大きなうねりとなって、船橋署を始めとして、県警全体に押し寄せてきている。非難の電話や投書が署に殺到しているのだ。一日も早く、今回の幼女誘拐殺人事件を解決しなければ、その騒ぎはとうてい収まりそうにない。

しかし、と香山はさらに思う。たとえ事件が解決したとしても、もしかすると、《冤罪》をめぐる論議は終わらないかもしれない。連日のように、テレビ各局のワイドショーでは、七年ぶりに田宮事件の特集が組まれており、事件の内容と、田宮龍司の逮捕から起訴、そして、死刑判決と自殺に至るまでの経過が、微に入り細をうがって解説されていた。警察を定年退職した元刑事が、犯罪捜査の専門家と称してスタジオに呼ばれて、田宮龍司の冤罪の可能性を無責任に滔々と捲し立てる番組すら現れていた。

さらに、ここ数日に至り、その報道スタイルはさらにエスカレートして、事件の被害者たちが誘拐された地域や、遺体遺棄現場などからの中継までが行われるようになったのである。しかも、それらの報道に共通する論調は、新たな物証でも出て来ない限り、《冤罪犯》説を覆すことは不可能ではないか、というものだった。

捜査本部や県警にとっての最大のジレンマは、末崎修が深沢美穂を誘拐して殺害したという犯行の立証が、田宮龍司の冤罪説を助長しかねないという点だった。万が一、白い犬のぬいぐるみの毛のほかに、田宮龍司の犯行と断定された二つの事件と末崎修を繋ぐさらなる証拠でも飛び出して来ようものなら、万事休すであることは論を俟たない。まったく無実の人間を極悪非道な犯罪者として逮捕し、その自由を奪い、死刑判決を下して、絶望のあまり自殺に追いやったことになってしまう。

むろん、そんなものが見つかる可能性は、皆無に等しいだろう。新たに何も飛び出してこないまま、マスコミだけが騒いでいるだけなら、警察にとっては、実質上は大きな問題ではないかもしれない。警察お得意のだんまりを決め込んで、時をやり過ごせばいいのだ。そのうち、人々の耳を欹てる別の凶悪事件や突発的な出来事が生じれば、浮気性の大衆の関心など、すぐにそっちに移るに決まっている。

真に問題なのは、世論の抑えがたいほどの高まりを受けて、これが国会の行政監視委員会などで取り上げられて、法務副大臣や国務大臣が答弁せざるを得ないという事態に至ることだった。その余波は、今度こそ激震となって警察や検察に跳ね返ってくることになる。日弁連が総理大臣や法務大臣に、《えん罪原因調査究明委員会の設置を求める意見書》を送付するという事態にまで発展する可能性すら秘めていた。そうした事例が、過去にも存在しているからである。

香山は、テレビや新聞の報道とは別に、田宮龍司の自殺の経緯について、個人的に調べてみた。木更津拘置支所に知り合いの刑務官がおり、電話をかけて内々に教えてもらったのである。

《まったく間の悪いことに、あの晩、田宮の収監されていた房のある階は、俺ともう一人の若いのが、夜間当直に就いていたんだよ――》

知り合いの刑務官は、いまだに苦々しいという口調で、話を切り出したのだった。

一審で死刑判決を受けた後も、田宮龍司は意気軒昂たる態度を崩さなかったという。その背景には、判決の決め手となった物証である《赤いチェック柄のシャツ》の証拠能力について、裁判で争う余地が残されていたことがあった。

そこに加えて、《田宮龍司くんを救う会》の活動もあり、死刑反対を主張する弁護士たちや、人権擁護の活動を展開している市民団体などの強力な支援があったのだ。

ところが、控訴して半年ほど経過すると、田宮龍司は拘禁反応から鬱状態を呈するようになったのだという。

《拘禁反応？》

香山の言葉に、すぐに受話器から言葉が返ってきた。

《拘禁反応っていうのは、強制的に自由を拘束された状態が続いたときに生ずる精神障害の一つだ。一般の被告でも、〇・八七パーセント、一般受刑者では、〇・一六パーセントの発生が見られるそうだが、死刑囚では、実に六十一パーセントに上るという精神科医の研究がある》

その数値に、香山は息を呑んだものだった。

すると、刑務官が、興が乗ったように続けた。

《ただ、そうした精神障害は、一気に昂ずるものじゃなくて、段階を経てその状態へと行きつくものだ。最初は、架空の事実を創作して、それに固執するようになる。詐病が混ざるのも、この時期と言えるだろう。やがて、妄想に囚われるようになるが、一転して、表面的には平静になる。しかし、心の中では、無実の罪に落とされたという自分勝手な思い込みが進行してゆくことになるのさ。ありもしない真犯人を創作して、そいつの犯行を事細かに言い立てたりするようになるんだ。そして、再び急性症状を呈したかと思うと、幻覚性朦朧状態になっちまう。そして最後に、再び無罪妄想に取りつかれるってわけさ》

長年、多くの事件捜査や犯罪者と関わってきた香山だったが、まったく与り知らない事実だった。

《それで、田宮の自殺は、実際には、どんな状況だった》

《二審で死刑判決が下った頃、あいつの拘禁反応は、たぶん、この最終段階に近かったと思う。だからその晩、俺たちは看守部長から通常巡回以外に、特別巡回を命ぜられていたんだ。それでも、巡回の隙をついて、あいつは着ていた服の袖とトイレットペーパーを無理矢理喉に押し込んで、窒息死しやがった。満身の力を籠めて、気管に栓になる物を一気に押し込めば、自分でも取り出せなくなるからな》

《嫌なことを訊いて、悪かったな。だが、最後に、もう一つだけ教えてくれ》

香山は言った。

《何だ》

《田宮龍司が自殺した理由を、おたくは何だと思った》

しばし、受話器が沈黙した。だが、やがて声が流れた。

《いまだに、俺にも分からん》

知り合いの刑務官との電話は、そこで切れた。

田宮龍司の自殺の状況に強い関心を抱いたのは、その死が死刑を怖れての決断であったのか、それとも、故なき罪によって絞首刑という冷酷極まりない判決を下されてしまったことに対する絶望と恐怖の思いからの自決であったのか、それを見極めたかったからである。

しかし、そのどちらであるのか、決め手はどこにもなかった。

二

朝の打ち合わせが終わると、捜査員たちはそれぞれに割り当てられた捜査に散って行った。

香山は新居とともに署を出ると、東船橋駅へ足を向けた。

「何となく、分かった気がするな」

肩を並べていた新居が、唐突に口を開いた。

「何が分かったんですか」

「俺たちが頭を悩ませていた問題、――当初、被害者の遺体が裸で休耕地に遺棄されていた理由さ」

つかの間、香山は考えを巡らしたものの、意図を摑みかねた。

「どんな理由ですか」

「末崎は子供の頃、父親から裸にされてベランダに閉め出されるという残酷な折檻を受けた。あいつの心に、それが癒しようのない傷を刻み付けてしまったのかもしれん。そのうえ、彼を溺愛していた母親が亡くなってすぐに、父親が再婚したことも、人間に対する不信の念を助長した可能性があるだろう。グレて、やさぐれた暮らしを送るうちに、その恨みと憤りは、父親だけでなく、幸せそうな人間すべてに対する激しい憎悪へと膨らんでいった。――こういう見方は、どうだ」

「殺害した幼女を裸にして休耕地に遺棄して、わざと見せつけるようにしたのは、幸せに恵まれたほかの人間たちに対する仕返し、とそう読むわけですね」

「むろん、末崎が犯人と断定されたわけではない。しかし、嫌な想像だが、あいつが今回のホシだったとしたら、そんな心の動きと遺体の遺棄状況が、ジグソーパズルのピースのようにぴたりと当て嵌まるように思えてならない」

やがて、東船橋の駅に着くと、香山は、新居とともに総武線の銀色に黄色いラインの入った車両に乗り込んだ。

新居と肩を並べて、吊革に摑まって立つ香山は、車両の揺れに身を任せたまま、眩しい朝日に照らされた市街を眺めた。そのうち、再び、考えが深沢美穂の遺体のことに舞い戻ってゆくのを感じた。

今回の一件が、模倣犯ではないことは、もはや間違いないだろう。だが、ぬいぐるみの毛という共通項が残されているからには、冤罪の疑いの方は依然として残されている。しかし、もう一つ、香山が引っかかっていたのは、深沢美穂が身に着けていたTシャツのことだった。

首を通しただけで、両腕は通していない奇妙な着せ方。そんな状況が起きた経緯を、彼は、裸で運ばれて遺棄された遺体に、何者かがあの休耕地でTシャツを慌てて着せたためと解釈していた。

二人組のイラン人が逃げ去り、そして、ほどなく大学生が走ってくるまでの間の、ほんのわずかな時間に行われた不可解な行為。その意図は、いったい何だったのか。いいや、そもそも誰がそんなことをしたのだろう。末崎修が真犯人だったとしても、あんなことをしたのは、絶対に彼ではあり得ない。

考えてみれば、今回の事件には、あまりにも多くの人間が関わっていたことになる。真っ先に挙げるべきは、深沢美穂を児童公園から連れ去り、どこかで悪戯(いたずら)して、殺害に及び、遺体を遺棄した犯人だ。

その遺体を見つけた二人のイラン人たちは、頼まれたわけでもないのに、横たわっていた幼女の亡骸(なきがら)にブルーシートを掛けた。

そして、その直後と思われるが、何者かがやってきて、周囲に散らばっていたTシャツを手に取り、遺体に着せた。その人物もまた、闇にまぎれて走り去った。

そして、ジョギング中の大学生の登場となる。

被害者を除けば、都合、五名の人間が、舞台に現れ、そして、消えたのだ。

そこまで考えが及んだとき、頭の中を素早く過(よぎ)ったものがあった。

川岸の釣り人の影に驚き、水中の小魚が滑るように。

慌てて、香山は周囲を見回す。

たったいま摑みかけた何かを取り逃がすまいと、記憶の端に残された痕跡(こんせき)を、懸命に確かめる。

ふいに、思い当たった。

五人の登場人物のうち、四人には、《足跡》がある。

遺体遺棄現場から採取された《足跡》は、四種類だったからだ。

そのうち三名は、すでに判明している。

ジョギングしていた大学生と二人のイラン人だ。

とすれば、残る足跡は、真犯人か。

それとも、遺体にTシャツを着せて、ぬいぐるみの毛を付着させてしまった人物か。

いずれにせよ、足跡を残さなかった人物がいるのだ。

気が付くと、総武線は、千葉駅のホームに入っていた。

香山は、成田駅で待ち合わせすることを約して新居と別れ、ホームに降り立った。救急病院から千葉駅近くの病院へ転院した三宅を見舞いがてら、例のイラン人たちのことを報告するためである。たちまち、蒸し暑い熱気に包まれた。車両とホームの庇の間の狭い空間から、真夏の眩しい日差しが零れていて、一瞬、目を細めた。

三宅と増岡が巻き込まれた交通事故は、むろん望ましいことではなかった。しかし、それが怪我の功名となり、事件を取り巻いていた謎の一端が解明されたのだ。昨日、三宅が転院となったものの、捜査に手を取られて、香山は顔を出せなかったことも気に掛かっていた。

外を十分ほど歩いただけで、全身が汗だくになった。

だから、総合病院の玄関ホールに足を踏み入れた香山は、クーラーの冷気に生き返ったような気分になった。

白で統一された広々としたエントランスホールには、逆ハの字形に長椅子が並んでおり、多くの患者や付き添いらしき人々が腰を下ろしていた。その間を、白や淡いピンクの白衣姿の看護師の女性たちが行き交っている。

十分に明るいのに、さらにLEDの照明が眩く灯り、天井のその照明の横に取り付けられているスピーカーから抑えた女性の声で、患者の番号を呼ぶ音声や、医師を招集するアナウンスが流れている。

香山は、横に長く延びた受付カウンターの上の表示に目を走らせた。《初診受付》、《相談コーナー》、《会計》、《レントゲン受付》、《調剤》、《案内コーナー》。

香山は、その《案内コーナー》の人の列に並んだ。

順番は、すぐに回ってきた。

「昨日遅くに、こちらの病院に転院となった、三宅義邦さんの病室を教えていただきたいんですが」

カウンター越しに、香山は奥の女性に声を掛けた。

「お調べする前に、こちらの用紙に記入をお願いします」

ピンクの白衣姿の女性が、小型手帳サイズほどの用紙を差し出した。氏名、住所、電話番号、職業、患者名、患者との続き柄。こうした手続きが一般化したのは、個人情報の取り扱いがうるさくなってからだろう。

　記入した用紙を返すと、女性がパソコンのキーボードを素早く叩き、三宅の病室の番号を告げた。

　彼はエレベーター・ホールへ足を向けた。入院しているのは三階の三〇六号室だ。やがて、チンという音がして、エレベーターのドアが両側に開いた。車椅子に乗った年寄りの男性と、それを押している太った中年女性が降りるのを待って、彼はエレベーター内に入った。三階の釦を押す。

　ふいに、たった一人になった。

　消毒薬の匂い。

　マンションなどに設置されているものよりも、遥かに大きなエレベーター。

　朱美が入院していた頃の記憶が、一気に甦った。

　ベッドに横たわり、痩せて、そのせいで大きくなったように感じる目。ベッドサイドの椅子に腰をかけて、彼女の骨ばった手を握り締めた香山を、無言のまま見据えていたその澄み切った瞳が、ありありと脳裏に浮かんだ。

　あのとき、彼女は自分が歩んできた長い道のりを、その最初の頃から辿り直していたのかもしれない。あるいは、自分が死んだ後に残される、夫や娘の行く末を思い描いていたとも考えられる。

　だが、人が心の底で思っていることは、ほかの何人にも、本当には分かることはあり得ないのだ。そして、その胸の奥に秘めた気持ちとともに、人は消えてゆく。人の存在と魂は一つなのだ。

チンという音とともに、香山の物思いは消えて、彼は三階の廊下に出た。そして、三〇六号室に足を向けた。

病室のスライド式の扉の並んだ廊下を歩いていたとき、香山は、三〇六号室から出てくる人影を目にした。

引詰髪をした、地味な浅黄色の着物姿の六十過ぎくらいの女性だった。俯きかげんに、こちらに歩いてくる。

リノリウムの床を、草履が歩む音がして、彼女とすれ違った。

三〇六号室の前に立ち、ドアをノックした。

「どうぞ」

中から、いつもの痰の絡んだようなドラ声が返ってきた。

「入るぞ」

言いながら、香山はドアを引いた。

三宅は、ベッドの上で週刊誌を読んでいた。

「どうだ、脚の具合は？」

香山の言葉に、三宅が週刊誌をサイドテーブルに置いた。表紙は、連続幼女誘拐殺人事件で送検されたときの田宮龍司の顔写真だった。

「リハビリは、まだまだ先だそうです。親しくなった看護師のねえちゃんから聞いたんですけど、俺の担当になる女性理学療法士って、若いうえにかなりの美人で、本物のサディストだそうですよ」

三宅が言った。喜んでいるのか、怖がっているのか、どちらとも判断しかねる顔つきだった。

「まあ、しばらく骨休みするといい。職務中の事故だ。公欠扱いになる」

「そりゃ、大いにありがたいですな。ところで、捜査の方は、その後、どんな塩梅ですか」

「蒲谷と新座が探り当てたスズキ・アルトの持ち主、末崎修はかなり行けそうな人物のようだ――」

香山は、朝一の打ち合わせで耳にした、末崎修の《鑑》について、かいつまんで説明した。

「だったら、あとは徹底的に内偵して、目ぼしい証拠が揃ったら、一気に逮捕ということになりそうですか」

三宅が、今度は残念そうな顔つきになった。

香山は、かぶりを振った。

「いいや、そう簡単にはいかないだろう。まず、証拠らしい証拠がない。事件当日、いくら防犯カメラにやつの車が映りこんでいたとしても、それだけでは何の決め手にもならない。動かぬ証拠か、確実な証人が見つからなければ、一課長も任意同行にすら踏み切れないだろう」

「田宮のときみたいに、末崎が、こっちの目の前で女の子にちょっかいを出してくれたら、しょっ引けるんですけどね」

「柳の下に、二匹目のドジョウは、そうそういないもんさ」

その言葉に、三宅がいつもの皮肉っぽい笑みを浮かべた。

香山は口にしようと思ったイラン人の一件について、吞み込んでしまった。ふいに、一つのことが気にかかったからである。

「それじゃ、また寄る」

言い残すと、彼は病室を出た。


香山の携帯電話が鳴ったのは、病院の玄関を出たときだった。

着信画面は、《増岡》だった。

「香山だ」

《主任、神津康代さんの証言の件ですけど、田宮のアパートに出入りしていた人々を軒並み当たってみようと思います》

受話器から、張り切った感じの増岡の言葉が響いた。お守り役の三宅が入院してしまったことで、重石が取れたのだろう。あるいは、負傷した三宅に、いいところを見せたいという気持ちになっているのかもしれない。
「例えば、誰だ」
　香山は言った。
《郵便配達、新聞屋、ガスの検針、あの地域の宅配便の担当者、それから、クリーニング屋さんとか》
「七年前のことだから、異動になっていたり、職を変わっていたりする人もいて、大変だぞ。——それに、係長から、何か担当を割り当てられているんじゃないのか」
《午後五時から、臨時の組で、末崎の（行確）をすることになっています》
「分かった。だったらそれまで、俺が末崎の《鑑》を取らせていることにしよう。係長には、そう連絡しておく」
《恩に着ます》
「それから——」
　相手の通話が切れる前に、香山は素早く言った。
《何ですか》
「言い忘れていたが、一つ、大切な注意がある。どうやら、俺たちは監視されているらしいぞ」
　つかの間、携帯電話が沈黙した。だが、すぐに増岡の抑えた声が響いた。
《どうして、そう思われるんですか》

「おまえと三宅が交通事故に遭った日、真夜中を過ぎて署に戻ったときに、係長がうっかり口を滑らせた」
《だったら、監視を命じたのは、入江さんですか》
「いいや、そこまでは分からん。だが、一課長がいきなり方針転換したことといい、きな臭い感じがする。あるいは、もっと上の方が動いているのかもしれん」
《分かりました。十分に気を付けます》
電話が切れた。
香山は、すぐに入江に電話を入れた。
それから、千葉駅へ足を向けた。

三

増岡はまず手始めに、田宮龍司の住んでいたアパート周辺の新聞配達店を回ることにした。

南町は、千葉駅からわずか五キロほどの位置にある。住宅が密集しており、調べてみると、新聞配達店もかなりの数に上った。

ひたすら汗を流して、それらを回ってみたものの、田宮龍司が新聞を取っていた店は見つからなかった。だが、よくよく考えてみれば、田宮龍司は新聞を定期購読するような人間ではなかったのだ。

コンビニで、冷えたお茶のペットボトルを購入しながら、彼女は思った。主任の香山には軒並み当たってみるなんて大きくぶち上げてしまったが、効率よく調べないと、きりがないかもしれない。田宮のような男が、関わる業種とは、いったい何だろう。しかも、《どうしてくれるんだ》と怒鳴りつけるような相手だ。

郵便配達やガスの検針というものは、そもそも住人との接触が軽微で、悶着に発展する可能性は低いのではないだろうか。その点、宅配便の配達なら、何らかの揉め事が起こり得る可能性があるかもしれない。配達された荷物が汚れていたとか、壊れていたとか。よし、次は、荷物の配達業者だ。

増岡は、冷房の効いたコンビニから外へ出た。

一軒、一軒と、集配所を訪ね歩きながら、増岡は、ビルの中の涼しげなオフィスで働いている男女を嫌でも目にすることになった。もしも、警察官にならなかったとしたら、自分はいま頃どんな仕事をしていただろう。捜査のために靴をすり減らして歩き回っていると、ついつい、そんなことを考えてしまうのだ。

メーカーか、小売業。そこの経理課で、電卓を打ったり、お茶汲みをしたりしていたかもしれない。ときおり、同僚や上司たちと飲み会に行ったり、合コンや女子会に顔を出したりするのだ。

それとも、すでに結婚して、家庭に入っていたかもしれない。真面目なサラリーマンの奥さん。子供が二人。公園デビュー。夫には内緒で、ほかの奥さんたちとの、少しだけ贅沢なランチ。

いいや、やはりこの道を選んでよかったのだ。増岡は、いつもその結論に達するのだった。

彼女の父親は、平凡な会社員だ。中堅の印刷会社に勤めており、仕事から帰ると、いつも疲れた顔をしている。休みの日は、たいてい昼まで寝ており、起きてからは、テレビで囲碁や将棋、それにゴルフの番組を見たり、難しい顔をして総合雑誌を読みふけったりして、夕食時に口数少なく晩酌をする。

大学四年生のある晩、食卓を囲んでいたとき、彼女が警察官になるつもりだと告げると、しばらくの間、言葉が返ってこなかった。

「どうして、そんな突拍子もないことを考えたんだ」

たっぷり一分ほども沈黙した後、手にした盃を宙に浮かせたまま、父親が口にした言葉だった。面長の整った顔立ちの目に、かすかに険しい光があった。

表面上は無口だが、心の中で、ひとり娘を溺愛していることは、増岡自身もよく分かっていた。そして、口にこそ出さないものの、平凡でもいいから、幸せな人生を送ってほしいと願っていることも感じていた。

「ちっとも突拍子もないことじゃないわ。世の中にとって大切な仕事だし、誰かが警察官にならなければいけないんだから」

彼女は言った。

「それは、確かにそうかもしれないけど、何も、おまえが警察官になる必要はないだろう」

「いいえ、お父さん、私、どうしても警察官になりたいの」

言いながら考えていたのは、小学校六年生の時に経験したひどい虐めのことだった。折に触れて、甦って来る辛い思い出。それでいて、敢えて、そのことを持ち出さなかったのは、家族に虐めに遭っていたことを話したことがなかったからではない。多かれ、少なかれ、誰でも経験することだと、説き伏せられることを懸念したからでもなかった。

自分がどれほど重大だと思っていることでも、ほかの人にとっては、ほんの些細なことに見えてしまうものだということを、その経験から学んでいたからだ。貧しい家の同級生を、寄ってたかって嬲っていた男の子たちも、女の子たちも、自分がどれほど相手にひどいことをしているのか、まったく自覚していなかったのだ。だが、虐めに遭っている側は、とことんまで追い詰められた気持ちになる。

この加害者と被害者の間に横たわる溝は、おそらく永遠に埋まることはないだろう。もしも、埋まることがあるとすれば、それは立場が逆転したときだけだ。しかし、世の中では、常に加害者の側に立って、自分がいかにも善人で、まっとうな人間であるということを少しも疑うことなく、平然と日々を送っている者の方が圧倒的に多いのではないだろうか。

だからこそ、追い詰められた経験のある者こそが、弱い立場に置かれた人々を守る役目を担わなければならない。それは、単に仕事や職業を選ぶというのではなく、人生において与えられた生き方ではないか。

増岡はそう信じて、娘を翻意させて、自分の知り合いの会社に就職させようとした父親の説得を押し切ったのだった。

だから、これしきの暑さごときで、絶対に諦めるわけにはいかない。

彼女は、日差しの中を歩き続けた。


新居が香山とともに、田所晴美の家を訪れるのは、これで二度目だった。

だが、生憎と訪ねた時点で、彼女は不在にしていたので、彼は香山の案内で成田山新勝寺まで足を延ばした。そして、境内や参道に軒を並べた土産物屋をぶらついた。

そうやって一時間ほど時間を潰して戻ってみると、晴美は帰宅していた。

「今度は、いったい何の用なの」

呼び鈴に応じて顔を出した晴美が、ぶっきらぼうに言った。どうやら、冠婚葬祭から戻ったところらしく、濃い化粧のままの顔で、白いブラウスに下は黒のスカート、ストッキングも黒だった。

「田宮房子さんは、ときおり富津から出てきて、弟のアパートを訪ねていましたよね」

前置き抜きで、新居は柔和な笑みを作って切り出した。

隣で、香山が手帳と鉛筆を手にしている。

晴美は不機嫌そうな表情で、二人を交互に睨んだ。すぐに答えて、ペースに乗せられてなるものか、という顔つきに見える。

相手の沈黙を無視して、新居は続けた。

「平成二十二年六月二十二日にも、房子さんは田宮龍司の部屋を訪れ、三時間後、息子と口喧嘩をして、アパートを去っています」

「そんな頃から、弟に目を付けて見張っていたってわけ」

話の腰を折るように、晴美がつっけんどんに言った。隣室の神津康代の部屋に空き巣が入ったことから、田宮龍司に捜査本部が注目するに至った経緯は、とっくに裁判で明らかになっている。にもかかわらず、敢えてこんな台詞を口にしたのは、憎い警察に、底意地の悪い言葉を叩きつけてやりたいという、彼女の性格の為せる業だろう。

新居はかまわずに言った。

「その二日前の夕刻、あなたの弟は、アパートの外廊下で誰かと悶着を起こしたとの証言があるんですよ。おたく、その悶着の原因や揉めた相手のことを、お母さんから聞いているんじゃありませんかね」

予想外の質問だったからだろう。晴美が、何を訊くという顔になった。

「そんなことを聞いて、いったいどうしようっていうの」

初めて、まともな反応を示した。

「警察は、どんなつまらないことでも調べるものなんですよ」

晴美が、フンと鼻を鳴らした。

「つまらないことなら、答えたくないわね。弟を無実の罪に落とすような連中とは、一切関わりたくないから」

言うと、ドアを閉めようとした。

咄嗟(とっさ)に、新居はドアの隙間に靴先を入れた。

「ちょっと、何をするのよ。警察を呼ぶわよ」

「おや、警察に守られるのは、嫌いだったはずでしたよね」

言った瞬間、怒りの表情だった田所晴美が、ふいに苦笑いを浮かべた。

気の強い女だ。田宮龍司が逮捕された後、嫌がらせや、悪戯(いたずら)に苦しめられたのかもしれない。そんなとき、いまのように毅然(きぜん)と撥(は)ねつけたのだろう。だからこそ、新居は敢えて挑発するように仕向けたのである。

そのとき、香山がさりげなく切り出した。

「《田宮龍司くんを救う会》の人々は、いまの騒ぎがどんどん大きくなって、警察が、本格的な事件の見直しに着手せざるを得ない状況に追い込まれることを期待しているのでしょう。しかし、残念ながら、それは期待外れに終わる可能性が大きいと思いますよ」

「どうして、そんなことが言えるのよ。この先、騒ぎがどうなってゆくか、誰にも予想なんてつかないじゃない」

香山が、かぶりを振った。

「ありていに言えば、警察の上層部は、今回の幼女誘拐殺人事件と、七年前の事件を関連付けることを極度に嫌がっています。無理やりでも、この騒ぎを抑え込もうという決意を固めている。その理由がどのようなものであるのか、そこまでは私にも分かりませんけど」

その言葉に、疑いの籠（こも）ったような眼差（まなざ）しを向けていた晴美が、挑むような目つきに変わった。

「だったら、あんたたちは、どうしてこんなことをしているのよ」

「冤罪（えんざい）の可能性にこだわっているのは、捜査本部の中で、私たちと一部の人間だけだからですよ」

つかの間、晴美が香山と新居を見つめ、それから視線を落とし、考え込む表情になった。その顔つきを目にして、新居は、彼女が母親から何かを聞いているに違いないと確信した。

沈黙から、相手の心の動きを読んだのか、香山が絶妙の間で駄目押しのように言った。

「どうでしょう。何かご存じなら、ここらで話していただけませんか」

晴美が、目を上げた。踏ん切りをつけるように大きく息を吐き、おもむろに口を開いた。

「どうやら、お互いに利用しあった方が、はるかに利口なようね。いいわ、母から聞いた話を教えてあげる。確かに、母は六月二十二日に、龍司のアパートに行ったわ。口喧嘩になったのも、その通りよ」

晴美の言葉の途中で、香山がわずかに手を挙げて、言葉を挟んだ。

「お話の腰を折って、まことに恐縮ですが、正確な日付まで、どうして覚えておられるのですか」

「弟が逮捕されたとき、母と電話で話して、事件が起きた日から、逮捕されたときまでの、弟の動きや、家族が顔を合わせたり、電話を掛け合ったりした日と、話した内容について、少しでもアリバイの足しになればと、思い出せる限りのことを紙に書き出したのよ」

「なるほど、確かに道理ですね。それで――」

香山が、話の続きを促した。

「で、その翌日、つまり、二十三日に、うちに母から電話があって、散々零されたのよ。龍司が相変わらず、だらしのない生活を送っているって」

「だらしのない生活――」

「そうよ。部屋の中は、布団が敷きっぱなしで、ちゃぶ台の上に、食べた後の食器やスナック菓子の空き袋が出しっぱなしだし、掃除一つしないから、そこら中をゴキブリが走り回っていて、気持ち悪くて死にそうだなんて言っていたわ。しかも、少しは片付けなさいって注意したら、カンカンになって怒鳴り出したんですって」

「なるほど、それで口喧嘩になったというわけですね」

「ううん、喧嘩になったのには、別の理由があったのよ。弟は、母が自分のアパートに押しかけてくることを嫌がっていたの。ところが、困ったことがあったときだけ、掌を返すように甘えて来たわ。例えば、急にお金が必要になったときとか。ローンの保証人になってもらいたいときとか。そして、あのときも、片付けや掃除をしろと言われて、母に散々に毒づいておきながら、帰りがけに、大事なものが壊れたから、直してほしいって言ったんですって」

香山が、黙り込んだ。

新居にも、その沈黙の意味が分かった。

《どうしてくれるんだ》

六月二十日の夕刻、田宮龍司が何者かに怒鳴った言葉だ。

隣室の神津康代が、はっきりと耳にしている。

「その大事なものとは、いったい何だったんですか」

新居は言った。

晴美の口にした言葉を耳にして、新居は思わず息を呑んだ。

増岡の携帯電話が鳴ったのは、午後五時近かった。

着信画面には、《香山》の文字。

「はい、増岡です」

通話に切り替えて、すぐに言った。一瞬、嫌な予感が脳裏を過った。三宅の容態に、急変でもあったのかもしれない。

《香山だ。調べは、どこまで進んだ》

いつもと変わらぬ香山の口調に、彼女は胸を撫で下ろした。

「最初は新聞配達店を残らず回ってみました――」

増岡は、順を追って説明した。田宮龍司が新聞を取っていた店が見つからなかったこと。そして、考え直して、郵便配達やガスの検針は、可能性が低いと考えられることから、省いたこと。

「――それで、宅配業者の事業所を、すべて回ってみたのですが、こちらでも、田宮龍司との揉め事の記録や、悶着が起きたと記憶している人は見つけられませんでした」

《そうか。だったら、残りはクリーニング店だな》

「はい、末崎修の尾行のために、臨時の組に合流するまで、まだほんの少しだけ時間がありますから、できるだけ回ってみます」

《いいや、そっちは、俺たちがやる。だから、末崎の（行確）へ回れ。もしかしたら、昼飯も抜きじゃないか？》

「大丈夫です。コンビニで、おにぎりを買って食べましたから。だったら、お言葉に甘えて組に合流させていただきます」
　言って、携帯電話を切ろうとしたとき、香山の声が響いた。
《増岡、ちょっと訊いていいか》
「何でしょう」
《午前中、三宅が転院した千葉駅近くの総合病院へ見舞いに行ったんだが、そのとき、先客がいた》
「先客――いったい、どなたですか」
《安川さんの奥様だった。俺も、安川さんと合同捜査したことがあったし、あの人が何年か前に胃癌でお亡くなりになったとき、告別式に参列させていただいたから、顔と名前くらいは知っている。だが、三宅とは、どういう関係なんだ》
「ああ、それはお見舞いをしていただいたとしても、当然だと思います。三宅さん、千葉中央署で捜査一課に初めて配属されたとき、手取り足取り指導してくれたのが、安川さんだったって、いつも話してくれていましたから。それに、安川さんが入院されていたとき、三日にあげずお見舞いして、《現場に戻れ》って、こっぴどく叱られたって、笑い話のように話してくれます」
《三宅から、詳しく聞いているのか》
「ええ、かなり色々と」
《分かった。お互いに時間がないから、話はまた後だ》

増岡は、携帯電話を手提げ鞄に入れると、蘇我駅へ足を向けた。

香山の電話が切れた。

香山は新居とともに、成田駅方面に足を速めた。

午後の日差しがしだいにその勢いを失い、道路沿いの町並みを黄色っぽく染めてゆくのを目にしながら、田所晴美が口にした言葉を、頭の中で反芻する。

《大事なものが壊れたから、直してほしいって言ったんですって》

あの言葉が何を意味するのか。

それは、これから確かめてみなければ、まだ分からない。

しかし、一つの可能性が、それも、まだ漠然とした推測が、頭の中で形を取り始めていた。

今回の事件と、七年前の田宮事件との真の関係である。

そこまで考えたとき、もう一つの糸口が存在することに香山は思い当たり、肩を並べている新居に声を掛けた。

「新居さん、ちょっといいですか」

新居が足を止めて、顔を向けた。

「どうした」

「田所晴美の証言の裏を取るのは、手分けした方が効率的じゃありませんか」

つかの間、新居が考え込んだが、すぐにうなずいた。

「確かに、そうだな」

「だったら、地域を分担して、どちらかが目指す物を見つけたら、連絡するということで、どうでしょう」

「異論はない」

新居がうなずいた。

四

午後六時十八分。

蘇我駅近くのクリーニング屋から外に出た香山は、店舗から二十メートルほど離れると、近くの路地に入って、ズボンのポケットから携帯電話を取り出した。

そして、革製の名刺入れを取り出すと、中から目指す名刺を探し出して、その番号に電話を掛けた。

すぐに着信音が響き、ほどなくそれが途切れた。

《はい、上総日報の矢沢です》

「こちら、船橋署の香山だ」

掌で携帯電話を覆うようにして、香山は声を潜めて言った。

相手が、息を呑んだように沈黙した。が、すぐに声が流れた。
《お待ちしていました》
「おたくに提供できるネタがある」
《確かなネタでしょうね。発表した後で、勇み足につき、訂正記事でお詫びしますっていうのは、勘弁してくださいよ》
「確かなネタだ。しかも、ほかのマスコミはまだ誰も知らない」
《ということは、香山主任が、ご自身で掴んだネタだと解釈してよろしいんですね》
「ああ、その通りだ」
《だったら、どこで会いましょうか》
ようやく納得したように、矢沢が言った。
「いま、蘇我駅近くにいる。総武本線の船橋駅の改札に午後七時でどうだ」
《了解しました》
通話が切れた。
香山は大きく息を吐く。捜査情報をブンヤに流し、見返りの情報を貰う。規則違反。いいや、違法すれすれの手段と言わざるを得ない。
ここ数日、組んで捜査に当たってみて、新居という男がさばけた刑事だという心証を得ていたものの、こっちの勝手な思惑で、あの男の手まで汚させるわけにはいかないのだ。
香山は、夜道を蘇我駅へ向かった。

同じ頃――

増岡は、覆面パトカーの中の助手席から、一軒のコンビニに目を据えていた。

場所は、幕張駅北口の道に面した店舗だった。車は、そこから三十メートルほど離れた路肩に停められている。深沢美穂誘拐殺人事件の最有力被疑者である末崎修は、少し前から、その店で働いているのだった。

就業時間は、一時間の休憩を含めて、午後二時から午後十一時までである。土曜日を除く週六日、ここで働いている。ほかのコンビニと同様に、時給は千五十円。つまり、日給八千四百円、月に約二十一万円の収入だ。

運転席には、蒲谷が仏頂面をして座っている。二人の前に《行確》を担当していた組からの引き継ぎの内容に、腹を立てているのは明らかだった。末崎に気が付かれたらしいというのである。

「まったく、ドジなやつらだ」

思った通り、誰に言うともなく、蒲谷が独りごちた。

蒲谷の怒りも当然だ、と増岡は思った。被疑者についての内偵を行う場合、絶対に警察の動きを悟られてはならないのだ。被疑者が犯人であった場合、下手をすれば、逃亡や自殺という突発事態に発展しかねない。

被疑者に死なれてしまえば、犯罪の真相が解明されぬままになってしまうことはもとより、さらに恐ろしい危険性がある。それは、まだ発覚していない類似の犯行が、闇に埋もれかねないという点だった。

警察は、一つの事件で被疑者を逮捕すると、その一件だけでなく、過去の類似の犯行や、時間的、空間的に関連性のありそうなものにまで枠を広げて、厳しく余罪の追及を行う。そうした取り組みによって、過去にも、無数の未解決事件の解明の糸口が見つかっている。そして、真相の全面的な解明につながり、人里離れた場所に埋められていた被害者の遺体が発見される事例も少なくないのだ。また、犯人が逃亡した場合、無関係の第三者が巻き込まれる危険性すらあり得る。

もっとも、前の組が、末崎修に気配を悟られた経緯は、限りなくアンラッキーな展開だったのだから、やむを得ないかもしれないが。

午後四時半頃、コンビニから出てきた制服姿の末崎が、慌てて店の裏手に走ったという。すわ逃亡かと、殺気立った二名の捜査員たちが、覆面パトカーを降りて、小走りで店舗に近づき、裏手に向かおうとして、いきなり飛び出してきた末崎と鉢合わせしてしまった。彼はただ煙草を喫っていただけだったのである。

だが、そのとき、捜査員の一人が、《何だ、煙草だったのか》と不用意に漏らしてしまった。その瞬間、末崎の表情が明らかに強張ったという。

引き継ぎを受けた蒲谷は、その場で入江に電話を掛けていた。その様子から、電話の向こうで激昂している係長の顔が浮かんだものの、増岡は何も言わなかった。

「増岡」

　いきなり、蒲谷が口を開いた。

「何ですか」

「さっき、係長と電話をしていて、訊かれたんだが。おまえ、ここに来る前、末崎の《鑑》を取っていたそうだな。報告が一つも上がって来ないと、係長がカンカンに怒っていたぞ」

「すみません。目ぼしい発見が何もなかったものですから」

　車内は冷房が効いているものの、汗が全身に噴き出すのを感じながら、増岡は努めてさりげない調子で言った。

「それは、本当か」

　蒲谷が、疑いの籠ったような目つきで言い、続けた。

「まさか、香山の尻馬に乗って、七年前のヤマをこそこそと調べ回っているんじゃないだろうな」

「いいえ、そんなことありません」

　言いながら、香山が口にしていた言葉を思い返していた。

《どうやら、俺たちは監視されているらしいぞ》

《一課長がいきなり方針転換したことといい、きな臭い感じがする。あるいは、もっと上の方が動いているのかもしれん》

香山の疑いは、警察の上層部に向けられているようだったが、増岡には、やはり入江が拘っているように思えてきた。

すると、蒲谷が、彼女の方に顎を突き出した。

「警察は組織だ。上の命令は絶対で、自分勝手な意見を持ったり、独断専行したりすることは一切許されん。おまえも刑事になったんだから、そのあたりのことは肝に銘じろよ。女だからって、甘やかしてもらえると思っているとしたら、大間違いだぞ」

いきなり厳しい口調で捲し立てた。

増岡は息が止まり、もう返事すらできなかった。

その様子を目にしてようやく納得したのか、一転して、蒲谷が穏やかな口調に変わった。

「係長が、手綱から外れた部下の動きを許さないのは、それが捜査を乱すからだけじゃないんだぜ――」

言って、視線を逸らしたまま、続けた。

「――身勝手な動きは、犯人の逃亡や自殺の恐れだけじゃなく、捜査員自身にまで危険が及ぶ可能性がある」

増岡は声もなく、かすかにうなずくふりをした。

せめてそうすることで、私には別の意見があると言いたかったのである。

自分の意見を持つことができないなんて、そんなものはまともな人間ではない。

そして、人を救うためには、まともな人間でいなければならないのだ、と。

船橋駅は、総武本線と東武野田線が連絡する堂々たるターミナル駅である。

北口側には、ロータリーを囲むようにして、東武デパートやイトーヨーカドーの建物が建ち並んでいる。

南口側も、規模の大きな変形のロータリー状になっており、西武デパートの建物、船橋FACEのビル、船橋ロフトなどが並んでいて、ゆったりとした陸橋が設えられている。

香山がホームから総武本線の船橋駅の改札に向かうと、改札口にはすでに矢沢の長身があった。彼は改札を抜けると、矢沢に付いてくるように促して、無言のまま、南口の外へ出た。

正面に、交番が見える。

左手には、飲食店や書店が並んでいる。

だが、彼は右手に向かった。西武デパートの外側を回り、そのままガード下に入った。そこから先は、両側に小規模な飲食店が途切れなく並んでいる。

その中に、一軒の古い喫茶店があった。香山は、その扉を引いて、中に入った。後から、矢沢も入ってくる。

店の中は、カウンターと、壁際に並んだテーブル席があり、そのテーブルに二組の女性客がいるだけだった。店内には、香ばしいコーヒーの匂いが籠っている。壁も天井も本物の木が使われており、色濃く艶光りしていた。

香山は一番奥にあるテーブル席に座った。

矢沢も、何も言わずに向かい側に座った。

すぐにワイシャツに蝶ネクタイ姿の主人がお冷を運んできて、注文を取った。その姿がカウンター内に戻ると、香山は口を開く。

「早いな」

矢沢が目を向けたままグラスの水を口にして、それをテーブルに戻すと言った。

「先んずれば、人を制す。ブンヤの鉄則ですよ」

「なるほど。だったら、さっそく取引と行こうか。こっちのネタは二つ。今回の幼女誘拐殺人事件が絶対に模倣犯ではないということと、田宮事件とも無関係だということだ」

話しながら、香山は、蘇我駅近くのクリーニング屋の古い伝票の束の中の一枚と、応対に出た女性主人の口にした言葉を思い返していた。その二つに、興奮を抑え兼ねた気持ちも、いまさらながら甦って来る。

「その裏付けは」

矢沢が言った。

「そこまでは明かせない。しかし、これだけは言える。事件は、そろそろ追い込みに入っている。いずれ最終局面を迎えて、警察の広報からの発表で、マスコミ各社が一斉に横並びの報道に入るだろう。その直前を狙ってこのネタを載せれば、スクープは間違いない」

矢沢が、香山の言葉の価値を計るような目つきになっていた。

そこへ、ワイシャツに蝶ネクタイの主人が、香り立つコーヒーを運んで来たので、二人は視線を逸らした。

主人がカウンター内に戻ると、香山と矢沢は、無言のまま、カップに口を付けて、ソーサーに戻した。

「そのタイミングも、教えていただけますか」

いきなり、目も向けぬまま、矢沢が言った。

「こっちは、すでにネタを明かした。この上の注文となれば、そっちの情報の質次第ということになるだろうな」

「いいでしょう。だったら、こっちの情報です。例の《田宮龍司くんを救う会》の緊急記者会見が行われた直後、千葉県警の刑事部長と千葉中央署の刑事課長、それに船橋署の刑事課長の三名が、千葉駅近くのあるホテルで会合を持ちました」

「どうして、それが分かった」

香山は、思わず言葉を挟んだ。

当然の質問だと言わんばかりに、矢沢がうなずいた。

「うちの同僚が、たまたまその三人が別々にそのホテルに入るところを目にしました。気になったので、宿泊客を装い、三人が同じ部屋に入るところまでを確認したんです」

「ブンヤは、そんなことまでするのか」

香山の言葉に、矢沢が肩を竦める。

「別に、犯罪行為じゃありませんからね。——それはともあれ、県警の捜査を管轄する三名がこそこそと会合を持つとなれば、これは異常事態と言わざるを得ないでしょう。違いますか」

「公の場では出来ない相談をしたと、そう言いたいんだな」

ええ、と矢沢がうなずいた。

「もう一つの、噂というのは？」

香山は、ずっと気になっていた話を持ち出した。

矢沢がコーヒーカップを口元に近づけて、目を光らせた。

「田宮事件のときのことです——」

そう言い、コーヒーを一口飲み、ソーサーに戻す。

「——平成二十四年八月七日、その二日前に二件の幼女誘拐殺人事件の二審判決で死刑を宣告されていた田宮龍司が自殺しましたが、その翌日、捜査本部のあった千葉中央署に、一通の匿名の手紙が届いたという噂があります」

「匿名の手紙——その内容は？」

「その手紙を開封した人がチラリと目にしたのは、田宮事件の証拠は捏造、そんな内容だったそうです」

矢沢が、言葉を切った。自分の口にした話がどれほどの効果を上げたか、それを確かめるような顔つきになっている。

だが、香山の思いは、目の前の新聞記者が想像しているであろうものとは、いささか違っていた。いまの情報を、田所晴美から聞いた話と、蘇我駅近くのクリーニング屋で聞き込んだ内容と重ねあわせて、田宮事件がいかに危険な存在であるのか、それを改めて思い知ったのである。

「それで——」

香山が表情を変えなかったことで、肩透かしを食らったように、矢沢はまたしても肩を竦めた。

「県警上層部はひどく動揺して、手紙を開封した人間に箝口令を敷きました」

「その箝口令は、守られなかったというわけか」

矢沢が、うなずいた。

「秘密ってやつは、口から外へ出たがるものですからね」

その言葉を聞きながら、今回の県警上層部の焦りの真相に思い至った。かつて証拠の捏造が何者かによって指摘されていたからこそ、今回の《田宮龍司くんを救う会》の緊急記者会見が、会の予想を超えた衝撃を警察上層部に与えたのだ。今回の事件と、田宮事件を繋げるものが見つかりでもすれば、県警の失態が暴かれかねない。

「その手紙はどうなった」

矢沢が、かぶりを振った。

「私にもわかりません。しかし、まず間違いなく、完全に処分されたでしょう」

「だったら、どうして報道しなかった」

「情報をくれた人は、いまも現役です。記事にすれば、当然、その人の立場がなくなる。いずれ何かの取引材料にしようと思って、釣り糸を垂れていたところ、あなたが引っかかった」

「なるほど、十分に役に立ちそうだ。発表のタイミングは教えよう」

言うと、香山はぬるくなったブラックコーヒーを飲み干して、伝票を手に立ち上がった。

喫茶店を後にすると、香山は狭い路地を五十メートルほど歩いて、人けのない場所に出た。
そして、すぐに携帯電話を取り出し、新居の電話番号を押しかけたものの、途中で気が変わり、増岡に電話を掛けた。
《はい、増岡です》
携帯電話から、彼女の柔らかい声が漏れた。

「香山だ、いまどこにいる」
《末崎の監視中です。幕張駅北口の覆面パトカーの中にいます。でも、相方は、さっき電話が掛かってきて、ここにいませんから、話しても大丈夫です》
「そうか。だったらさっきの話の続きだが、安川さんが入院中、三宅がしばしばお見舞いに行っていたと話していたな」
《ええ、三宅さんが、そう言っていましたから》
「安川さんが、三宅さんが、お亡くなりになったのは、いつだ」
《えーと、確か、平成二十四年の九月だったたって、三宅さんが話していたと思いますけど》
香山は、田宮事件の捜査記録に目を通したときの記憶を手繰り、頭の中で素早く時系列を描いてみた。

平成二十二年
七月九日　息子のアパートに滞在していた田宮の母親房子が、階段から転がり落ち、病院で死亡。
七月二十七日　二度目の家宅捜索。チェック柄のシャツ押収。田宮龍司が全面自供する。罪を認める上申書を書く。二件の幼女誘拐殺人、死体遺棄の罪で起訴される。

九月十六日　一審公判開始。罪状認否において、田宮龍司は無実を主張。
九月十八日　田宮龍司の姉、田所晴美、《田宮龍司くんを救う会》を結成。記者会見を開く。
平成二十三年
一月二十七日　一審判決、死刑。同日、《田宮龍司くんを救う会》、記者会見を開き、不当判決を主張。
平成二十四年
八月五日　二審判決、死刑。同日、《田宮龍司くんを救う会》、記者会見を開き、不当判決を主張。
八月七日　木更津拘置支所内の独房にて、田宮龍司が自殺。
八月八日　千葉中央署に匿名の手紙が届き、田宮事件の証拠は捏造されたものと伝えてくる。

つまり、田宮龍司が自殺し、匿名の手紙が届いた直後に、安川は亡くなっているのだ。

そこまで考えたとき、さらに思い浮かんだことがあった。それは、山倉ダムの湖岸近くの雑木林の中から、怪しい男性がこそこそと出てくるのを、向かい側の病院の院長が目撃したのが、平成二十二年七月二十五日の午後九時頃だったということである。

その二日後に、赤いチェック柄のシャツが、二度目の家宅捜索で発見されており、そこに橘知恵の遺体のそばに落ちていた白いぬいぐるみの毛が付着していたのだ。匿名の手紙が指摘した、捏造された証拠とはこのシャツを指していることは、疑いの余地がなかった。

そして、《田宮龍司くんを救う会》の緊急記者会見が行われた直後に、県警の捜査の実務者三名が密かな会合を持ち、今回の事件と田宮事件との関連に関する捜査が封印された。さらに、自分と増岡に、監視が付けられたのだ。

そこまで考えたとき、何かが頭の片隅を過った。

こちらの動きを怖れているのは、県警上層部だけではない――

「増岡、今日の相方は誰だ」

香山は、思わず叫んだ。

《蒲谷さんですけど》

こちらの口調に驚いたのか、怪訝な響きの声が流れた。

「おい、あいつに電話が掛かってきて、いま車内にいないと言ったな。それは誰からの電話だったんだ」

《たぶん、係長だと思いますけど》

香山の頭の中で、警鐘が鳴り響いた。

（末崎という男はカッとなると、自制心を失うだけじゃなく、ごく当たり前の損得勘定すらできなくなると）

それは、末崎がバイトしていたコンビニの店長が零(こぼ)した愚痴だった。

香山は携帯電話に向かって叫んだ。

「すぐに車を出せ。危ないぞ」

《えっ、どういうことですか——》

増岡の言葉が、物が壊れるような慌ただしい雑音で途切れた。短い悲鳴と凶暴な怒号が縺(もつ)れあうように響く。

携帯電話を握り締めたまま、香山は船橋駅へ向かって駆け出した。

五

香山が幕張駅北口の改札を走り抜けて外へ出ると、右側の路上に、三台のパトカーが停まっていた。夜のけばけばしいネオンを背景にして、赤色警光灯を回転させている。

複数の制服警官の姿もあった。彼らは、サイドの窓ガラスが粉々に割れたトヨタ・カムリを取り囲んで、実況見分をしている最中のようだった。

周囲には、遠巻きにするように、野次馬の群れができている。

香山は、その警官たちに近づいた。

「船橋署の香山だ」

途端に、制服警官たちが敬礼した。

香山はわずかにうなずいただけで、続けた。

「この車に乗っていた増岡巡査は、どうなった」

その質問に、制服警官の一人が口を開いた。

「三十分ほど前に、暴漢に襲われました。幸いなことに、近くを歩いていた三人組の会社員たちが声を張り上げたので、左肩と顔の負傷だけで済み、ついさっき、救急車で病院へ搬送したところです」

「暴漢は？」

「逃走した模様です。目撃者の証言によれば、そこのコンビニの制服を身に着けていました。さっき聞き取りをしたところ、店の主人は、店員が勝手にいなくなったことを認めています。その店員の携帯電話に電話が掛かって来て、電話に出たと思ったら、いきなり血相を変えて店から飛び出して行ったとのことです。巡査が襲われたのは、その直後のこととみて、まず間違いないでしょう。それから、その店員は、コンビニの調理に使う小型ナイフを持っていたとのことです」

「いなくなった店員の氏名は」

「末崎修です」

香山は小さく舌打ちし、続けた。

「末崎の捜索は、どうなっている」

「県内の各所轄署と交番に連絡が入っているはずです。それに、ここの所轄署の自動車警邏隊が捜索を行っています」

「それだけじゃだめだ。すぐに三キロ圏内に非常線を張るんだ。増岡巡査は、重大犯罪の有力被疑者の監視中に、その当人に襲われたんだぞ」

制服警官が目を剥いた。

「了解しました」

言うと、慌ててパトカーの方へ走り出した。

香山は息つく間もなく、別の警官に言った。

「それから、末崎が鉄道を利用して移動する可能性もある。京成線と総武本線、それに外房線や内房線などの鉄道警察にもすぐに連絡して、各駅の防犯カメラを、残らずチェックさせるんだ。年齢二十七歳。身長一メートル六十半ば。髪は天然パーマ、一重の三白眼。コンビニの制服か、もしくはそれを脱いで、Tシャツ姿かもしれん。船橋署に連絡して、末崎の画像データを、各署に送信させることも忘れるな。凶器のナイフを所持していることも付け加えろ」

「承知しました。すぐに連絡します」

言い終えると、香山は携帯電話を取り出した。そして、新居の電話番号を押した。呼び出し音が響き、すぐにそれが途切れて、声が流れた。

《新居だ》

「香山です。ご連絡が遅くなり、申し訳ありません。不測の事態が発生しました」

携帯電話から、驚きに満ちた声が響いた。

「蘇我駅近くのクリーニング店で、探していた証人を見つけました。やはり、私たちの睨んだ通りでした。ところが、その後――」

船橋で矢沢靖と密かに会ったことは省いて、香山は、増岡が巻き込まれた一件について、かいつまんで説明した。

《何だと。だったら、末崎は逃走したのか》

「ええ、捜査本部にも緊急連絡が入っているはずですから、これから捜索と追跡などの対応が始まるはずです。何かあったら、また連絡を入れます」

言い終えると、香山は携帯電話を切り、自分に何ができるかと考えながら、周囲を忙しなく見回した。

野次馬たちのニヤニヤと笑う顔。

通り過ぎる無関心な人々。

駅から吐き出されてくる帰宅する勤め人や学生たち。

そんな人々を眺めながら、彼は三つのことを思い浮かべた。一つ目は、傷つくと同時に、不意を突かれてしまったことを恥じているに違いない増岡のことだった。

彼女は、いつも、どこか思い詰めたような目つきをしている。個人的な思いなど、何一つ訊いたことはないいし、これからも詮索しようとは思わない。だが、今回のことが、彼女の警官という仕事に向き合うひたむきで無垢な気持ちに、いささかでも影を落とすことがないようにと願わずにはいられなかった。

二つ目は、人混みを掻き分けるようにして逃げて行く、末崎修の後ろ姿の幻だった。子供の頃、それなりに幸せで、親ばかりか、自分自身も、まっとうな人生を送るのだろうと、漠然と考えていたかも知れない。

どこかで、ほんの少しだけ道を踏み外してしまったのだろう。気が付いたときには、もう後戻りの利かないところまで来ていて、愕然となる。いまの彼は、そんな後悔と怯えに急き立てられているのではないだろうか。

今回のような事態に陥ったのは、彼自身の自堕落な暮らしぶりや倫理の欠如、悍ましい欲望を抑える忍耐心に欠けていたことによるものだろう。一切の言いわけも許されないものであることに、疑問の余地はない。

そうでありながら、犯罪者たちがそんな破滅的な隘路に足を踏み入れてしまうことに、彼ら自身以外の見えない力が働いているとしか思えなくなっていたのである。まるで、さがない運命という名の目に見えない鉤爪が、心の弱い者たちを鷲掴みにして、深淵の闇の中へ引きずり込んでいくように。そんな気持ちを抱くようになったのは、朱美に死なれてからということも、香山ははっきりと自覚していた。

三つ目は、激しい憤りにほかならなかった。末崎修を逮捕して事の次第を確認してみなければ、断言できないことだったが、彼が増岡を襲うに至った経緯が、ある程度想像できたのだ。

一緒にいた蒲谷に掛かってきた、入江からの電話。蒲谷が覆面パトカーを降りて、一人車内に残された増岡。そこへ、いきなり逆上した末崎が襲い掛かる。この展開は、どう考えても、一続きの出来事としか思えなかったのである。捜査員は全員、末崎の携帯電話の電話番号を知っているのだ。

その狙いが一石二鳥であることにも、香山は気が付いていた。一つは、《冤罪説》を嗅ぎまわることを止めさせること。二つ目は、末崎修を衝動的な襲撃に駆り立てることで、逮捕の口実を拵えて、今回の事件捜査に一気に幕引きを図ることである。捜査会議で報告のあった、激昂すると損得勘定が出来なくなるという末崎の激しやすい性格ならば、そうした役割を振る相手としてまさに打って付けではないか。

「巡査部長、たったいま連絡が入りました」

制服警官の言葉で、彼の考えが途切れた。

「何だ」

「末崎修らしき男性が、内房線の五井駅の改札を出たとのことです」

つかの間、判断に迷う。

緊急連絡を受けた捜査本部でも、すでに対応が始まっているはずだ。凶悪事件の重要参考人の逃走。その先に予想される傷害事件や、人質を取ったうえでの立て籠り。そうした事案は、県警本部の捜査一課特殊班の守備範囲にほかならない。

いや、ここで手を拱いている場合ではない。

香山は制服警官に言った。

「緊急事態だ、逃走犯を追跡する。おたくたちのパトカーに便乗させてくれ」

「了解しました。こちらへどうぞ」

制服警官が手招きした。

香山は、一台のパトカーの助手席に身を滑り込ませた。すぐに、運転席に制服警官が乗り込み、車を発進させた。

「サイレンを鳴らそう」

言うと、香山はサイレンのスイッチを入れた。

たちまち、耳を聾する音響が吹鳴された。

パトカーが、スピードを上げた。

《緊急、緊急、市原市更級二丁目――付近に於いて、傷害事件発生。女性が暴行を受けて、軽自動車を奪われた模様。車種は、ダイハツ・タント。色は赤。ナンバーは――、各移動、各警戒員は当該車両を追跡されたい――》
車載無線が、通信指令課からの無線指令を発したのは、香山たちのパトカーが市原市まで五キロという位置に差し掛かったときだった。
運転席でハンドルを握っている制服警官が、ちらりと香山に顔を向けた。

「関係があるでしょうか」

「被害者からの聞き取りの最中だろうから、そのうちに車を奪った暴行犯の容姿の情報が入るだろう。ともかく、市原市更級二丁目に向かってくれ」

「了解しました」

パトカーは、点々と街灯の灯（とも）った県道二四号線を走っていた。サイレンのおかげで、前方を走行している一般車両が、次々と五月雨（さみだれ）式に路肩に停車してゆく。その間を、制限速度を超えて走り抜けてゆく。

車の揺れに身を任せていた香山は、ふいに一つのことを思いついた。そして、携帯電話を取り出すと、千葉中央署の代表番号に電話を掛けた。呼び出し音が二回鳴ると、通話に切り替わった。

《こちらは千葉中央署です。どのようなご用件でしょうか》

女性の落ち着いた声が響いた。

「私は船橋署の香山巡査部長ですが、警務部の北口俊夫（きたぐちとしお）巡査部長につないでいただきたいんですが」

香山は、知り合いの名前を挙げた。

《少々お待ちください》

女性が言うと、しばらく間があって、いきなり男の胴間声が流れた。

《はい、北口》

「船橋署の香山だ」

《おう、どうした》

くだけた口調に変わった。

「五年前にお亡くなりになった安川さんのご遺族と連絡を取りたい。自宅の電話番号を調べてくれ」

北口は署内の人事を担当している。

《そういうことは、個人情報だぞ》

思った通りの返答だった。だが、香山は食い下がった。

「どうしても、安川さんの奥様から聞きたいことがある。こっちの抱えている一件の絡みだ」

携帯に向かってそう言ったとき、運転席の制服警官がちらりと香山に目を向けた。

《分かったよ、いま調べてやるよ》

北口が面倒くさそうな口調で言い、しばらく沈黙が落ちた。再び声が聞こえたのは、二分ほど経ってからだった。

《ご自宅は東中山で、電話番号は〇四七―三〇〇――》

その住所と電話番号を手元の手帳に書き取ると、香山は言った。

「すまん」

《一つ貸しだからな》

北口が、からかうような口ぶりで言った。

「ああ、無論だ」

言うと、香山は通話を切った。

その途端、車載無線が割れた音声を発した。

《緊急、緊急——先ほどの軽自動車の件、暴行を働き、当該車両を奪った人物は、末崎修の可能性あり。各移動、各警戒員は市原方面を捜索されたい——》

「やっぱり、やつでしたね」

制服警官が、大声で言った。

「ああ、だが、いったいどこへ行く気なんだ」

香山も、言い返す。

どこへ行く気なんだ——

暗い車中で、自分の口にした言葉が、頭の中で谺した。

罪を犯した者は、いったいどこへ行こうとするのだろう。

車窓の向こう側の、黒々とした夜の町並みを見やりながら、香山は思った。

世の中には、逃げおおせる犯罪者もいる。交番横の掲示板には、重罪を犯しながら、いまだ逮捕されない連中の顔写真のポスターが、何枚も貼り出されている。睨みつけるような目つき。不貞腐れたような表情。無表情な顔つき。

しかし、どこへ逃げたとしても、彼らに安住の地はあり得ない。家族も友人も、普通の暮らしも失い、担うにはあまりにも大きく重い荷を抱き続けるように、不安と恐れに苦しめられながら彷徨(さまよ)い続けるだけなのだ。

《緊急、緊急——》

またしても、車載無線が音声を発した。

香山は、すかさずボリュームを大きくする。

《——手配車両を発見。市原市郊外、山本三叉路(やまもとさんさろ)を国道二九七号線に右折し、走行中》

女性から奪った軽自動車で、末崎修と考えられる人物が逃走しているのは、大多喜街道だった。

香山は、無線のマイクを握り、スイッチを押した。

「通信指令課、マル被の現在位置が分かりますか」

一瞬、ザーという雑音が入り、すぐに音声が返ってきた。

《市原小入り口の信号付近と、その先のエネオス・スタンド付近で、猛スピードで走行している手配車両らしき車が目撃されたものの、その後、車両を見失いました》

香山は、頭の中に地図を思い浮かべて、目まぐるしく考えを巡らせた。

そして、一つの賭(か)けに出る決断をした。

再び、マイクに向かって叫んだ。

「こちら、船橋署の香山巡査部長。末崎修を追跡して、これから山倉ダム方面に急行します。大至急、応援を寄越(よこ)してください」

《了解しました》
香山は、隣の制服警官がアクセルを踏み込んだのを感じた。

六

香山の乗ったパトカーは、サイレンを鳴らしながら、赤信号の《八幡南町》の交差点を突っ切った。

そのまま《八幡中入り口》の交差点も通過すると、その先の《山本三叉路》で右折して、大多喜街道に進入する。

逃走した末崎修の意図を、香山は思い浮かべていた。逃亡者が考えるのは、警察の考えの裏をかくことに決まっている。その際に、自分の所在地がどの程度、捕捉されているか、それが最も気になるに違いない。

現在、繁華な都市部には膨大な数の自動車ナンバー自動読み取り装置が配備されている。いわゆる、Nシステムと呼ばれるもので、都市部以外でも、主要国道、高速道路、それに県境付近に集中している。しかも、手配車両がNシステムにヒットすると、コンピューターによって、車種や所有者を割り出す自動処理が瞬時に行われて、警察無線に一斉に指令が流れる仕組みとなっているのだ。

もっとも、この仕組みは警察のみならず、一般人でも普通に知っているものであり、しかも、スマートフォンやパソコンで検索すれば、Nシステムの設置箇所の地図さえ見ることができる。バイクの暴走行為にのめり込んでいた経験のある末崎修なら、この程度のことは当然、熟知していると考えるべきだろう。

だとすれば、車を奪って逃げている末崎が、闇雲に走行するとはまず考えられない。二つの点を意識して、逃亡先を決めたのではないだろうか。一つは、なるべくNシステムの設置されていない道路を選ぶこと。大多喜街道には、警察庁端末と都道府県端末のいずれのNシステムもさほど設置されていない。

しかし、そのまま走っていれば、いずれ国道や県道のどこかでNシステムに捕捉されることは免れないのだ。だからこそ、末崎は、どこかで奪った車を乗り捨てて、警察の目をくらませる算段に違いない。

そう考えたとき、一つの記憶が、香山に甦ったのだった。それは、朝の打ち合わせにおいて、一人の捜査員が行った報告だった。

『近所の住人の証言によれば、母親がとても優しい人で、一人っ子の末崎を溺愛していて、車に乗せてしばしば出かけていたとのことでした。隣家の主婦に聞き取りをしましたところ、《キッズダムに行ってきたなんて、嬉しそうに話していましたよ》という答えが返ってきました』

末崎修は、キッズダムに行ったことがあるのだ。それは、彼にとって、数えるほどしかない幸福な記憶の一つではないだろうか。後年のひどく荒んだ暮らしの中で、その宝物のような思い出を、彼は嫌というほど反芻したに違いない。

だからこそ、大多喜街道方面に逃走した末崎は、無意識のうちにその周辺に引き寄せられ、車を乗り捨てる公算が大きいのではないか。香山は、拳を握り締めた。

事態は一刻の猶予も許されないと思われた。末崎が本当に今回の誘拐殺人の犯人だったとしたら、張り込んでいる刑事の目を盗んで逃走するというのが、まともな選択だろう。にもかかわらず、末崎修は前後の見境を失って、覆面パトカーに乗っていた増岡をナイフで襲撃したのだ。文字通り、損得勘定の欠如した、衝動的な犯行と言わざるを得ない。そのうえ、まったく無関係の女性に乱暴を働いて、その車を奪っている。となれば、たとえ、彼が一旦は車を乗り捨てたとしても、その先、同様の犯罪や、それ以上に凶悪な犯行に及ぶ可能性すら十分にあるのだ。

と同時に、もう一つの懸念も、脳裏から去ろうとはしなかった。被疑者の自殺の可能性である。いかに証拠や証言が揃い、被疑者の犯行が確定的なものとなったとしても、最終的に、その犯人自身が罪を認めなければ、真の意味での幕引きは図れない。いいや、図ってはならないのだ。

裁判の結果として判決を下し、それを被告に受け止めさせなければならない。それが法律であり、犯罪によって奪われた尊いものに見合うはずがないにしても、犯罪に巻き込まれた被害者とその家族、友人たちに齎される唯一の慰めだから。

追い詰められた者が、いかに理性を失うか、自暴自棄になるか、香山はこれまで何度も経験してきた。一刻も早く末崎修に追いつき、その身柄を無事確保しなければならない。

知らぬ間に、全身に汗をかいていることを香山は意識した。そして、同じように汗だくになりながら、濡れたように目を光らせて、この夜の闇の中、車をひた走らせている末崎修の顔や姿の幻を、脳裏に思い浮かべていた。

パトカーが市原市山田橋一丁目付近を通過したとき、香山は運転している警官に言った。

「次のY字路を左へ入ってくれ」

「承知しました」

前屈み気味になってハンドルを握っている警官が、真剣な表情の顔を正面に向けたまま、うなずいた。

やがて、《特別支援学校前》の交差点に差し掛かろうとしたとき、前方の道路の路肩に、赤い軽自動車が歩道に半分乗り上げるような形で停まっていることに気が付いた。

「巡査部長、あれじゃないでしょうか」

間髪容れず、警官が言った。

香山は、サイレンのスイッチを切った。

こちらのヘッドライトが、ナンバー・プレートを照らす。周囲に、警察車両らしき車は一台もない。

「間違いない。末崎修は、車を乗り捨てて逃亡している。至急、連絡してくれ。あそこの雑木林一帯を包囲するように手配するんだ」

パトカーがダイハツ・タントのそばに停車すると、香山はそう言い残し、助手席側のドアを開けて外へ飛び出した。

赤いダイハツ・タントが停められていた道路の左側は、例の雑木林にほかならなかった。目を凝らして見ると、その雑木林の際に、動くものがある。

ゆっくりと、近寄ると、こちらを怖れるように、それは首輪から繋（つな）がれたリードを引きずるようにして走り去った。

チワワだ。

瞬時に、増岡から受けた報告の中に、近くの病院の院長が語ったという言葉があったことを思い出した。

《私はね、うちの飼い犬――チワワで、マメちゃんという名前なんですけど――それを連れて、毎晩、そこらを一キロほど散歩するんです。ストレス解消と運動を兼ねてね。何しろ、医者という仕事は、運動不足になりがちですから。で、そのときに、あそこの雑木林の前をいつも通るんです》

心臓が飛び跳ねた。飼い主の手を離れたチワワが、勝手に走り回っているということは、その飼い主に何かが起きたということではないか。

香山は、真っ暗な雑木林の方に目を向けた。

わずかに身を屈めると、足音を忍ばせて、ゆっくりと近づく。

雑木林の中を眺めた。

だが、暗すぎて、何も見えない。

拳銃は携行していなかった。

香山は特殊警棒を伸ばすと、右手に握った。

意を決し、下草の生えた林の中に、足を踏み入れた。

ムッとした草いきれが、鼻を打った。

虫の音が聞こえる。

所々、小枝の折れている灌木が目に付く。

最近、人が通り抜けたらしい。

音をたてないようにして、進んだ。

香山自身はこれまで、橘知恵の遺体遺棄現場となったこの場所に足を踏み入れたことはなかった。

そして、いまとなっては、末崎修もまた、この雑木林へ来たことはないと分かっている。

だからこそ、彼が逃亡の果てに、図らずもこの場所に行きついたことに、皮肉な運命のようなものを感じずにはいられなかった。

静まり返った闇が、四方から身を圧する緊張感に取り巻かれたまま、香山は足を進めた。

　そのとき、かすかに小枝の折れる音がした。

　たぶん、十メートルほど先。

　息を殺し、また一歩踏み出した。

　そのとき、自分の足が小枝を踏みしだき、音を立ててしまった。

「近づくんじゃねえ、こっちには人質がいるんだぞ」

　途端に、闇の奥から怒鳴り声が響いた。

「誰を人質にした」

　香山は大声で言った。末崎を興奮させてはいけない。そのためには、まず話をさせることだ。

「そこの道で犬を散歩させていた野郎だよ」

　やはり、と香山は思った。

「わかった、手出しはしない。だから、人質に危害を加えないでくれ」

　時間稼ぎのために、香山は声を大きくして話しかける。

　そのとき、背後の道路の方で、複数の車が停車する音がした。

　香山は、ゆっくりと後退した。たぶん、応援のパトカーが到着したのだろう。

　道路に出ると、予想した通りに、二台のパトカーが全てのライトを消して停まっており、四名の制服警官が近寄ってきた。

「どんな様子ですか」

巡査長の階級章を付けた警官が、囁(ささや)くように言った。

「雑木林の奥、たぶん、十五メートルほど先だと思うが、末崎修が男性を人質にしている。マル被は小型ナイフを所持しているから、下手に刺激すると、人質の身に危険が及ぶ可能性がある。ともかく、逃げ出せないように包囲すること。それから、投光器を大量に持って来させろ。警杖(けいじょう)とライオットシールドも必要だ。警察官は全員、インターカム装着のうえ、防護ベストも着用させろ」

「すぐに連絡します」

巡査長が、傍らの若い警官に顎(あご)をしゃくって指示を出した。

警杖は犯人を取り押さえるための硬質の長い棒であり、ライオットシールドとは、犯人の凶器から身を守ると同時に、犯人を制圧するためのポリカーボネート製の透明で頑丈な盾である。

「付近の地図はあるか」

「お待ちください」

別の巡査が答え、すぐにパトカーの中から地図帳を出して来て、慌てて開いた。懐中電灯で、そのページに光を当てる。雑木林の周囲は、西側に県立市原特別支援学校、東側が広々としたパーキング、その奥に東海大学付属望洋高校の建物とグラウンド、野球場が広がっている。北側の先は、畑や森が点在しており、民家は数えるほどしかない。

「東西と北側に、隙間なく警察官を配置して、網を張れ。ただし、投光器は指示があるまで、スイッチを入れてはならん」

　話している間にも、次々とパトカーが到着して、警察官が慌ただしく車から降りてくる。いつの間にか、雑木林の前の道路に数えきれないほどの制服警官が集まっていた。

　香山は、続けた。

「全員に懐中電灯を持たせろ。ただし、完全に包囲の配備が整うまでは使うな。配備に、どれくらいかかる」

「二十分もあれば、万全の態勢が取れるかと」

　鋭い目つきをして、巡査長が言った。

「よし、全体の配備が完了したら、インターカムで合図して、三方から、四人ずつゆっくりと音を立てないようにして接近させろ。そして、俺の指示とともに、一気に飛び掛かり、押し潰すんだ。いいな」

　香山の矢継ぎ早の指示に従って、警察官たちが駆けだしてゆく。

　人質を取った立て籠りの案件は、捜査一課の特殊班の担当とはいえ、まさに現在進行形の事案となれば、現場の警察官だけで対応せざるを得ない。

　とりあえずの指示を終えると、香山も懐中電灯とインターカムを借りて、雑木林に戻った。

　腕時計に目をやる。

午後八時三十三分。

さっき、末崎修に声を掛けたあたりまで、ゆっくりと歩くと、口を開いた。

「末崎、これ以上、罪を犯すな」

「うるせえ。変な素振りを見せたら、人質がどうなっても知らねえぞ」

その声で、末崎修が位置を変えていないことが分かった。やはり、距離にして、十メートルか、十二メートルほどの場所だろう。

真っ暗闇であり、土地勘のない雑木林の中で、どう動いていいのか、途方に暮れているのかもしれない。

だが、香山が道路から離れて、敢えて一人になったのは、別の思惑もあったからである。

彼は、ポケットから携帯電話を取り出した。光る画面を見つめて、ある番号に発信した。呼び出し音がなり、やがて途切れて、声が響いた。

《入江だ》

「香山です」

つかの間、言葉が途切れた。

が、次の瞬間、怒鳴り声が耳朶を叩いた。

《馬鹿野郎。おまえが勝手な真似ばかりするから、こんなことになったんだぞ――》

その先を言わせず、香山は言葉を挟んだ。

「係長、そんなくだらない話をしている場合じゃない。あんた、末崎の携帯電話に匿名の電話をかけたな。コンビニの外に停まっている覆面パトカーの中にいる女刑事が、おまえを誘拐殺人の容疑で逮捕するぞ。そう言ったんだろう。それに、末崎に増岡を襲わせた理由も、俺はすべて知っている」

携帯電話から、沈黙が流れた。だが、それは、いつものような、怒りや苛立ちに満ちた無言ではなく、虚を衝かれ、怯えたような空白に感じられた。

そして、蘇我駅近くのクリーニング屋の女店主の声が、香山の耳に甦って来る。

《ああ、あのときの悶着でしょう。クリーニングが出来上がったので、赤いチェック柄のシャツを届けに行ったら、ボタンが取れているって、難癖をつけて来たんですよ。だけど、うちは品物を預かるとき、必ずボタンやら、破れやらを調べるから、お客さんの勘違いに決まっているんですよ》

そこに、田所晴美の言葉が重なる。

《母が持ち帰ったのは、龍司の大切にしていた服ですって。クリーニング屋に出したら、ボタンが取れちゃったんで、つけ直してくれって、ちゃっかり頼まれたんですって》

それは、平成二十二年六月二十二日の出来事だった。そして、母親の房子は、その服を持って富津の実家に戻ったのだ。

つまり、田宮龍司の有罪の決め手になったという赤いチェック柄のシャツは、事件の後でクリーニングに出されて、自宅に届けられたのだ。それは、平成二十二年六月二十日である。

そして、平成二十二年七月六日に一回目の家宅捜索が行われた。その翌日、田宮の母親房子が、富津からボタンをつけ直した赤いチェック柄のシャツを持ってきた。つまり、押し入れの奥の衣装ケースに入れたのは、一度目の家宅捜索の後なのだ。そして、平成二十二年七月九日に、房子はアパートの階段から転がり落ちて死亡した。

房子の急死によって、これらの事実を知る者はいなくなってしまった。クリーニングされて、すっかり綺麗になっているはずのそのシャツに、ぬいぐるみの毛が付着していた。そんな事態が起こる可能性は、ただ一つしかない。

捏造――

香山は携帯電話を握り締めると、続けた。

「しかし、そのことには、目を瞑ってもいい」

《てめえ、何様のつもりだ》

呻くような声が返ってきた。

「ネタは挙がっているんだ。田宮事件の時に、捜査本部に匿名の手紙が届いた。誰が何を書いたのか、あんたなら知っているはずだ。それに、定年まで残り一年の身だということも、忘れるな。退職後の割りのいい再就職先を棒に振ってもいいのなら、この電話を切る」

《待て、何が言いたい》

その声の調子から、入江が汗だくになっているのを、香山は想像した。

「すぐに、末崎修の自宅にガサを掛けさせろ。立ち会いは、大家を叩き起こせばいい。車も徹底的に調べさせるんだ。その上で、今後の末崎の取り調べを、俺に一任する。条件は、それだけだ」

一拍、間があったが、叩きつけるような声が返ってきた。

《クソっ、分かったよ。てめえなんか、末崎に刺されて死ね》

いきなり通話が切れた。

香山は、懐中電灯のスイッチを入れて、光を振り回した。

「末崎、周囲は完全に包囲したぞ。これ以上、罪を犯すな」

声を張り上げながら、腕時計に目を向ける。制服警官に指示を出してから、十分以上経過している。末崎が人質を取ってからの時間を合わせると、そろそろアクションを起こしたくなる頃合だろう。排泄(はいせつ)の欲求。喉(のど)の渇き。異常な緊張状態を強いられる立て籠り事件において、時間経過とともに、犯人の理性を奪う要因である。同時に、犯人の警戒心に緩みが生ずる原因ともなる。

すると、闇の奥から怒鳴り声が響いた。

「ガソリンを満タンにした車を、そこの道に置け。それ以外の車も人も、五百メートル下げろ。すぐに応じないと、人質を殺すぞ」

「待ってくれ。少しだけ時間をくれ」

「だめだ。何か企んでいるんだろうが、そうはさせないぞ」

末崎の声が途切れると、いきなり悲鳴が上がった。

「助けて。お願いです、言うとおりにして――」

別人の声だった。人質が、ナイフを突きつけられて、無理やり言わされているに違いない。

香山は、右手に握った懐中電灯の光を自分自身に当て、左手を高く掲げた。

「末崎、車をいま用意させている。この通り、まったくの丸腰だ」

わざと、自分を目立たせる。

そして、じりじりと末崎たちの方へ近づく。

「何をしてやがる。こっちに来るんじゃねえ。人も車も遠ざけただろうな」

末崎が、声を裏返して怒鳴った。

「いま、やっているところだ」

「おい、どうして近づいてくるんだ。人質を殺すぞ。俺は本気だからな」

声の調子に、焦りと恐れが色濃く滲んでいた。香山の動きの意味を解しかねて、そこに罠が潜んでいることを警戒する響きも籠っている。

香山は、足を止めた。

「分かった。喉が渇いていないか」

「ふざけるな。水を飲ませて、小便を催させようったって、そんな見え透いた手には乗らねえぞ」

「末崎、いまからでも遅くない。人質を解放して、ナイフを捨てろ。これ以上、罪を重くして、どんな得があると言うんだ。もう一度、考え直したらどうだ。おまえのおっかさんも、草葉の陰で泣いているぞ」

「うるせえ。そんなことより、とっとと車を用意しろ。これ以上、下らねえことをほざくと、本当に人質を刺すぞ」

時間稼ぎも、そろそろ限界だ、と香山は思った。人質を取って建物へ立て籠る場合とは違い、真っ暗闇の戸外に置かれている状況は、こちらの想像以上に犯人の不安が大きいと考えなければならない。あまりにも引き延ばしを図り過ぎれば、突発的に人質に危害を加えかねない。

腕時計を見やる。

午後八時五十七分。

香山は、インターカムを装着すると、接話マイクに囁(ささや)いた。

「配備は完了したか」

《完了しました》

すかさず、耳に嵌(は)めたイヤフォンに声が響く。

「前進開始だ」

《了解》

「いま車が用意できたと連絡が入ったから、待っていてくれ」

言うと、香山は懐中電灯を一旦消した。

闇の中で、十まで数えると、再び懐中電灯のスイッチを入れた。

そして、末崎の方に向かって、ゆっくりと歩みを進めた。

「近づくな」

末崎が怒鳴った。

「用意した車のキーを、そっちに渡さなければならないだろう。放り投げて、受け取り損なったら、こんな暗がりの藪の中じゃ、絶対に見つからないぞ」

「だったら、てめえが地面に腹這いになりやがれ。分かっているだろうな、キーを差し出した姿勢のままだぞ」

ようやく納得したうえに、立場を逆転させる術に思い当たったせいだろう、急に横柄な口ぶりになった。

「分かった。腹這いになるから、人質に手を出さないでくれ」

「黙って、さっさと泥まみれになりやがれ。このクソ野郎」

香山は、地面に膝をついた。下草が湿っていたのか、ズボンに水が染みる感触が伝わってくる。

それから、手をついて、下草の間に腹這いとなった。鼻先に、草いきれと泥の匂いがムッと迫ってきた。

懐中電灯を握った右手と、キーを握ったふりをしている左手を、差し出すように先に伸ばした。

下草を踏む足音が、かすかに近づいてくる。

一歩、また一歩と。

人質も一緒なのだろう、ときおり、複数の足音が乱れて、縺れあう。

さらに、速い息遣いも聞き分けられるようになった。

その刹那、香山は手にしていた懐中電灯の光を、相手に向けた。

中年男性を羽交い締めにしているTシャツ姿の末崎が、光の中に浮かび上がった。

「馬鹿野郎。何しやがるんだ」

その顔に、焦りと怒りの表情が浮かんだ。

「いまだ」

香山は、接話マイクに囁いた。

途端に、周囲の暗がりから殺到する物音が響き、黒い人だかりによって末崎が人質もろともに押し倒された。そこに、次々と防護ベストを着用した大柄な警察官たちが折り重なってゆく。

「畜生っ、離しやがれ。クソっ、殺すぞ――」

いきなり、周囲の四方八方から、投光器の強烈な光が照射されて、現場が昼間並みの明るさとなった。

その時点で、すでに勝敗は明らかだった。十人以上の屈強な警察官たちによって、末崎は地面に押さえつけられている。凶器を握っていた右手は、背中にねじりあげられていたものの、それでもナイフをまだ手放そうとしない。

警官の一人が、その握り拳に警杖の柄を思いきり叩きつけると、ようやくナイフが地面に落ちた。

「痛ってぇー、何しやがる。警察が暴力振るっていいのか。絶対、訴えてやるぞ。離せ、この野郎――」

末崎修が最後の力を振り絞ってもがき続けていた。背中の肩甲骨の真ん中に、太い膝を押し付けていた警察官が、末崎の天然パーマの髪の毛を鷲摑みにして、無理やり顔を持ち上げて言った。

「おいおい、気を付けんとだめじゃないか。自分で手に怪我をしてどうする」

その場にいた警察官たちが、一斉に場違いな笑い声を張り上げた。

香山は立ち上がると、汚れた手をはたき、ズボンの膝に目を向けた。泥まみれだった。助け出された中年男性が、二人の警察官に両側から抱えられるようにして、立ち上がった香山の横をすり抜けて行った。

香山は、末崎に近寄った。

そして、その顔を見下ろして言った。

「末崎修、三件の暴行、窃盗、逮捕監禁等の現行犯で逮捕する」

その言葉に、末崎修が動きを止めた。

泥まみれの顔を上げて、カッと目を見開き、香山を睨む。

「俺は何にもしちゃいねえぞ。このクソ野郎」

香山は無言のまま、背中に捻り上げられている右手首に手錠を掛けた。さらに、一人の警察官が左腕も背中に回したので、その手首にも手錠を掛ける。

「よし、立たせて、パトカーへ連れて行け」

「了解しました」

末崎が無理やり立ち上がらされて、頭一つほども大柄な五人の警察官たちに囲まれたまま連れ去られてゆくのを見やって、香山は大きく息を吐いた。

それから、周囲を見回した。

七年前の遺体遺棄現場は、人に踏み荒らされてしまっていた。

香山が歩道に出ると、停車中のパトカーは、先ほどよりもさらに多くなっていた。

そのほとんどが、ルーフの赤色警光灯を回転させている。

無数の制服警官が行き交っている。

私服の捜査員の姿も交じっていた。

少し離れた場所にいた一人の刑事に、香山は目を留めた。

パトカーの停まっている端で、眉間に皺を寄せて携帯電話で話し込んでいる。

香山は無言のまま、そちらに向かって歩き始めた。

彼の足音に気が付いたのか、携帯電話を手にしたまま、男が驚いたように顔を向けた。

香山は、その鳩尾にいきなり拳を打ち込んだ。

うっ、と息を詰まらせて身を折った蒲谷に、香山は言った。

「二度と、増岡に手を出すんじゃないぞ」

香山は踵を返した。

七

船橋署の取調室で、香山は、末崎と向かい合って座っていた。

二人の間には、スチール・デスクがあり、背後の左側面の壁に接して置かれたデスクに、調書を取る係の新居が黙って座っている。階級が上の新居が、取り調べの役を敢えて香山に譲ってくれたのだ。容疑者の取り調べは、主任クラスから上が行えることになっている。

香山は、口を開いた。

「まず氏名と生年月日、それから住所を聞こうか」

「そんなこと、とっくに知ってんだろう」

不貞腐れたように、末崎修が言った。

「決まりだからな」

ふん、と末崎が鼻を鳴らした。

「末崎修、生年月日なんて、とっくに忘れちまったよ。住んでるところは、確か、千葉のどっかじゃなかったかな」

　鼻の穴をほじりながら、他人事（ひとごと）のように言う。

「だったら、それは後回しにして、所持品検査と、自分のものと認める書類に署名捺印（なついん）してもらおうか」

「勝手にやったらいいじゃねえか。それが、おっさんの仕事なんだろう。俺は、知らねえよ」

　顔をあらぬ方に向けて、ふざけたように言った。

「そうしよう。古い革財布が一つ。中身は千円札が一枚、百円玉が二枚、十円玉が五枚、一円玉が三枚。しめて、千二百五十三円。免許証とツタヤのカード、レジの領収書が三枚。レイバンのサングラス。ジーンズ用の革ベルト一本。ジーンズの右側のベルト通しにぶら下げていた小さなカラビナが一つと、そのカラビナに通していた自宅の玄関の鍵（かぎ）が一つ。アルバイト先のコンビニエンスストアから勝手に持ち出した調理用ナイフが一丁。それに、セブンスターの袋と百円ライターが一つずつ。以上だが、間違いないか」

　スチール・デスクの上に置かれた書類入れの中に、透明なビニール袋に入れられたそれらの品が並んでいる。

　末崎がちらりと目を向けて、またしても鼻を鳴らした。

「よし、この書類に署名してもらおう。字くらい、書けるんだろう」

　香山のその言葉に、末崎が鋭い目つきを向けた。それから、一つ大きな舌打ちをすると、差し出された書類に、汚い字で署名した。

　香山は、制服警官を呼び、それらの所持品を持って行かせてから、これで準備は整ったという気持ちで、再び椅子に腰を下ろした。

「さて、それじゃ、振り出しに戻って、訊いて行こうか。出生地、現住所、職業、生年月日、家族構成、学歴、経歴、前科前歴、資産、収入だ」

　畳み掛けるように言うと、香山は相手の目を覗き込んだ。

　最初こそ、末崎は不貞腐れた態度を続けていたものの、やがて渋々と出生地と現住所を言いかけたとき、それまでの横柄な態度が消えて、傷ついた小動物のような目つきに変わった。自分の生まれた場所、それが末崎の心の奥に秘められていた、わずかに残る汚れていない部分に触れたのかもしれない。

　やがて、気の進まぬ様子のまま、それらの質問項目にノロノロと答え続け、それが終わる頃には、時計の長針が一回りしていた。

「次に暴行のことを聞こうか。どうして、コンビニの近くに停まっていた覆面パトカーにいた女性刑事を襲ったんだ」

　一転して、末崎は口を閉ざしてしまった。

「黙秘しても、大勢の目撃者がおり、物証も揃っている。凶器のナイフ。おまえの指紋が残された警察車両。女性の衣服には、おまえがわめき散らしたときの唾や汗が付着していて、鑑定すれば、間違いなくおまえのＤＮＡが検出されるだろう。ここで反省の態度を示しておけば、ほんの少しだが、裁判で有利になるんだぞ」

その言葉に、末崎が大きく息を吐くと、顔を上げた。

「電話が掛かって来たからだよ」

やはり。香山は思ったものの、顔に出さずに言った。

「誰から、何を言われた」

「名前は名乗らなかったけど、外に停まっているトヨタ・カムリに女刑事が乗っていて、おまえを誘拐殺人の容疑で逮捕するぞって、男の声がそう言ったんだよ」

香山は、うなずいた。末崎の携帯電話の通信記録は、すでに調べてあった。だが、彼に掛かってきた電話は、船橋市内の公衆電話から掛けられたものと判明しただけで、電話を掛けた人物の特定は不可能だった。

「それで――」

「それでって、ほかにどうしたらよかったって言うんだ。こっちは、まったく身に覚えのないことなのに、黙って逮捕されてたまるか」

「潔白の身なら、堂々とそう主張すればいい」

一瞬、息を呑んだように、末崎が黙り込んだ。まったく思ってもみなかったことを言われて、信じられないというような表情になっている。

「おい、おっさん、寝惚けたことを言うんじゃねえよ。警察が、俺みたいな者の言うことを、信じてくれるわけがねえだろう。繁華街をただ歩いているだけで、おいこら、持ち物を見せてみろ、と来やがるんだぞ」

その声音には、深い恨みの響きが籠っていた。補導歴は五回だというが、それ以上に、警察官と不愉快な関わりを持っているのかもしれない。

「それで、女性刑事を刺殺しようとしたんだな」

「はっ、ふざけるんじゃねえ。殺す気なんて、あるわけがねえだろう。俺を殺人未遂犯にする気かよ」

「だったら、なぜ襲った。それも、ナイフ持参で」

「ただ、脅かしてやるつもりだったんだよ」

言って、その目つきが、ふいに虚ろになった。本当にそうなんだ、と心の中で自分自身に言い聞かせているのかもしれない。

そう思いながら、香山は、昨晩遅くに、救急病院に搬送された増岡を見舞ったときのことを思い返していた。

彼女は左肩を二か所、ナイフで切りつけられ、割れた窓ガラスで左頬に傷を負っていた。ただ、幸いなことに、全治二週間だという。

《女性の顔に傷を負わせるなんて、絶対に許せない》

絆創膏の貼られた頰を膨らませて激する増岡に、香山は言ったものだった。

《肩の傷の方が重傷だぞ。そっちはいいのか》

すると、増岡が肩を聳やかし、わざと太い声で言った。

《女は、顔が命ですから》

それが、三宅の声色だということは訊くまでもなく、二人は声を上げて笑った。

そんな考えを振り払って、香山は続けた。

「それで、逃走し、別の女性に暴行を働いて、車を奪った。これも間違いないな」

「夢中だったんだよ。ともかく逃げなくちゃ、捕まったら、大変なことになるって」

またしても、天敵に怯える小動物のような顔つきになり、末崎が言った。だから、自分にはまったく非がないと言わんばかりに。

「そして、山倉ダムの近くの雑木林の前で、小犬を散歩させていた中年男性を襲い、ナイフを突きつけて人質にした。そうだな」

ああ、と末崎が力なくうなずいた。

「どうして、あの雑木林に逃げ込んだんだ」

すでに、模倣犯説は破綻していると分かっていたものの、もしや、という微かな気持ちが、香山の中に残っていたのである。

「たまたま、あそこに入り込んだだけさ」

「これまで、あそこに行ったことがあったんじゃないのか」

「いいや、一度もないよ。キッズダムには子供の頃、一度だけ行ったことがあったけど――」

言葉の終わりを、末崎は呑み込んでしまった。

その気持ちが、香山には痛いほど分かる気がした。この世で唯一、自分を無条件で愛してくれた母親との思い出。その母に死なれて、継母が同居するようになって、彼はどんな思いを味わったのだろう。

父親が家に迎え入れた新しい母親が、たとえ意地悪な人間でも、冷たい性格でもなかったとしても、子供にとっては関係なかったに違いない。それまでの生活が、家の中の空気までが、一瞬にして様変わりしたことを感じずにはいられなかったのではないだろうか。

住み慣れた水の中から、いきなり陸に放り出されて、息が絶え絶えとなり、どうしていいのか分からないという目をした魚のように、末崎修は、そんな家の中で、自らの居場所をなくしていったのかもしれない。

その後、香山は、三件の暴行と窃盗、それに逮捕監禁等の実情についての細かい質問を重ねた。

それが一段落した時点で、昼食の時間となり、末崎は一旦、留置場に戻されて、香山は新居とともに取調室を出た。

八

取調室から離れたところで、新居が香山の腕を摑んで言った。

「末崎は、これまでまともな教育を受けているとは言えん。だが、ワルなりに、かなりの知恵が働くと思った方がいいぞ」

香山はうなずいた。

「ええ、単純に粗暴なだけなら御しやすいのですが、あいつも見かけによらず細やかな情感を持っているようですから、こちらの意図をそれなりに読んで来るでしょうね」

「だったら、誘拐殺人については、どう攻めるつもりだ」

香山は一瞬、考えを巡らせる。そして、言った。

「正攻法で行きます」

「正攻法？」

香山は再びうなずく。

「ええ、飴と鞭です」

「それで、行けるか。一人の目撃者もいないんだぞ」

新居の憂慮は、しごく当然だった。これまでの捜査から浮かび上がった材料は、ごくわずかなものでしかないのだ。しかも、一旦、逮捕したからには、四十八時間以内に、絶対に送検可能なところまで漕ぎつけなければならない。

　香山は静かに首を振った。

「一人だけ、現場にいた人間がいます」

　言った香山の目を、新居が見据える。

　いまの言葉に含まれている意図を、読んだのだろう。新居がうなずいた。

「なるほど」


　香山が船橋署の一階に下りてゆくと、一課長からお呼びがかかった。

「何でしょうか」

　椅子に腰かけた一課長が、でっぷりと太った体をこちらに向けた。捜査一課が使っているデスクが、その巨体と不釣り合いなほど小さく見える。

「入江が、末崎の取り調べはおまえに任せたと言っていたが、いったいどういう経緯でそんなことになったんだ」

　一課長の疑問は、もっともであり、疑問というよりも、怪しみに近いかもしれない。入江は自分の手がける重大事件の被疑者の取り調べを、他人任せにしたためしはないのだ。

「誰よりも、私が事情に精通しているからでしょう」

「係長よりもか」

馬鹿なことを言うな。顔にそう書いてある。捜査員の得た情報は、すべて係長のもとに集約されるのだから、当然の反応だった。

「まさか、例の田宮事件との関わりで、何か摑んでいるんじゃないだろうな」

疑わしい目つきで、一課長が言った。

「そのことだったら、一課長ご自身が捜査を厳禁されたじゃないですか。私に何ができるっていうんですか」

うむ、と一課長は唸ったものの、それ以上の追及の言葉が続かない。

その様子から、香山は、相手の思いが読めた気がした。警察上層部が、彼と増岡を監視させていたことは、百パーセント間違いない。その監視対象の一人だった増岡が末崎に襲われたことが、彼らを慌てさせているのだろう。

入江の差し金ということも、薄々は勘付いているに違いない。しかし、それ以上は何もできない。そこを突けば、警察上層部が最も恐れる、隠された真実が暴かれかねないからである。

まず間違いなく、警察上層部はジレンマに陥っている。七年前の田宮事件に触れずに、今回の深沢美穂誘拐殺人事件の被疑者から、全面自供を得なければならないから。そこに立ちはだかるのが、田宮事件の決め手となった、白い犬のぬいぐるみの毛なのだ。

このまま、自供を得られず、四十八時間という検察送致までの時間が経過してしまい、検察庁での最大二十日間の取り調べにも、彼が無実を訴え続けたとしたら、どうなるか。

裁判において、末崎の担当弁護士は、その白い犬のぬいぐるみの毛という一点を徹底的に追及してくることは必定だろう。

一課長が、いつになく躊躇うような顔つきになり、口を開いた。

「それで、おまえに勝算はあるのか」

それが《白い犬のぬいぐるみの毛》抜きの勝ち目という意味であることは、訊くまでもなかった。

「係長から取り調べを任された以上、全力を尽くします」

香山の言葉に、一課長が目を剝いた。

「全力を尽くすだけじゃだめだ。どんな汚い手を使ってでも、末崎を完落ちさせるんだ」

「何のためにですか」

一課長が一瞬、返す言葉に詰まり、口ごもった。

「それは、つまり、被害者と被害者家族のために決まっているじゃないか」

警察のためと言いたかったのだろう。香山は思ったが、顔に一切出さずに言った。

「私は、深沢美穂ちゃんのご両親と約束しました。幼い子供を手に掛けた犯人を、野放しにする気はないと」

その言葉に、一課長もようやくほっとしたのだろう、行けと言わんばかりに、掌を振った。

「さて、今年の七月二十九日の土曜日、おまえが何をしていたか順を追って話してもらおうか」

取調室で、香山は、目の前の末崎に向かって言った。

だが、身を硬くしたまま、末崎は何も言おうとはしなかった。

人は、自分に無関係なことを尋ねられると、当惑の表情を浮かべる。逆に、隠し事に触れられたときには、無関心を装う。目の前の若者の顔つきは、そのどちらでもなく、無表情だった。それは、反応を示すことで、ある種の言質を取られることを怖れる、犯罪者特有の演技だと、香山は感じていた。

末崎の《鑑取り》によって、彼に五回の補導歴があることは分かっていた。それに、仲間は不良グループだったのだ。警察の取り調べの実情や、送検と起訴に関しての悪知恵を持っていても、少しの不思議もない。

時を稼ぐんだ。七月二十九日という日付を持ち出された瞬間、末崎は、そう自分自身に言い聞かせ、全身全霊を懸けた防衛態勢を己に命じたに違いない。

香山は、続けた。

「わずか数日前のことだ。覚えていないはずはないだろう。それとも、思い出したくない訳でもあるのか」

その言葉にも、表情を変えず、視線を合わせようともしない。

「だったら、こっちから言ってやろう。おまえは、午後二時からシフトに入る予定だったコンビニのバイトに一時間以上も遅れた。そして、そのことを店長から叱責されると、逆切れして、その場でバイトを辞めた。そうだな」

またしても、沈黙が返ってきた。

それも、想定内のことだった。どこまで持ちこたえられるか、行きつくところまで行くだけだ。

「そして、自分のスズキ・アルトに乗って、夏見町周辺をうろついた。そのうちに、児童公園のブランコに乗っている幼い女の子に目を留めた。おまえは、思わずあたりを見回した。だが、周囲には誰もおらず、人目もない。そう思って、女の子に目を戻したおまえは、そっと車から降り立った。そして、あたりに目を配りながら、用心深く児童公園に足を踏み入れた。目的は、その女の子を攫って、悪戯するため。そうなんだろう」

「これは、いったい何だよ」

いきなり末崎が激昂した。

「おまえに掛かっている幼女誘拐殺人事件の容疑の経緯に決まっているだろう。自分で仕出かしたことを、もう忘れてしまったのか」

「ふざけるな。俺は何もやっちゃいないぞ」

目をぎらつかせて、声を張り上げた。額が汗で光っている。感情の防波堤のぎりぎりまで水位が高まり、たったいまその防波堤が決壊したのだ。

「いいや、そんなはずはない。監視中の女性刑事を襲ったのは、心に疚しいところがあったからだ。だから、殺してでも逃げようと決意した」

「うるせえ。殺そうとなんかしてないって、さっきも言っただろうが」

「だったら、その日の午後五時以降、どこで何をしていたのか、いまここで言ってみろ。ちゃんとしたアリバイがあれば、おまえへの疑いは、すぐに晴れるんだぞ。簡単なことじゃないか」

言われて、末崎は挑むような目つきを見せた。それから、ふいに上を向き、口先を丸めて息を吐く。そうやって時間を稼いで、考えをまとめているのだ。

次の刹那、顔を戻して、口を開いた。

「バイト先の店主と言い合いになって、むしゃくしゃしたんで、俺は別の場所をドライブしていたんだ。――そうだよ、何も目的を決めずに、ただ車を走らせていたのさ。そのどこが悪いって言うんだ」

「しかし、どのあたりを走ったのか、少しくらいは覚えているだろう。例えば、午後六時頃は、どうだ」

末崎の視線が、周囲を素早く探るようにくるくると動く。それから、おずおずと口を開いた。

「えーと、確か、あのときは、東金市のあたりだったっけ」

「東金市ね。しかし、そりゃ、ちょっと変だな」

間髪容れず、香山は言い返した。

「何が変なんだよ。俺が七月二十九日の午後六時頃に、どこにいたかなんて、おっさんに分かるわけがねえだろう。まったく、むかつくなあ」

「いいや、それが、分かるんだ」

言いながら、香山は三枚の写真をデスクの上に並べた。いずれも、走行中の黒いスズキ・アルトが写っている。

「これは深沢美穂ちゃんが最後に目撃された児童公園の近くのコンビニの防犯カメラに映っていたもので、この車の車種とタイヤ・ホイールは、おまえの所有しているスズキ・アルトと完全に一致している。東金市にいたはずのおまえが、どうして船橋市夏見を走っていたんだ。矛盾しているじゃないか」

末崎が、唖然とした顔つきになった。自分が、あまりにも単純な罠にはめられたことを悟ったのだろう。

「本当は、夏見を走っていた。そうだな。あの女の子がブランコに乗っていた児童公園の脇の道を」

畳み掛けるように、香山は言った。

末崎の顔が、見る間に青ざめるのが分かった。

「さあ、そろそろ、本当のことを話したらどうなんだ。三件の暴行と窃盗、それに逮捕監禁等の余罪もある。つまり、おまえには、もう逃げ道はない」

「待てよ。それじゃ、これは別件逮捕じゃねえか」

ふいに思いついたように、末崎が叫んだ。

香山は、ゆっくりとかぶりを振った。

「いいや、深沢美穂ちゃんに対する誘拐殺人並びに死体遺棄の容疑がかかっていたからこそ、おまえは警察から厳重に監視されていたんだ。そして、その監視に怯えた揚句に、女性警官に暴行を働き、さらに一般女性も傷つけて車を奪い、逃走した。つまり、これは一連の犯罪行為に対する逮捕ということになるんだよ」

「容疑だと？　はっ、笑わせるな。どこにそんな証拠があるっていうんだ。こんなコンビニの防犯カメラに写っていた写真なんて、何の意味もありゃしないぞ――」

「証拠を出せと？　七月二十九日の午後六時頃、どこにいたと訊かれて、東金と嘘を吐く。つまり、おまえは容疑を否定できないからこそ、証拠なんてわめくんだろう。違うか。ともかく、七月二十九日の午後六時頃、船橋市夏見の児童公園の近くを自分の車で走っていた。これは認めるんだな」

末崎が、言葉に詰まった。

相手の返答を待ちながら、香山は右手の人差し指で、三枚の写真をコツコツと叩く。その単調な音の繰り返しが響く室内で、末崎の視線が揺れて、一つ所に定まろうとはしない。

そして、歯を食いしばった表情から、一転して吐き出すように言った。

「ああ、いたよ。確かに。しかし、それが何だっていうんだ。たまたま児童公園の近くを車で走っていただけで、誘拐殺人犯にされちまうって言うのか――」

そこまで言いかけて、ふいに末崎が目を輝かした。それは、何か、とてつもなく素晴らしいアイデアを思いついたという表情だった。

「――そうだ、おい、この前、テレビで面白い番組をやっていたよな。確か、その女の子の遺体から、七年前の田宮とかいう野郎が犯した誘拐殺人事件のときの証拠と、まったく同じぬいぐるみの毛が見つかったっていうじゃねえか。そのことは、いったいどう説明するんだよ。俺の服や家、車から、そのぬいぐるみの毛が見つかったのかよ。ほら、どうした、このクソ野郎。何とか言ってみやがれ」

一気呵成に言い募ると、末崎は肩で息をした。これで、勝敗は決したな。さあ、帰らせてもらうぞ。そんな勝ち誇った目つきになっている。

「もしも――」

言いかけて、香山は、自分の右手の指に目を向けて、相手を焦らす。それから、おもむろに、末崎に目を戻した。

末崎の顔に、かすかに疑わしげな表情が浮かんでいた。目の前の刑事が、ほかにも何か隠し球を持っているのではないか。敵の陣地からの新たな砲撃が、いまから始まるのではないか。そんな表情だった。

香山は、続けた。

「もしも、おまえが誘拐殺人並びに死体遺棄で起訴されて、裁判となれば、当然、そのぬいぐるみの毛とやらを持ち出して来て、無実を訴えることになる。そう思っているとしたら、残念ながら、そうはならないぞ」

その言葉がハッタリかどうか、末崎の目の動きはそんな内心を物語っているように見えた。額に汗が浮き、ときおり、右手の甲で忙しなくそれを拭っている。

「ちなみに、誘拐殺人は、従来、無期懲役の量刑がほとんどだったが、最近、死刑の判決も出たんだぞ。無抵抗の幼い女の子に悪戯した挙句に、即日殺害し、その遺体を遺棄したとなれば、裁判官の心証は相当に悪くなるだろうな。絞首刑がどんなものか、おまえは知らんだろう。後ろ手に縛られて、目隠しをされ、絞縄という太い縄が首に掛けられる。そして、いきなり足元の板が外れて、体が落下し、次の瞬間、自分の重みで首の骨が外れるんだ。まさに、死ぬほど痛いだろうな」

香山は言い、さらに続けた。

「だがな、裁判官だって鬼じゃない。まして、裁判には《情状酌量》っていうものがある。被告人の生い立ちや環境に同情すべき点があることや、犯行に至った事情や反省度合いなどから、本来の刑よりも軽い量刑となる可能性があるんだ」

そこまで言うと、香山は相手の目を覗き込んだ。

ボディーブローの効き目は、かなりのものだった。末崎は口を半開きにして、浅い息を繰り返していた。頭の中で、目まぐるしく計算しているのだろう。

ここは、どう出るべきか。どんな反応が、ベストなのか。いいや、口車に乗って、一言でも事件に関連したことを喋ったら、もう後戻りが利かないぞ。しかし、一人殺しただけなのに、死刑判決が下ったっていうのは、本当なのかよ。ハッタリかもしれないじゃないか。

香山の目には、末崎のおどおどとした目に、そんな言葉が次々と浮かんでは消えてゆくように見えた。

香山は、わずかに身を乗り出した。

「おまえの父親は、最初の女房——つまり、おまえの優しかった母親が亡くなった後、さっさと再婚した。それからのことなんだろう、おまえがグレ始めたのは。高校を中退して、あとはずっとバイト暮らしだった。さぞかし、暮らし向きは貧しかったろうな。そんな境遇なら、裁判官も少しは気に留めることだろう。だからこそ、ここらで、被害者となった幼い女の子に、すまないと思う気持ちを見せたらどうだ」

末崎の顎の筋肉が紅潮し、筋張って浮き上がっていた。歯を食いしばっているのだ。時が止まり、息詰まるような気配が、取調室に張り詰める。

命を懸けた決断が、生死を分かつ賽子の一振りが、いま為されようとしている。そして、目の前の若者の目に、この部屋に入れられてから初めて、後悔の色らしきものが滲んでいた。目を瞬かせ、瞳が、デスクの上の写真と香山の顔を何度も行き来する。唇が、わずかに開きかける。

そのとき、揺れ続けていた末崎の視線が、ふいに止まった。そして、いきなり椅子の背にもたれかかると、ニタニタと薄笑いを浮かべて、背伸びをした。

「だめ、だめだよ、おっさん。そんなこけおどしや、お涙ちょうだいに引っかかるほど、こっちは間抜けじゃないんだ。だいいち、俺は何もやっていないんだから、何一つ恐れることなんかないんだ。そうだろう。絞首刑が、死ぬほど痛いだって。はっ、面白くて、まったく涙が出てくるぜ」

体の力を抜き、末崎は作り笑いを浮かべた。崖っぷちから今にも飛び込もうとしていた己の愚かさに気付いた、という雰囲気だった。

香山は、黙り込んだ。

彼の感じていたものは、落胆ではなかった。むしろ、目の前の男に、深い憐れみを覚えていたのである。運命という抗しがたい定めに摑み取られて、身を滅ぼしてゆく犯罪者たちは、最後の審判に先立って与えられた唯一の釈明の機会さえ、人間としての心を取り戻すラスト・チャンスさえ、自らの手で押しやってしまうものなのだ、と。

それは、七年前に類似の罪を犯した田宮龍司も、まったく同じだったと言えるだろう。取り返しのつかない罪を犯しながら、二人の幼い女の子の命を冷酷に奪っておきながら、いざ裁判となったときに、一転して、無実を訴えたのである。自分が自由を奪われて、二つの重大犯罪の容疑で裁かれるのが、これ以上もなく不当な行為だと言うように。

そして、彼らに共通するのは、自分のことしか頭にないという点なのだ。被害者の苦しみや無念。そして、その被害者の家族が永遠に担っていかなければならない慟哭と終わりなき絶望。それが、どれほどの激痛であるのか、彼らには少しも想像できない。チラリとさえ、思い及ばないのだ。

他人の痛みへの徹底した無関心と、罪の意識の完全な欠如。

香山の中で、憐れみの気持ちが変化しつつあった。それは、どす黒い怒りへと変じて、胸の裡に広がってゆく。この感情は、殺人事件を担当して、被疑者の取り調べをする際に、しばしば経験するものだ。

朱美の死に直面してから、彼は、人の命の尊厳を強く感じるようになった。それは、愛する者だろうと、見知らぬ人間だろうと、そして、重大な罪を犯した者とて、何の違いもない。しかし、だからこそ、罪を憎んで、人を憎まずという言葉の欺瞞を、彼は痛感せずにはいられなかった。罪を犯すのは人間なのだ。罪と人とは不可分だ。それでいて、警察の立場から、ただ冷酷に犯罪者を断罪することも、間違っている。

そろそろ、やり方を変える潮時だな。

香山は思った。

末崎に、人間として罪に向き合う機会を与えたのだ。

だが、それをふいにするというのならば、無理やりにでも、自らの罪と向き合ってもらわねばならない。

「まず、これだ」

言いながら、デスクの下に用意しておいたものを、デスクの上に置いた。透明なビニール袋に入れられた一枚のカードである。十代前半のアイドル歌手が、超ミニスカート姿で歌っている写真が印刷されている。

末崎が目を向けたものの、すぐに視線を逸らした。

香山は、続けた。

「これが何か、おまえには分かるな」

末崎が、無視したように黙り込んでいる。

「これは、おまえの自宅アパートの部屋をガサ入れしたら、出て来たものだった。これを、どうやって手に入れたんだ」

言いながら、ビニール袋ごと持ち上げて、末崎の鼻先に差し出した。

ふいに突き出されたせいか、末崎が反射的に右手で受け取り、一瞬眺めたものの、すぐにデスクに投げ出した。

「さあ、忘れたね」

またしても、顔をあらぬ方に向けたまま、末崎が言った。

「忘れただと。おまえの不良仲間に聞き取りをしたら、おまえはアダルトビデオが大好きだそうだな。部屋からは、アダルトビデオが大量に見つかったぞ。この深町めぐみも、アダルトビデオ女優として、けっこう人気があるというじゃないか、そんな興味のある対象の入手経緯を、簡単に忘れるはずがないだろう」

「そんなこと、警察には無関係だろう」

　末崎が怒鳴った。

「いいや、こっちが訊くことに、警察に無関係なことなど何もない。さあ、どうやって入手したか、言ってみろ」

「拾ったんだよ」

「どこで」

「忘れたね」

　顔を背けたものの、末崎は目の端でこちらを窺っていた。明らかに、何かまずい事態が進行し始めていると感じている。そんな態度だった。

「だったら、これはどうした」

　香山は、またしてもデスクの下からビニール袋に入ったものを取り出して、デスクに置いた。それは、黒い柄のついたスチレットナイフだった。むろん、末崎の手の届かない手前に置いたのである。

　途端に、末崎の顔に明らかな狼狽の表情が浮かんだ。

「こいつも、おまえの部屋の引き出しの中にあったぞ」

「それも、拾ったんだよ」

「ほう、カードも拾った。ナイフも拾った。おまえは、拾いものばかりしているようだな。しかし、二つとも拾ったとすると、妙なことになる」

その言葉に、末崎がビクッと体を震わせた。

香山は、続けた。

「この二つの品から、平成二十四年八月七日に、木更津拘置支所内の独房で自殺した田宮龍司という死刑囚の指紋が検出された」

それでも、末崎は無言のままだった。視線が左右に落ち着きなく揺れている。動き出した事態が、いったいどこへ行くのか。何を意味するのか。それが、さっぱりわからずに、文字通り、右往左往しているのだ。

二つの爆弾の効果を確認すると、香山は話を再開した。彼は、カードをビニール袋の上から指差した。

「このアイドルのカードは、ファンクラブに入会している者にしか入手できないプレミアム・カードで、通し番号が入っている。ファンクラブに問い合わせたところ、入手した人物は田宮龍司と判明した。そして、平成二十二年六月十八日、田宮は自宅に空き巣に入られている。逮捕された後、彼はそのときの空き巣の被害として、自宅に置いてあった深町めぐみのカードを挙げている。つまり、このカードを盗んだのは、おまえだな。そのとき、ナイフも持ち去ったんだ。おまえは、ミリタリー趣味があるそうだな」

言うと、香山は相手を見据えた。

だが、末崎は即座にかぶりを振った。

「いきなり、何を言い出しやがるんだよ。また、別件逮捕かよ。俺が空き巣を働いたって証拠が、どこにあるっていうんだ。——そうだ、空き巣に入ったやつが、その二つを捨てたんだ。俺はただ、それを拾っただけさ」

「そりゃ、ますます妙だな。この二つの品物から検出された明確な指紋は、田宮龍司のものを除けば、おまえの指紋だけなんだぞ。空き巣を働いたやつの指紋が、どうして一つも残されていないんだ」

「空き巣が、手袋をしていたからさ」

「だったら、同じ年の夏に、おまえが中古のバイクを購入するために支払った金の出所は、どこだ」

末崎が、言葉に詰まった。予想外の方角から飛んできた砲弾で、不意打ちを食らったという顔つきになっている。

「バイトで稼いだんだよ」

口ごもりながら、それだけ言った。

香山は、かぶりを振った。

「嘘を吐くんじゃない。おまえが一切バイトをしていなかったことは、不良仲間から聞き取りしてあるんだぞ。そのうえ、そのバイクを購入したバイク屋に聞き取りをしたところ、おまえは四百ccの中古バイクの購入に際して、手の切れそうなピン札で、ポンと三十万払ったというじゃないか。ふだん、たばこ銭程度しか金を持っていなくて、店先に並べられた中古の原付バイクを物欲しげに眺めてばかりいたおまえが、いきなりそんなものを差し出して、即金でバイクを買ったから、バイク屋のオヤジは吃驚(びっくり)したらしい。いまでもはっきりと覚えていたぞ。ちなみに、平成二十二年六月十八日の空き巣では、田宮龍司の部屋だけではなく、その隣室の女性宅も被害に遭い、押し入れの中に隠しておいたピン札の三十万円が盗まれたんだ。さあ、末崎、おまえのピン札の三十万円の出所を言ってみろ。拾ったとは言わせんぞ」

　末崎の視線の揺れが、極端に速くなった。

　答えない末崎に、香山は駄目押しのように言った。

「平成二十二年六月十八日、南町の一つのアパートの二つの部屋に空き巣が入った。女性の部屋からピン札の三十万が盗まれた。そして、その夏に、おまえは、バイク屋にピン札の三十万を渡している。田宮龍司の部屋にあったはずのカードも、おまえが所持していた。これは、どう考えても、空き巣を働いたのがおまえだってことだろう。違うと言うのなら、ほかの解釈を挙げてみろ。あるいは、七年前の六月十八日に、別のどこかで、別の何をしていた、そんなアリバイでもかまわんぞ。——いいや、それはまず不可能だろうな。何しろ、今年の七月二十九日のことすら、どこで何をしていたか勘違いをしていたくらいだからな」

「そんなことが、誘拐殺人とどんな関係があるって言うんだ」

　堪(たま)りかねたように、末崎が怒鳴った。

「関係？　それを訊くということは、空き巣を働いたことを認めるんだな」

「ふざけるな、そんなもの、認めるわけねえだろう。俺は、何の関係もねえぞ」

　香山は、内心の笑いを表に出さないようにした。カードにスチレットナイフ、それに、空き巣という三つのピースが、いったいどこに、どのように嵌まって、自分の犯した誘拐殺人の罪を立証することになるのか、末崎にはその筋道がまったく見当がつかずに、ひどく焦っているのだろう。

「どうあっても白を切り通すというのなら、おまえがどのようにして今回の誘拐殺人と死体遺棄に及んだか、その状況を、こっちが教えてやろう。バイトを辞めたおまえは、すぐに幼女に悪戯して、憂さを晴らす気になった。コンビニの店長からがみがみ言われたことに腹を立て、仕事がなくなったことに腹を立て、世の中に腹を立て、すべてを他人のせいにして、腹を立てたからだ。そうだな」

　その言葉に、末崎が憎悪に燃えたような目つきを向けた。

　香山は続けた。

「おまえは、スズキ・アルトを乗り回して、幼女のいそうな場所を物色した。その手の子供が集まる場所は、何といっても児童公園だ。そして、いくつかの公園を回っているうちに、船橋市夏見の児童公園で、ブランコで遊んでいる可愛らしい幼女に目を付けた。もちろん、周囲にはほかにも子供がいた。だから、すぐに手は出せなかった。それでも、おまえは、狙いを付けた獲物に襲い掛かるチャンスを窺う蛇のように、車の中でそのときを待ち続けた。そのとき、何を考えていたんだ。店長への仕返しのつもりだったのか。

それとも、補導されたときに、嫌な思いをさせられた警察官への意趣返しか。もしかしたら、おまえの大事なおっかさんが亡くなったばかりだっていうのに、すぐに後添えを家に入れた父親に対する憎しみか――」

香山の一言、一言が、鋭い針先のように、末崎の胸を突いてゆくことは、その顔が紅潮し、かすかに震え始めたことで、はっきりと手ごたえが摑めていた。

「やがて、ほかの子供たちが帰ってしまい、その幼女が一人だけブランコに残ったとき、おまえは、これはめぐりあわせだ、偶然ではなく、自分のしたいことが許されているかならなのだと思った。そして、車を降りると、周囲を慎重に窺ってから、女の子に近づいて行った。お菓子を買ってやるとでも言ったのか。それとも、お母さんが呼んでいると言ったのか。ともかく、おまえは、女の子の手を引いて、車の近くまで行くと、いきなり車に押し込んだ。まさに、無我夢中だったんだろう。しかし、すべては他人が悪いんであり、自分は何も悪くない。そう考えていたんだよな」

デスクの上で握り締められていた末崎の両の拳が、ブルブルと震えている。歯を食いしばり、上目遣いにこちらを睨みつけている。

それでもなお、口を堅く閉ざしているのは、香山の口にしているものが、彼を挑発して、思わず本心や真実を吐露させるための罠であり、同時に、反論を誘い、その矛盾をつく作戦であることにも、気が付いているからだろう。

「女の子がぐずりだしたのは、何時からだ。車が走り出してからか。いくら五歳児でも、何か様子がおかしいと気が付いたはずだ。そして、車を止めて、降ろしてほしいと懇願する。だが、おまえは、人が変わったように、その頼みを無視する。女の子が泣きだす。おまえは、カッとなって、黙れと怒鳴る。女の子はますます大声を上げて泣き叫ぶ。その頃には、おまえは、一刻も早く悪戯して、この煩い子供を永遠に黙らせたい気持ちで一杯になる。

やがて、かねて目を付けておいた人けのない場所に車を乗りつけたおまえは、泣き叫ぶ女の子の口を押さえて、車から連れ出すと、その場所で彼女の着ているものを一枚残らず脱がせる。そして、悪戯し、やがて首をしめて殺す。その後、全裸の遺体を車で運び、衣服とともに、休耕地に遺棄して、素早く車で立ち去った――」

言い終えると、香山は相手の目を覗き込んだ。

末崎は、視線を逸らさなかった。顔を背けたり、目を伏せたりすれば、それで負けを、自分の罪を、認めることになるとでも言うように。顔が、汗で光っている。口の端に、白い泡が溜まっている。肩が上下して、呼吸が速くなっている。

それでも、罠に陥ることを最大限に警戒しつつ、矛盾を突かれるような言質を、決してこちらに差し出すつもりはないと言わんばかりに、慎重を期したような抑えた口調で言った。

「聞いていれば、何から何まで、推測だけじゃないか。一つも具体的な事実が挙げられていないぞ。俺が、その女の子に声を掛けているのを目撃した人間がいるのか。俺が、その女の子に悪戯したという場所は、いったいどこなんだよ。俺が、遺体を休耕地に捨てるのを見たやつがいるのか。俺の車の中から、その女の子を乗せたという痕跡が見つかったのか。さあ、どうだ。証拠なんて何一つないじゃないか」

香山は、しばし黙り込む。そして、じっと相手に目を据える。それから、おもむろに口を開いた。

「おまえが、被害者の女の子に声を掛けているのを目撃した人間は、確かに一人もいない。それに、被害者に悪戯した人目につかない場所も、いまだに判明していない。休耕地に遺体を遺棄した場面についても、一人の目撃者も見つかってはいない。当然、おまえの車は徹底的に調べさせてもらったが、遺体を載せたという痕跡は、何一つ発見できなかった。事件の後、おまえが念入りに掃除したか、遺体を何かに包んでいたか、そのどちらかだろう」

つかの間、末崎が、虚を衝かれたという顔つきになった。当然、自分の発言に対して、猛烈な反撃が返ってくるものと予想して、体中の筋肉を張り詰めるようにして身構えていたはずだから、まさに肩透かしを食らったのだろう。

その表情が、突然、泣き笑いのような顔になり、さらに、次第に勝ち誇ったような形相に移り変わった。

「ほれみろ、まったくの冤罪じゃねえか」

香山は、かぶりを振った。

「確かに、おまえの指摘した点については、証拠も目撃者もない。だがな、一つだけ、推測じゃないものが残されているんだよ」

末崎が、ギョッとした顔色に変わった。

そのとき、取調室のドアにノックの音が響いた。

香山が立ち上がり、ドアを開けると、外に制服警官が立っていた。

「主任、科捜研から、たったいま届きました」

そう言って、プラスチックの書類入れを差し出した。

「ありがとう」

礼を言い、彼は書類入れを受け取り、ドアを閉めた。

そして、デスクの上に、その書類入れを置くと、椅子に腰を下ろした。

その間、末崎はまったく無言だった。息を呑んだように、香山の動きを目で追っていただけである。

香山は、書類入れの中から、二枚の写真を取り出して、末崎の前に並べた。

「殺された幼女の左脇腹に、こんな圧痕が残されていたんだ」

そう言って、向かって左側の写真を指差した。

末崎が目を大きく見開き、写真に見入る。それから、写真と香山の顔に交互に目を向けることを繰り返した。一言も口にしない。

「この圧痕は、大学病院での検死の結果、死後に付けられたものということが判明しているし、母親に確認してみたところ、生前の被害者の脇腹には、こんな圧痕はなかったと証言した。宣誓供述書もある。となれば、こんな圧痕を付けられるのは、被害者を殺害して、裸の遺体を運んだ人間だけということになる。で、午前中に確認してもらったおまえの所持品だが、その中の自宅の鍵、いつも小さなカラビナでジーンズの右側のベルト通しに取り付けてあることを認めたな」

言いながら、香山は向かって右側の写真を指差した。そこに、鍵が写っている。しかも、左側の圧痕と、正確にまったく同じ縮尺で。

「この自宅の鍵を科学捜査研究所で詳細に調べてもらったところ、その鍵のギザギザの形状が、この圧痕の形状と完全に一致したそうだ。さっき、おまえは書類への署名も右手でしていたな。深町めぐみのカードを差し出したときも、おまえは咄嗟に右手で受け取った。つまり右利きのおまえが、うつ伏せ状態の裸の被害者の遺体を右腕で横抱きにしたときにだけ、こんな圧痕が付くんだよ」

必死の形相になった末崎を見届けてから、香山は静かに付け加えた。

「三件の暴行、一件の窃盗、逮捕監禁等の罪状とともに、深沢美穂ちゃんに対する誘拐殺人と死体遺棄で、おまえは送検されるんだ」

「俺は、俺は――」

末崎が言いかけたものの、あとの言葉が続かない。

そして、折れるように顔を伏せると、声を上げて号泣を始めた。

香山は立ち上がり、斜め背後の新居を振り返った。
二人は、深々とうなずき合った。
一人だけ現場にいた人間とは、被害者自身のことだったのである。

エピローグ

増岡は、香山とともに船橋署の玄関を出た。

彼女はまだ服の下に包帯は着けているものの、肩の傷は、仕事に支障がない程度まで回復していた。頬の絆創膏（ばんそうこう）もなくなり、職場復帰となった今日は、薄く化粧をしている。

二人は、東船橋駅へ足を向けた。これから、千葉駅近くの総合病院へ行き、入院中の三宅を見舞うつもりである。

増岡は、肩を並べている香山に顔を向けて言った。

「主任、休職している間、今回の事件のことと、田宮事件のことを、あれこれと考えていたんですけど、真相はいったい何だったんですか。一応、末崎修が全面自供して、深沢美穂ちゃんの誘拐殺人事件は解決しましたけど、いま一つ、よく分からない点が残されていますよね」

香山が、一重の涼やかな目を向けた。

「どこが分からない？」

「橘知恵ちゃんの遺体のTシャツと深沢美穂ちゃんの遺体のTシャツに付着していた白い犬のぬいぐるみの毛が、まったく同一のものだったという点ですよ。このことについては、新聞やテレビのニュースでもまったく取り上げられていないでしょう。《田宮龍司くんを救う会》が緊急記者会見したときには、あれほど大騒ぎになったっていうのに、その後まったく誰も触れようとしないなんて、変じゃないですか」

香山が、珍しく笑みを浮かべた。

「それは、県警上層部を最後まで悩ました田宮龍司の冤罪説が、末崎の盗んだスチレットナイフが押収されたことで、完全に一件落着したからさ――」

すでに新聞やテレビなどで報道されている内容を、香山が口にした。末崎の自宅の家宅捜索によって発見されたスチレットナイフは、二つの重要な事実をもたらした。一つは、刃が折り畳まれていた溝から微量の凝固した血液が見つかったことである。そのDNA鑑定の結果、凝固した血液のDNAは、田宮が犯行を自供した二件目の遺体遺棄現場で、ナイフで切りつけられた小山老人のDNAと完全に一致したのだ。二つ目は、そのナイフの刃の長さや形状が、小山老人が腕に負った傷口の状況の記録と、やはり符合したことである。

「――だから、いまさら七年を跨いで出現した不可解な白い犬のぬいぐるみの毛のことなんか、こだわる必然性がなくなってしまったんだ。それこそ、信じがたい偶然の一言で片づけられる」

「ええ、確かにそうでしょう。でも、一般の人にとってはその程度で納得できるかもしれませんけど、捜査に当たる者としては、やはり、きちんと真相を知っておかないと、気になって仕方がありません」

　増岡は、あくまで食い下がった。警察上層部も、県警の広報も、その点については、頑として、記者たちからの質問に沈黙を保っているのだ。

　だが、香山が入江に対して、末崎修の取り調べの主導権を握ることを認めさせたこと。さらに、その末崎をたった一日で、完全自供まで持ち込んだことから考えて、彼が全てを見通しているはずと考えていたのである。

　香山が、優しげな眼差(まなざ)しを彼女に向けた。

「だったら、そろそろ種明かししようか。田宮事件のおり、警察庁からの圧力を受けて、県警は文字通り、パニック状態寸前まで追い詰められていた。俺は、別の所轄にいたが、千葉中央署の捜査本部が、焼けた熱い鉄板の上に載せられた状態も同然だったことを知っている。県警本部長が怒り、喚(わめ)き散らし、それを受けて、千葉中央署の署長が激怒し、部下を無能呼ばわりして、それは、大変な事態だったらしい。

　ところが、入江の提案で、二回目の家宅捜索が行われたところ、まさに予想外の証拠が飛び出して来た。橘知恵ちゃんの遺体発見現場から見つかった白い犬のぬいぐるみの毛が付着した、赤いチェック柄のシャツだ。自分に不利な証拠や目撃者は一切ないと高をくっていた田宮は、突然、目の前にそんなものを突き付けられて、一気に恐慌を来たし、全面自供した。その衝撃がいかばかりのものだったか、推して知るべしというものだろう。だが、誰がどう考えても、一度目の家宅捜索で、そんな目立つシャツが見落とされる道理はない。にもかかわらず、赤いチェック柄のシャツが捜査員たちの目の前に忽然と現れたんだ。その驚きを覚えたのは、二度目の家宅捜索を主張した入江自身も例外ではなかった――」

高い鼻梁の横顔を見せたまま、香山が話を続けてゆく。

三宅と増岡が一つの疑問に突き当たったことが、事態を大きく動かす端緒となった。それは、平成二十二年六月二十日の夕刻、田宮龍司が外廊下で誰かと揉めているのを、隣の部屋の神津康代が耳にしていたという点だった。そして、増岡の地道な足による聞き込みを引き継いだ香山は、蘇我駅近くのクリーニング屋で、田宮と揉めた当の相手、クリーニング屋の女主人を探し当てたのである。

彼女が届けたのは、まさに赤いチェック柄シャツで、そのボタンが取れていると田宮が難癖をつけたことも判明した。そのボタンの付け直しを頼まれたのが、母親の房子だ。そのシャツが再びアパートに持ち込まれて、押し入れの奥の衣装ケースの中にしまわれたのは、第一回家宅捜索翌日の七月七日から、房子が死亡した七月九日の間ということになる。

「――これが、一回目の家宅捜索で発見されなかったシャツが、二回目の家宅捜索で発見されたという謎の種明かしだ」

香山の言葉に、増岡は首を傾げた。

「でも、その筋書きだと、もう一つの謎が残ってしまいますよ。クリーニングに出された後のシャツに、どうして白い犬のぬいぐるみの毛が付着していたんですか」

香山が、静かにうなずいた。

「パニック状態になった捜査本部の中で、入江は、田宮龍司のクロを確信した。ところが、肝心の物証がない。追い詰められたあいつは、とうとう禁じ手を使う決心をしたんだ。部下の安川さんに因果を含めて、橘知恵ちゃんの遺体遺棄現場に残存している可能性のあった白いぬいぐるみの毛を探させたんだよ」

「もしかして、それが七月二十五日の午後九時頃、山倉ダム近くの院長が目撃したという不審人物だったんですか。気付かれると、慌てて車に飛び乗り、ヘッドライトも点けずに走り去ったという」

「まず間違いないだろう」

「入江係長自身という可能性はないんですか」

香山が、首を振った。

「そんなに先を急がずに、まあ話を聞け。入江は、たぶん、事前に赤いチェック柄のシャツを用意して、そこにぬいぐるみの毛を付着させるつもりだったのだろう。ところが、案に相違して、目の前に本物のシャツが出現した。それで吃驚したんだろう。それでも、同行した捜査員たちの目がほかの家宅捜索に向けられている隙に、ぬいぐるみの毛を付着させて、証拠を捏造することを躊躇しなかったんだ。

　自分の身は安泰と高をくくっていた田宮は、いきなりそんな証拠を突きつけられて、パニックに陥って、全面自供してしまった。母親の房子が富津に持ち帰ったシャツを彼のアパートに戻したことは、房子が亡くなってしまったから、田宮自身も知らなかったのだから、ある意味では、無理からぬことだった。しかも、田宮の場合は、実際に自分が遺体を遺棄したときに、そのシャツを着ていたという自覚があったから、もはや万事休すと観念してしまったんだろう」

　そこまで言うと、香山が増岡に顔を向けた。そして、おもむろに続けた。

「ところが、事件解決後、病を得た安川さんは、不安を覚えたんだ。裁判が始まってみると、田宮が一転して、無実を訴えたからさ。本当は無実の人間を、自分は冤罪に落としたのではないか、と悩んだのだろう。そして、二審で死刑判決を受けた田宮が、即日控訴した後で、木更津拘置支所の独房で自殺を遂げたことが、決定的な衝撃を安川さんに与えたんだと思う。

　田宮は、やはり無実だったのではないか。冤罪に落とされて、迫り来る死刑の恐怖に抗しきれずに、自ら命を絶つことを決意してしまったのではないか。そして、彼をそんな塗炭の苦しみに追いやり、死を選ばせたのは、この自分だったと懊悩に苛まれた。だからこそ、安川さんは、死を目前にして、匿名の手紙を捜査本部あてに送ったのだ。田宮龍司の有罪の決め手になった赤いチェック柄のシャツに付着していた白い犬のぬいぐるみの毛は、捏造されたものだと」

　増岡は、驚きのあまり足を止めた。

「そんな手紙があったんですか」

　香山も立ち止まり、うなずいた。

　眉間に微かに皺を寄せたその表情に、苦衷が表れていると増岡は感じた。

「上総日報の記者から、聞いた情報だ。現物は、もうこの世に存在しないだろうがな。それはともあれ、捜査本部に衝撃が奔ったことは間違いあるまい。だが、内部調査でも、入江はそんな事実を認めなかったはずだ。田宮自身が罪を認めて、その後の補充捜査で、彼の自供したことのほぼすべての裏が取れていた。橘知恵ちゃんを連れ込んで悪戯し、殺害したと自供した作業員の宿舎からは、彼自身の毛髪までが見つかり、犯人しか知り得ない秘密の暴露が存在したから、彼の確信は揺らぐことはなかったに違いない。しかも、すでに公判も開始されていた。だからこそ、県警上層部は、この手紙を闇に葬ったんだ。何しろ、警察と検察には、田宮本人が二件の誘拐殺人を認めた上申書があったんだからな」

　あまりの意外な展開に、増岡は言葉もなかった。

　すると、香山が再び歩き出し、話を続けた。

「その安川さんに、千葉中央署の捜査一課で一方ならぬ世話を受けたのが、三宅だった。病院に足しげく通ったその三宅に、安川さんは証拠の捏造と匿名の手紙について告白したのだろう。そして、もしかしたら、自分は無実の罪の人間を死に追いやったかもしれないと訴えたんだ。その末期(まつご)の告白を耳にして、安川さんが亡くなった後も、恩人のために何かできることはないかと、三宅はずっと思い続けていたんだろう。そんなときだ、今回のヤマと遭遇したのは。ブルーシートを掛けられた幼女の遺体が見つかった現場に、最初に到着した。一緒にいたおまえに、俺に緊急連絡するようにと指示してその場から遠ざけておいて、全裸の遺体に、そばに落ちていたTシャツを着せると、安川さんから告白とともに預かっていた、白い犬のぬいぐるみの毛の残りを、そこに付着させたんだ」

「でも、それって、主任の一つの想像という可能性もあるんじゃないですか。だいいち、田宮事件の決定的な証拠となった白い犬のぬいぐるみの毛を、常に持ち歩くなんて、そんな人がいるでしょうか」

増岡の言葉に、香山がゆっくりとかぶりを振った。

「だったら、逆に考えてみてくれ。死の床にある大切な恩人から、冤罪を作って無実の人間を死に追いやってしまったかもしれない、と涙ながらに末期の告白をされて、その真相を解き明かす唯一の手掛かりを預けられた者の気持ちを」

その言葉に、増岡は自分の軽々しい反論を後悔した。

だが、香山は少しも咎(とが)めるような顔をせずに、続けた。

「この筋読みに気が付いたとき、確かに、俺も完全には自信がなかった。だから、末崎を逮捕した晩、不躾を承知の上で、安川さんのご自宅に電話を掛けたんだ」

「ご家族が出られたんですか」

増岡の言葉に、香山がうなずく。

「奥様が電話に出られた。そして、俺は単刀直入に、こちらの筋読みを口にしたのさ」

「奥様は何と？」

「否定も、肯定もされなかったよ。ただし、安川さんが最期まで苦しんでおられたと、奥様はおっしゃった。しかも、それは病気のせいだけではなかった、と付け加えられたんだ」

言うと、香山がうなずいた。

その意味は、増岡にも十分に理解できた。

「それにしても、三宅さんは、どうしてそんなことをしたんですか」

「その偽装によって、田宮事件が冤罪であったのか否か、もう一度検証されることを願ったんだろう。ぬいぐるみの毛に関する科捜研の分析結果を、《田宮龍司くんを救う会》にリークしたのも、たぶん、三宅のはずだ。むろん、いずれも警察官としては、許されない行為と言わざるを得ない。しかし、それでも、三宅は、敢えて許されないことをしたんだ。それは、冤罪を作ってしまったかもしれないと深く悩み、死ぬまで苦しみ続けた恩人への、尽きせぬ祈りだったのだろう」

尽きせぬ祈り。

増岡は、息を呑んだ。

人には、絶対に忘れられないものがある。

彼女の場合、それは子供の頃に味わった虐めだった。

豪放磊落そのものの三宅の内側にあるのは、傷つきやすいナイーブな心根であり、自分を常に励まし、労り続けてくれた安川は、彼にとっては、かけがえのない存在だったに違いない。

警官の道を選んだことが、増岡にとっては生き方そのものであったように、安川の未練を晴らすことが、三宅にとっては、自分の身を賭した意地だったのかもしれない。

香山が続けた。

「犯罪捜査に携わる刑事は、場合によっては他人を無実の罪に陥れかねない。日頃、そのことを意識することはないだろうが、自らの死を目前にしたからこそ、安川さんは痛恨の思いで、そのことを自覚されたのだと思う。

だが、入江は今回の捜査で、模倣犯の筋読みだけでなく、田宮事件の冤罪犯説にも過剰反応して、常にその捜査に反対し続けた。それは、自分が主導し、安川さんを巻き込んだ証拠の捏造が、いま頃になって露見することだけを怖れたからだろう。その極度の焦りが、あいつの理性の箍を破壊してしまった。残念ながら証拠はないが、匿名の電話で末崎を唆して、おまえを襲わせたのは、間違いなく入江だ。だが、もう二度と、誰もおまえに手を出すことはないだろう」

その様子を見つめて、増岡は口を開いた。

「田宮龍司は二人の幼女の命を奪っておきながら、自殺を遂げることによって、真の意味で罪を償いませんでした。それどころか、最後の最後まで、被害者たちに詫びることも、その冥福を祈ることもせず、被害者家族に謝罪すらしませんでした。

でも、三宅さんが、白い犬のぬいぐるみの毛を、今回の被害者のTシャツに付着させたからこそ、末崎修が田宮の部屋から盗んだものが見出されて、田宮龍司の犯した連続誘拐殺人の罪を、真の意味で裏付けることができたと言えるんじゃないでしょうか。そして、亡くなるまで悩み続けた安川さんの魂を、やっと救うこともできたし、命を奪われた被害者たちの無念の思いに、僅かながら慰めを与えられたと思うんです」

歩みを続けながら、香山がうなずいた。

「そう信じたいな。――もっとも、三宅が聞いたら、そりゃ考え過ぎだと言うだろう。さて、その皮肉屋の顔を拝みに行くとするか。今回の件で、あいつにはせめて、たっぷりお説教をしてやらないとな」

「だったら、三宅さんのしたことを、不問に付していただけるんですか」

香山が、無言でうなずく。

増岡の胸に最後まで蟠っていた懸念が、雲散霧消してゆく。彼女は笑みを浮かべて続けた。

「主任、お見舞いの品は、お花よりもセブンスターにしませんか。でも、病室で煙草を喫ったりしたら、きっと可愛い看護師さんから嫌われちゃって、尿瓶(しびん)を当ててもらえなくなっちゃいますね」

二人は、声を上げて笑った。

『黙秘犯』冒頭試し読み

本試し読みは、シリーズ第2弾となる長編『黙秘犯』の冒頭を抜粋したものです。本編とは一部異なる部分があることをご了承ください。

無地の白い壁を背にして、取調室のデスクの向かい側に、上背のある男が俯いて座っている。

眉が太く、一重の大きな目と太い鼻柱、それに大きな口だ。強そうな髪を短く刈り込んでおり、がっちりとした顎や痩せた頬に、薄らと無精髭が伸びている。黒いポロシャツ姿で、グレーのズボンというなりだった。取り調べ中なので、ズボンにベルトは通されていない。

米良恭三警部補は静かに息を吐くと、その顔から目を離さぬまま言った。

「どうして殺したんだ」

窓一つない取調室の張り詰めた空気に、いささかの変化も生じず、男はデスクに視線を据えたまま、かすかにも口を開こうとしない。

「現場から走り去るおまえの姿が、はっきりと目撃されているんだぞ」

男が一重の目を瞬かせ、真一文字に閉じた口元に力を籠めるのが分かった。

「現場に残されていた凶器の、血の付いた指紋、あれも間違いなく、おまえのものだった。——ここまで証拠が揃っていながら、なぜ黙秘する」

一瞬だけ、男の瞼が痙攣するように震えたものの、すぐに視線をあらぬ方に向けてしまった。その横顔に、ひどく頑(かたく)なな人柄が滲(にじ)み出ているように米良には感じられた。
目撃証言。凶器の形状と、被害者の致命傷の一致。その凶器に残されていた指紋。
必要な材料は、ほぼ揃っている。残るはただ一つ、殺害の動機だけなのだ。いいや、
殺害の理由がたとえ明らかにならなかったとしても、検察への送検は十分に可能だろう。
そして、担当検事も容易に起訴に持ち込めるはずだ。しかし、そんな専門的なことを抜
きにしても、この男にも自分がいかに不利な立場にあるのか、常識的に考えても分かり
そうなものではないか。
米良は、再び言った。
「そうやって、こっちの取り調べに黙秘を貫き、検事の取り調べにもダンマリを決め込
むつもりならば、それもいい。しかし、おまえには前歴があるのだから、十分に承知し
ていると思うが、そういう反抗的な態度が、裁判では悔悛(かいしゅん)の情なしと判断されて、量刑
を大きく左右することになる。しかも、以前の一件とは違い、今度は殺人だ。悪くすれ
ば、二度と娑婆(しゃば)を拝めないことになるかもしれんぞ」
だが、その言葉にも、男は微動だにせず、頑として口を開こうとはしない。無言のま
ま、横の壁に目を向けている。
氏名、生年月日、本籍地、職業、学歴、前科前歴といった人定に関する質問には、口
数こそ少なかったものの、さしたる抵抗もなく答えておきながら、今回の事件の取り調
べに取り掛かった途端に、男は人が変わったように口を噤(つぐ)んでしまい、すでに三時間余

りが経過していた。

　これで何度目か分からないため息を吐くと、米良は口調を変えて言った。

「どうしても動機を喋（しゃべ）りたくないのなら、ここらで質問を変えようじゃないか。被害者を撲殺したとき、おまえはどんな気持ちだった」

　すると、ふいに容疑者がこちらにゆっくりと顔を向けた。

　米良は、思わず息を呑（の）んだ。

　殺人犯の顔つきなら、これまで嫌になるほど目にしてきた。

　不貞腐（ふてくさ）れた顔。

　憎しみに満ちた鋭い眼差（まなざ）し。

　野卑な笑みを浮かべた口元。

　無表情。

　しかし、目の前にあったのは、そのいずれでもなかった。

　何かをひどく思い詰めたような、熱っぽい眼差しだったのである。

※

　LED照明が明るく灯（とも）ったキッチンで、シンクに置かれた洗い桶（おけ）に、蛇口から勢いよく水が流れ落ちてゆく。

小森好美は、洗剤を含ませたスポンジで茶碗を洗いながら、大好きな松田聖子の《瑠璃色の地球》を口ずさんでいた。

今夜は、夫が福島県の喜多方に出張中だ。大学二年生の息子もラグビー部の合宿で、一週間前から長野県の菅平に行っている。高校三年生の娘は、船橋駅近くの予備校で遅くまで授業があるから、夕食も簡単に済ませたのだった。

薬学部志望の娘は、親が驚くほどの頑張り屋で、一日、十五時間も勉強する。彼女用の夜食も、同じものがテーブルにラップを掛けて準備済みだ。昨晩の残り物のロールキャベツと、ひじきの煮物。帰って来たら、電子レンジでご飯をチンして、みそ汁を温めて出してやればいい。

たまには、一人も気楽でいい——

壁に掛けてある時計に、目を向ける。午後八時二十一分。

後片付けが終わったら、ダイエットのために、ここのところずっと我慢してきたプリンを食べながら、テレビで韓国ドラマを見るつもりだった。夫や息子にはひどく不評だが、今夜はうるさい二人がいないから、ゆっくりと見られる。《W—二つの世界—》というドラマを見てから、好美はイ・ジョンソクという若手俳優の大ファンになった。長身で目が細くて、いかにも爽やかだし、韓国語は分からないものの、話し方がいかにも好青年という感じなのだ。

「おい、待てよ——」

キッチンの前の曇りガラス越しに、いきなり男の怒鳴り声が響いたのは、そのときだった。

何かが激しくぶつかるような物音が続いた。

洗い物の手を止め、好美は身を硬くした。

一人も気楽でいい、という気持ちなど跡形もなく消え失せて、胸の鼓動が速くなる。

「あっ、あの晩の――」

今度は、女性の切羽詰まったような声が響いた。

「何だと――」

その言葉の後を追うように、驚いたような男の声が響いた。物がぶつかり、縺れるように人が走る足音が聞こえてくる。

通報しなくちゃ――

刹那に、好美は思い付く。だが、流し前の小窓は曇りガラスだから、台所の照明のせいで、外からこちらの存在が確認できるはず。この家は壁も薄いから、電話を掛けたりしたら、外まで聞こえるかもしれない。警察に連絡していると気が付いたら、この家に無理やり入り込んで来るかもしれない。

躊躇いが、体を金縛りにする。

水道の音に重なり、壁の時計の音がやけに大きく聞こえる。

カチ、カチ、カチ、カチ――

音がする度に、胸の鼓動も飛び跳ねる。

そのとき、ガラスが割れる耳障りな音がして、何か重いものが倒れるような音がした。

と、ふいにまったく別のことに思い当たった。船橋駅近くの予備校からの帰りに、娘もこの路地を通るのだ。あの子が予備校を早退して帰ってきていて、男に襲われているのだったら、どうしよう。

迷いは一瞬だった。茶碗とスポンジを流しに放り出すと、好美は足音を忍ばせて八畳のリビングに走り込んだ。そのままリビングを通り抜けると、廊下の横の階段を駆け上がった。二階の北側の窓から見下ろせば、危害を加えられることなく事態を確認できるはずだ。万が一、娘が襲われていたら、思い切り悲鳴を上げて叫べばいい。

息を切らした好美は、北側の四畳半に駆け込んだ。夫がパソコンでインターネットをしたり、年甲斐もなく趣味の鉄道模型やエアガンを飾ったりしている部屋である。

部屋に飛び込んだ途端に、思わず舌打ちが出てしまった。夕刻に窓のシャッターを下ろしてしまったから、真っ暗だったのだ。

慌ててカーテンを脇に寄せて、窓ガラスを開け、シャッターを持ち上げた。すぐに首を突き出して、下を見やった。思わず息を呑む。

外灯の青白い光に照らされた道路に、男がうつ伏せに倒れていた。

その頭の辺りの路面に、血が広がってゆく。

好美の目の端に、路地の角を曲がる背の高い男性の後ろ姿が映った。

髪を短く刈り込んだ長身、黒いポロシャツ、下はベージュのスラックス。

足音が遠ざかり、どこかで犬が激しく吠え始めた。

※

船橋署刑事課の香山亮介巡査部長は、覆面パトカーのトヨタ・クラウンを住宅街に乗り入れた。

路上にはすでに五、六台のパトカーや、覆面パトカーがライトを点けたまま停車している。パトカーのルーフ上で箱型の赤色警光灯が忙しなく回転しており、その刺激的な赤い光の明滅のせいで、周囲に不穏な気配が張りつめていた。

道沿いの門から、何人もの住人たちが囁き交わしながら、路地の奥の方を恐々と見つめている。携帯電話を向けて撮影している不埒者もいた。知り合いに、ＳＮＳで画像を送るつもりかもしれない。路地の角に規制線のイエローテープが広く張り渡されており、半袖の制服警官たちが立ち並び、現場保存が図られていた。

塀際にシルバー・メタリックのクラウンを停めて、車外に降り立った香山は、犬の吠え声を耳にした。刑事部鑑識課から警察犬が出動しているのだろう。人間の四千倍以上とされる犬の嗅覚によって、犯人や関係者の足跡追及活動を行うためだ。

蒸し暑い夜気が、全身を包む。ズボンのポケットからフェルト地の《捜査》の腕章を取り出し、半袖の白い開襟シャツの袖に留めると、両手に白手袋を嵌めながら、クラウンのサイドガラスを見やった。外灯の光を浴びて、面長の自分の顔が映っていた。少し長めの髪。一重の目と細く高い鼻梁。薄い唇。高校時代、めったに喜怒哀楽を露わにしない香山のポーカーフェイスぶりを、級友たちがからかって、《埴輪の兵士》という綽名で呼んだことを思い出す。

いつものように、香山はかすかに頭痛を感じ、額に手を当てた。十年ほど前、乳癌を患った妻の入院から来る過労とストレスのせいで、顔面右側に帯状疱疹ができた。以来、頭痛持ちになってしまったのである。手袋を嵌め終えると、周囲を慎重に見回しながら、イエローテープに近づく。制服警官たちが敬礼したが、無言でうなずき返して、イエローテープを潜った。

足跡を残さぬためのボードが、遺体まで一列に敷かれていた。周囲に設置された複数の投光器のせいで、現場が真昼並みの明るさになっている。五名の鑑識係が現場鑑識活動を行っていた。横一列になって広がり、身を屈めるようにして、路面にブラックライトの光を当てて目を凝らしていた。遺留品、靴跡、唾液や汗などの体液の痕跡、毛髪や皮膚、血液、それに衣服の繊維などの微物を探している。事件発生直後に必須の捜査活動だ。時間が経てば、そうした微物が失われる一方、事件と無関係の異物も混入する可能性が高まる。鑑識課員によってカメラのフラッシュも盛んに焚かれていた。やはり、警察犬のリードを手にした鑑識課員もいる。

遺体の傍らに、皺だらけの濃紺のスーツ姿の三宅義邦巡査長と、ベージュのサマージャケットにジーンズという恰好の増岡美佐巡査がしゃがみ込んでいた。警察に通報が入ったのは、三十分ほど前だったが、刑事課の主任である香山自身は、そのとき別件で手が離せなかったので、とりあえず二人を先乗りさせたのである。

「どんな塩梅だ」

遺体に近づくと、香山は声を落として言った。

二人が揃って振り向くと、無精髭の伸びた熊顔の三宅が口を開いた。

「撲殺ですね」

痰の絡んだような太い声で言った。三宅は相撲取りなみの巨体で、顔の大きい四十男である。ボサボサの髪に、四角い黒縁眼鏡を掛けたその三宅が、手にした懐中電灯で、遺体の右側頭部の陥没と、傷から流れた路面の血だまりを照らした。

外灯の光で天使の輪が光る短髪の増岡も、無言のまま、かすかに青ざめた顔色で遺体を見つめている。刑事としては新米なので、遺体にまだ慣れていないのだろう。こちらは三十路に入ったばかりで、二重のくっきりとした目と鼻筋の通った顔立ちだが、ほとんど化粧っけがないものの、唇にピンク色のリップグロスを塗っている。

香山はうなずき、しゃがみ込むと、遺体に向かって丁寧に合掌し、口元にハンカチを当てて確認を開始した。

遺体は若い男性だった。濃い眉、丸い鼻、少し分厚い唇、かすかにしゃくれた顎という顔立ちで、ダンガリーの半袖シャツにインディゴブルーの細身のジーンズ、白のスニーカーソックスに白のデッキシューズというなりだった。痩せ形で、身長は百六十半ばくらいか。顔はかすかに幼さが残っており、二十歳前後のように見える。

香山は顔を上げると、周囲を素早く見回した。三メートルほど離れた路上に、割れた瓶が転がっていた。形状と色合いからして、ワインボトルのようだ。物証の可能性を示すアルファベットの記された標識が、その傍らに置かれている。

「凶器は、あれか」

香山の言葉に、三宅が渋い顔つきでうなずく。

「たぶん、そうだと思います。先の方の割れた部分に、血糊と毛髪が付着していました。科捜研で検査して、被害者の頭部の傷と一致すれば、間違いなしでしょう。それに――」

言いかけて、三宅もボトルに目を向けた。

「それに、何だ」

「犯人が握ったと思しきあたりに、指紋も残っています」

「指紋？」

顔を戻した三宅が、再びうなずく。

「血の付いた素手で、あの瓶を握ったんでしょう」

香山は、無言のまま遺体をさらに検めた。

顔面。シャツから剝き出しになった両腕。ともにこんがりと日焼けしており、掌の辺りに腕時計が引っかかり、左手首に日焼けしていない白い肌が露出していた。時計はロレックスだった。犯人と争った弾みで、腕時計のベルトの留め金が外れたのだろう。検視結果を待たなければ断言できないが、側頭部の傷以外に外傷や打撲痕は見当たらず、防御創もない。

鼻を近づけると、遺体からアルコールの匂いが漂っていた。今夜、酒を飲んだのだろう。酔っていて、凶行に遭ったのか。司法解剖で胃の内容も判明するはずだ。よく見ると、遺体の周囲に、ガラスの破片が散らばっていた。

「ガラスの破片の位置は、一つ残らず記録を取ってもらいたい。それに、写真も撮ってくれ。それから、破片は一つ残らず押収するんだ」

香山は、鑑識課員に言った。

「了解しました」

うなずくと、彼は増岡に顔を向けた。

「身元の分かるものは？」

真剣な顔つきの増岡が、口を開いた。

「ジーンズの後ろポケットから、長財布と携帯電話が見つかりました。財布には三万三千円の札と小銭、二枚のキャッシュカード、クレジットカード、免許証とレンタル・ビデオの会員カード、学生証、それに飲み屋のものらしきカードが入っていました。あとはコンビニと飲食店のレシートのみです」

　彼女が右手で透明なビニール袋を掲げた。中に革製らしき長財布と携帯電話が入っている。

「氏名は？」

「西岡卓也です。――東西の西、岡山の岡、麻雀卓の卓、それになりの也」

「年齢は？」

「免許証の生年月日から換算して、二十歳です」

　運転免許証の表の最上段には、氏名と生年月日が記されている。

「住まいは？」

「免許証には、千葉県館山市北条――となっています」

「どこの学生証だ」

「船橋市内の大学です。経済学部の二年生」

「免許証と学生証の顔写真は、被害者と一致したのか」

「ええ、本人に間違いありません」

　遺体に屈み込んでいた香山は、上体を起こした。館山市は、房総半島の比較的大きな市だ。船橋からだと、総武線と内房線を乗り継いで、二時間ちょっとでたどり着ける。それにしても、ここからかなり離れている。実家は館山でも、船橋市内に住んで大学へ通学していたのだろうか。それにしても、こんな場所で、どうして凶行に巻き込まれたのだろう。

　香山はあらためて周囲を見やった。繁華街ならいざ知らず、外灯の灯った何の変哲もない住宅街だ。喧嘩。通り魔。何らかの動機で待ち伏せされたのか。それとも、物取りだろうか。いいや、と香山は内心でかぶりを振る。若者にしては高額の金銭が入ったままの長財布もロレックスも手付かずに残されていたのだから、その線はないかもしれない。

「増岡、自宅にすぐに連絡してくれ。なるべく早く、家族に本人確認をしてもらうんだ」

　その言葉に、増岡が一瞬、表情を硬くした。殺人事件の場合、被害者家族に連絡することは、気骨の折れる役目にほかならない。

「了解しました」

　硬い口調で言うと、増岡が遺留品の入ったビニール袋を三宅に手渡して立ち上がり、無言のまま、その場を離れた。

　香山は、三宅に顔を向けた。

「鑑識と協力して、携帯電話の通話履歴を調べてみてくれ。ロックが掛かっているかもしれんが、たいていは指紋認証だ。通話記録とメール、それに、ここひと月ほどのSNSの内容を確認することも忘れるな。増岡が戻って来たら、二人で被害者の今夜の足取りを探るんだ」

「了解しました」

熊顔の三宅がうなずく。

そのとき、イエローテープを潜って、米良恭三警部補が現場に入ってきた。部下の立川守男巡査部長を連れている。これから行政検視に取り掛かるのだろう。事件性のある遺体については、現場において、警部補による行政検視と鑑識課員の検視官による司法検視を行わなければならないことが、刑事訴訟法で定められている。

米良は、今年三月に定年退職した刑事課の係長、入江正義の後任である。胡麻塩の刈り込んだ短い髪型で、二重の丸い目をしており、厚い唇と小鼻の広がった鼻、それに色黒のせいで、エネルギッシュな印象を与える。一方、立川は、長身で薄い顔立ちである。二人とも、地味な背広姿だった。

「係長、通報者の家はどこですか」

立ち上がると、香山は言った。

「そこの家だ」

米良が厳しい顔つきのまま、すぐ横の二階建ての住宅を指差した。

（つづきは、シリーズ第2弾の『黙秘犯』でお楽しみください）

解説

西上心太

平成二十九年七月二十九日の夜。千葉県船橋市の休耕地で幼女の遺体が発見された。その報せを受けた船橋署刑事課の香山亮介は現場に急ぐ。現場には同僚の三宅義邦と増岡美佐が先着していた。遺体は前日の夕方に児童公園で遊んでいた後に行方不明になった、深沢美穂という五歳児で、遺体の状況から変質者による犯行と思われた……。

筆者が物心がついた昭和三十年代から四十年代にかけては身代金目的の児童誘拐事件が目立ったものだった。その多くで誘拐された児童は殺害され、身代金を奪うこともなく犯人は逮捕されている。割に合わないことが知れ渡り、児童の身代金誘拐が下火になったのはなによりだが、その後増えてきたのが性犯罪と結びついた誘拐だ。もっとも有名なのが昭和の終わりから平成の初めにかけて起きた東京・埼玉連続幼女誘拐殺人事件であろう。少女を性の対象とする歪んだ性嗜好を持つ人間の残虐で身勝手な犯行は世間を震撼させた。身代金目的であっても性犯罪が目的であっても、誘拐は許されざる犯罪である。その唾棄すべき犯罪に、否応なしに立ち向かわなければならないのが警察官だ。本書は彼らの捜査を中心に据えた警察小説であるのだが、実はそれだけにとどまらない。

そして本書のオリジナリティはそのプラスされた部分にあるのだ。

誘拐殺人のような重大事件では捜査本部が設置される。捜査本部となったのが遺体が発見された場所の所轄署の船橋警察署だ。千葉県警捜査一課の刑事が乗り込み、原則として所轄署の刑事とコンビを組んで、「鑑取り」や「地取り」捜査に携わる。前者は被害者周囲の人間関係を、後者は目撃情報などを担当するのだ。

香山亮介は四十代後半の巡査部長だ。面長で高い鼻梁(びりょう)、一重の目に薄い唇という風貌(ふうぼう)で喜怒哀楽をめったに表に出さないことから「埴輪(はにわ)の兵士」と呼ばれている。闘病生活の末に最愛の妻を失い、刑事を続けながらまだ手のかかる一人娘を育てられないという理由で妹夫婦の養女にした。それ以来、たった一人の生活を送っている。感情を表出せず、孤独を貫いているが、捜査に対しては柔軟な思考を持っている。三宅義邦は四十代前半の巡査長。相撲取り並みの巨漢で熊のような風貌のベテランだ。三宅とコンビを組むのが捜査実務に携わったばかりの二十九歳になる増岡美佐巡査である。刑事にしておくのは惜しいほどの整った顔立ちをしている。ところかまわず煙草を喫(お)うなど粗野な言動が目立つ三宅を相手に、駆け出しだが堂々と自己を主張して怖じない増岡のやりとりが楽しい。

この二人は香山に私淑する「部下」に当たる。一方、香山と反りが合わない存在が一年前に係長として異動してきた五十九歳の入江正義(いりえまさよし)警部補だ。捜査の主導権をすべて握ろうとする入江と、臨機応変を旨とする香山はよく衝突するのだ。

捜査本部では香山は捜査一課の新居武敏警部補と、新米ゆえに忌避された増岡は通常と同じく三宅とコンビを組み「地取り」捜査を割り当てられる。増岡と同じ理由で、入江のお気に入りの部下もコンビを組んで目撃情報を収集する。

香山と入江の人間関係から生じる対立や、三組に分かれた刑事たちの足を使った捜査のリアルな描写が本書第一の魅力である。そして三宅・増岡コンビが得た情報と増岡の推理を聞いた香山は、「模倣犯」の可能性を検討する。

実は七年前にもやはり性犯罪がらみの誘拐事件があったのだ。この時活躍したのが入江だった。あることがきっかけで田宮龍司という男が容疑者として浮かび上がる。逮捕された田宮は頑として犯行を否認する。ところが勾留期限のぎりぎりになって、新たに見つかった証拠をきっかけにして田宮は自供する。裁判では自供内容を否認したものの、一審に続き二審でも死刑判決を受けた田宮は、しばらくして拘置所で自殺していたのだ。この事件にはまだ若手だった三宅も入江の部下として捜査に加わっていた。

こうして過去の誘拐事件の顚末もじっくりと描かれる。ところが作者はさらなる展開を用意しているのだ。七年前の事件は冤罪で、逮捕を免れた真犯人が犯行を再開したのではないか。それを裏付けるかのような証拠が見つかり、さらに箝口令にもかかわらず、外部に情報がリークされたのだ。

もしこれが事実なら無実の人間を死刑囚にしたあげく、自殺へと追いやってしまったことになる。警察上層部の何人もの首が飛ぶ事態である。しかも警察はジレンマに襲われるのだ。もしこの事件が冤罪ならば、現在の事件の解決が過去のミスを暴くことになってしまう……。

模倣犯なのか、七年前の犯人の仕業なのか、あるいは他の可能性があるのか。香山・新居コンビ、三宅・増岡コンビは命じられた捜査を横に、秘かに独自の捜査も開始する。一方で入江の部下も有力な手がかりを得る。

上層部の思惑を横目に、臨機応変、融通無礙な香山たち、過去の誘拐事件の捜査に絶対の自信を持つ入江たち。気の合わない二つのグループが集めた証拠と手がかりがやがて結びついて、意外な真相が明かされるのだ。歯車の一部に過ぎない捜査員たちが、限られた自由の中で、真相に肉薄していく。この展開の面白さが本書第二の魅力なのである。

読者の興趣を削ぐことがないよう詳述は控えるが、さらに従来の警察捜査小説を大きく逸脱する破格の真実が待ち構えている。それが本書最大の驚きであり最大の魅力となっている。

作者の翔田寛は一九五八年東京生まれ。二〇〇〇年に第二十二回小説推理新人賞を「影踏み鬼」で受賞し、翌年に同作品を表題とした短編集『影踏み鬼』（双葉社）が刊行され単行本デビューを果たした。若い狂言作者が師匠の鶴屋南北から、昔の拐かしの話を聞くという内容で、謎と肉親の愛憎が巧みにからみ合う作品だった。続いて明治初年の横浜を舞台に、イギリスの雑誌の特派員として来日し、後に風刺雑誌を創刊した実在の人物を探偵に据えたライトタッチの謎解き連作集『消えた山高帽子　チャールズ・ワーグマンの事件簿』（東京創元社、二〇〇四年）を、同年末には明治四年に起きた太政官参議・広沢真臣惨殺事件の謎を追うシリアスタッチの歴史ミステリー『参議暗殺』（『参議怪死ス』改題、双葉文庫）を上梓した。

一方で初の時代小説長編となる『眠り猫―奥絵師・狩野探信なぞ解き絵筆』（幻冬舎文庫、二〇〇七年）に続いて書き下ろしの時代小説文庫にも挑み、『やわら侍・竜巻誠十郎　五月雨の凶刃』（小学館文庫、二〇〇八年）は全七作に及ぶシリーズになった。

さらに昭和二十一年に起きた誘拐事件と十五年後の殺人事件を描いた『誘拐児』（講談社、二〇〇八年）で第五十四回江戸川乱歩賞に応募し受賞。翌年にはやはり敗戦後の日本で日系二世が事件を追う『祖国なき忠誠』（講談社、二〇〇九年）を発表。その他にも『探偵工女　富岡製糸場の密室』（講談社、二〇一四年）、『真犯人』（小学館、二〇一五年）、『左遷捜査　法の壁』（双葉文庫、二〇一八年）という具合に、現代ミステリー、時代小説、歴史ミステリーを三本の柱にして活躍している。

かつてコンビ作家の岡嶋二人は誘拐事件をテーマにすることが多く、「人さらいの岡嶋」という異名を取ったものだ。翔田寛も「影踏み鬼」、『誘拐児』、本書、そして『人さらい』（小学館、二〇一八年）というように誘拐ものを得意としているようだ。「誘拐の翔田」がどのような新機軸を見せるか。どうか本書でそれをお確かめいただきたい。

本書は、二〇一七年八月に小社より刊行された
単行本を加筆修正のうえ、文庫化したものです。

冤罪犯（えんざいはん）

翔田 寛（しょうだ かん）

令和元年 7月25日　初版発行
令和3年 7月30日　3版発行

発行者●堀内大示

発行●株式会社KADOKAWA
〒102-8177　東京都千代田区富士見2-13-3
電話　0570-002-301（ナビダイヤル）

角川文庫 21708

印刷所●株式会社暁印刷
製本所●本間製本株式会社

表紙画●和田三造

ISBN 978-4-04-108037-5　C0193

◇◇◇

角川文庫発刊に際して

角川源義

第二次世界大戦の敗北は、軍事力の敗北であった以上に、私たちの若い文化力の敗退であった。私たちの文化が戦争に対して如何に無力であり、単なるあだ花に過ぎなかったかを、私たちは身を以て体験し痛感した。西洋近代文化の摂取にとって、明治以後八十年の歳月は決して短かすぎたとは言えない。にもかかわらず、近代文化の伝統を確立し、自由な批判と柔軟な良識に富む文化層として自らを形成することに私たちは失敗して来た。そしてこれは、各層への文化の普及滲透を任務とする出版人の責任でもあった。

一九四五年以来、私たちは再び振出しに戻り、第一歩から踏み出すことを余儀なくされた。これは大きな不幸ではあるが、反面、これまでの混沌・未熟・歪曲の中にあった我が国の文化に秩序と確たる基礎を齎らすためには絶好の機会でもある。角川書店は、このような祖国の文化的危機にあたり、微力をも顧みず再建の礎石たるべき抱負と決意とをもって出発したが、ここに創立以来の念願を果すべく角川文庫を発刊する。これまで刊行されたあらゆる全集叢書文庫類の長所と短所とを検討し、古今東西の不朽の典籍を、良心的編集のもとに、廉価に、そして書架にふさわしい美本として、多くのひとびとに提供しようとする。しかし私たちは徒らに百科全書的な知識のジレッタントを作ることを目的とせず、あくまで祖国の文化に秩序と再建への道を示し、この文庫を角川書店の栄ある事業として、今後永久に継続発展せしめ、学芸と教養との殿堂として大成せんことを期したい。多くの読書子の愛情ある忠言と支持とによって、この希望と抱負とを完遂せしめられんことを願う。

一九四九年五月三日